〔美〕克里斯托弗·麦克杜格尔　著

严冬冬　译

天生就会跑

BORN
TO
RUN

CHRISTOPHER
MCDOUGALL

南海出版公司

新经典文化股份有限公司
www.readinglife.com
出　品

献给我的父母

约翰·麦克杜格尔和琼·麦克杜格尔

他们为我付出一切

始终不渝

善行无辙迹。

——《道德经》

1

与幽灵同居需要孤独。

——安妮·麦珂尔斯,《漂泊手记》

几天来,我一直在墨西哥的马德雷山脉寻找那神出鬼没的卡巴洛·布兰科(Caballo Blanco)——这个西班牙语名字的意思是"白马"。我最终追寻着足迹找到他,却没曾想是在这里——不是据称他经常出没的荒野深处,而是尘土飞扬的沙漠小镇边缘一家老旧旅馆的昏暗大厅!

"没错,那匹老马在这儿。"前台接待员点点头,用西班牙语说道。

"真的吗?"我每追到一处,都会得知自己恰好跟他擦肩而过,这样的情形发生了无数次,我都开始怀疑卡巴洛·布兰科不过是编造出来的传说,和尼斯湖水怪一样,专门用来吓唬小孩和糊弄容易上当的外国佬。

"他总是 5 点钟出现,"接待员又加了一句,"雷打不动。"

我不知道是该如释重负地拥抱她,还是兴高采烈地跟她击掌。

我看了看表。很快就要见到那位传说中的幽灵了，只要再过……等等。

"但是现在已经6点了。"

接待员耸耸肩。"或许他又走了吧。"

我瘫坐在破旧的沙发上，浑身脏污，饥肠辘辘，筋疲力尽。又一次失败了，又一次弄丢了线索。

有人说卡巴洛是个逃犯，也有人说他过去是个拳击手，在赛场上失手打死人之后，用流放惩罚自己。没人知道他的真名、年龄以及来处。他就像是美国西部那些传奇枪手，留下的只有淡淡的雪茄烟痕和夸张的传说。到处都有人宣称亲眼见过他，相距遥远的几个村子的村民坚称他们在同一天看到他徒步经过，有人说他"随和幽默"，有人说他是个"神经质的大个子"，说法五花八门。

关于卡巴洛众说纷纭，但有几处是一致的：他多年前来到墨西哥，徒步进入荒僻的铜峡谷，在那里跟塔拉乌马拉部落的人一起生活。据传，这支土著仍然保留着石器时代的生活方式，可能是世界上最健康、最安宁的族群，也是有史以来最优秀的长跑者。

在超长距离耐力跑领域，没什么能胜过塔拉乌马拉人——无论是赛马、猎豹，还是奥运会马拉松冠军。外界很少有人见识过塔拉乌马拉人奔跑，但是几个世纪以来，关于他们的超人耐力和与世无争的性格，铜峡谷一带一直流传着各种故事。曾有一位探险家信誓旦旦地说，他见过一个塔拉乌马拉人一路追赶一头鹿，直到它累得倒地而死，"蹄子都磨秃"。另一位探险家骑着骡子，花十个小时才翻越铜峡谷旁的一座山峰，而塔拉乌马拉人只用一个半小时就跑完了。

"试试这个吧。"一个塔拉乌马拉女人对累倒在山脚下的探险家说，同时递给他一个装满浑浊液体的葫芦。他喝了几口，惊讶地发现周身充满力量，随即站起身，迈着轻快的步子爬上面前的山峰，像是喝多了兴奋剂的夏尔巴人❶。他后来又说，塔拉乌马拉人拥有一种神奇能量食物的配方，是他们的不传之秘，这种食物让他们身材修长，体格强健，耐力持久：只要吃几口，就可以不停地跑上一整天。

不管塔拉乌马拉人藏了多少秘密，他们确实将自己隐藏得很好。直到今天，他们仍然居住在高耸的峭壁边，很少遭人打扰。铜峡谷是北美大陆最偏远、最荒僻的地方之一，堪称陆地上的百慕大三角，能够吞噬误闯进来的边缘人或亡命之徒。在那里，人随时可能遭遇不测：吃人的美洲虎、剧毒蛇、难以忍受的酷暑，还有可怕的"峡谷热"，一种因当地荒凉阴森而引发的致命怪病。越是深入峡谷，压迫感越重。两侧的山壁仿佛要把你挤扁，山影越拉越长，到处回荡着缥缈的回音；每条道似乎都是死路，通往无法攀爬的岩壁。迷路的探矿者往往会被疯狂与恐惧击溃，甚至割裂自己的喉咙或者跳下悬崖。正因此，很少有外人见过塔拉乌马拉人居住的地方，更别说塔拉乌马拉人了。

但是"白马"成功进入了铜峡谷深处。据说他被塔拉乌马拉人接纳，成为他们的朋友和同道中人，成了幽灵中的幽灵。他的确从塔拉乌马拉人那里学会了两项技能——藏匿行踪的能力和令人难以置信的良好耐力，因为尽管有许多人都在峡谷周边见过他，却没人知道他究竟住在哪里，下次会出现在什么地方。我听说，

---

❶ 散居在喜马拉雅山脉两侧的族群，长期生活在平均海拔四千五百米的高原上，被称作"喜马拉雅山上的挑夫"，为各国登山队提供向导和后勤服务是他们的主要经济来源之一。（若无特别说明，本书脚注均为编译注。）

要是有谁能够解读塔拉乌马拉人延续下来的远古奥秘，那么非他莫属。

我痴迷于寻找他的踪迹，在旅馆沙发上半睡半醒的时候，我甚至能想象出他的声音。"或许就像动画片里的瑜伽熊走进塔可钟餐馆点玉米煎饼那样。"我思索着。像这样一个浪迹天涯的人，一定是活在自己的世界，很少听见自己的声音。他可能会讲古怪的笑话自娱自乐。他可能笑起来声音洪亮，可能讲着一口糟糕的西班牙语，可能说话大声又健谈，喜欢……喜欢……

等等，我真的听到了他的声音。我睁开眼睛，看见一个风尘仆仆、戴着破草帽的人正在跟接待员逗乐。瘦削的脸上沾满灰土，就像土著出征前抹的油彩褪了色，被太阳晒得泛白的头发乱蓬蓬地挤在帽檐下，看上去似乎用猎刀修剪过。一副被放逐到沙漠孤岛的漂流者模样，迫不及待要跟人说话。

"卡巴洛？"我嘶哑的嗓子终于发出声音。

他微笑着转过身来，我顿时觉得自己像个白痴。他看上去没有任何戒心，只是有点困惑，就像你在旅行时突然听见旁边沙发上有个疯子大喊"喂，你这匹马！"一样。

不对，这不是卡巴洛。卡巴洛根本不存在。一切都是编出来的，我受骗了。

他开了口："你认识我？"

"天哪！"我跳了起来，"真高兴能找到你！"

他的微笑消失了，目光迅速朝门口移去。很明显，他已经准备好随时夺门而出。

2

一切都始于一个没人能回答的简单问题。

这个问题引导我找到了一张照片，上面是一个穿着短裙飞奔的男人。从此，事情变得越来越奇妙。没多久，我遇到了一系列怪事：谋杀案，贩毒游击队，一个头上绑着芝士奶油杯的独臂男人，一名为寻求解脱而在爱达荷州森林中裸奔的金发美女巡林员，一个梳着马尾辫、在荒漠中奔向死亡的冲浪女孩，一名颇具天赋但早逝的年轻跑者，两个死里逃生的人。

我不停地追寻，一路上遇到赤脚蝙蝠侠……裸男……卡拉哈里的丛林人……手术摘除脚指甲的人……长距离耐力跑与性爱聚会的狂热爱好者……蓝岭山脉的野人……最后才是古老的塔拉乌马拉部落，以及幽灵般追随他们足迹的卡巴洛·布兰科。

终于，我找到了答案。我见识了外人永远无法目睹的伟大赛跑，就发生在只有塔拉乌马拉人知晓的隐秘小径上。参加这场五十英里❶赛跑的有如今最伟大的超长距离耐力跑选手，也有古往

---

❶ 一英里相当于一点六公里。

5

今来最擅长跑步的部族。我惊讶地发现,《道德经》上那句"善行无辙迹"并不是什么抽象的大道理,而是最具体的训练方式。

一切的一切,都源于 2001 年 1 月,我问医生:
"为什么我的脚会疼?"

我找了全美最权威的运动医学专家,因为我的脚底疼得仿佛被一根看不见的冰柱刺穿了一样。一周前,我在积雪的乡村路面上轻松地慢跑三英里,忽然感到右脚传来钻心的疼痛,不禁叫出声。终于站稳之后,我脱下鞋子察看情况。我以为肯定是插在雪里的钉子或尖锐石片扎破了脚底,却发现上面根本没有血迹,鞋袜也没有破洞。

"是跑步造成的损伤。"几天后,乔·托格医生在费城的诊室里告诉我。托格医生是运动医学领域的奠基人之一,他跟同行合著的《跑步运动员》详尽分析了跑步可能造成的所有损伤,还配有透视图片。看到我一瘸一拐的样子,他给我做了 X 光透视,诊断结果是骰骨损伤。那是一块跟足弓平行的骨头,而在此之前,我甚至不知道它的存在。

"但我的运动量并不大呀,"我说,"隔天跑两三英里,还不是在柏油路上,是乡间土路。"

那也没有用。"人类的身体结构不适合承受跑步带来的压力,"托格医生回答,"特别是你的身体。"

他的意思我当然清楚。我身高一米九三,体重一百零四公斤,经常听人说,我这副块头就该去做篮球运动员或是总统保镖,不应该在人行道上跑步。四十岁之后,我才渐渐体悟出他们的意思:

练习长跑五年来，我已经两次小腿肌腱撕裂，多次跟腱拉伤，两只脚踝交替扭伤，足弓经常疼痛。很多时候，我下楼都不得不踮脚倒着走，因为脚后跟实在疼得厉害。现在，我脚上最后一块完好的骨头也要跟我作对了。

奇怪的是，我做其他运动时从来不会受伤。作为《男士健康》和《时尚先生》杂志的专栏作者，我的工作有很大一部分都与半极限运动有关。我曾在四级激流上冲浪，踩着滑雪单板滑下巨型沙丘，骑着山地车穿越北达科他州的荒野地带，还曾在三个战区为美联社作战地报道，在非洲治安最糟糕的地区待过好几个月，全都毫发无损。这一次，我只是在路上慢跑几英里，就脚疼得在地上打滚，像中了枪似的。实在太说不过去了。

要是在其他运动领域，如此高的受伤率足以将我判定为不适合这项运动。而在跑步界，我的情况再正常不过。不正常的反而是极少数从来不受伤的跑者。百分之八十的跑者每年都会受伤。不管你体重是大是小，速度是快是慢，距离是长是短，都有可能伤到膝盖、胫骨、跟腱、髋部和足跟。你不妨下次参加感恩节赛跑时记住你左右两侧的参赛者，等到圣诞节慢跑大会再看看你们三个中还有谁会到场——根据统计数据，有两人会因伤缺席。

到目前为止，还没有哪种新技术能降低跑者的受伤概率。近三十年内，人们发明了用微电子芯片自动调节支撑方式的跑鞋，但是跑者依旧那么容易受伤。受伤的概率没有变化——若说有什么变化，那就是受伤率实际上反倒上升了，例如跟腱受伤的概率就增加了百分之十。跑步似乎成了健身领域的酒后驾车：你或许在短时间内可以侥幸逃脱，甚至获得乐趣，但灾难就在转角处等你。

"真是新鲜。"运动医学界的专家总是这样调侃。当然更常见的说法是："任何需要奔跑的运动员，都会让双腿承受巨大的负荷。"英国"运动损伤公告"网站写道："跑步时，每迈出一步，单腿承受的冲击力相当于体重的两倍还要多。就像反复锤击可以敲碎岩石，如此频繁的冲击必将对骨骼、软骨、肌肉、肌腱和结缔组织造成破坏。"美国骨科医学会的一份报告则宣布，长距离耐力跑"对膝关节的完整性造成了严重威胁"。

毕竟，你的双脚并不像岩石般坚硬，反而是全身最敏感的部位之一。你知道脚底的神经类型吗？跟生殖器中的完全一样。你的双脚仿佛是盛满感知神经元的鱼桶，桶里的鱼都在蠕动，只要给一点点刺激，造成的神经冲动就会蔓延至整个神经系统，也因此，挠脚心可以让你大笑不止、全身抽搐。

难怪南美各国的独裁者在折磨囚犯时喜欢从脚底下手。鞭打脚底板的酷刑最初由西班牙的宗教裁判所发明，后来为世界各地的虐待狂采用。无论是红色高棉还是萨达姆的儿子乌代，都喜欢采用这种刑讯方式，因为他们知道，脚底的神经同双手、面部的神经一样直通大脑。这就是为什么你的脚趾和嘴唇、指尖一样敏感，能感觉到最温柔的抚摸和最细小的沙粒。

"所以我什么都干不了了？"我问托格医生。

他耸了耸肩。"你可以继续跑，但迟早会再接受治疗。"他说着用指甲弹了弹装满可的松的针管，这东西待会儿就要注射进我的脚掌。我还需要花四百美元定做专门的足部矫正鞋垫，放进具有运动控制功能的跑鞋里（每双一百五十——还会涨价，而且我需要两双替换着穿，也就是三百美元）。即使这样，我还是免不了再度受伤。

"想听听我的建议吗？"托格医生最后说，"买辆自行车吧。"

我谢过他，答应听从他的建议，但一出门就去找其他医生。或许托格医生有些年老，太过保守。一个从医的朋友向我推荐了一位自己也跑马拉松的运动医学足科专家。

他给我做了 X 光检查，又用手指按压我的脚掌。"看来你是得了骰骨综合征，"他下结论说，"我可以给你注射可的松消炎，但你还是需要矫正鞋垫。"

"真没劲，"我咕哝着，"托格也是这么说的。"

他正要离开诊室去拿注射器，听见我的话停住了脚步。"你已经找过乔·托格了？"

"是呀。"

"他给你注射可的松了吗？"

"嗯，注射了。"

"那你还来这儿干什么？"他马上一脸不耐烦和怀疑，好像我很享受足部注射，甚至要上瘾了一样。

"你不知道托格医生是运动医学界的教父吗？他的诊断通常都是准确的。"

"我知道。我只是想确认一下。"

"我不给你注射了，但可以帮你定制矫正鞋垫。还有，你确实该考虑换个爱好，别再跑步了。"

"好吧。"我说。这位身为耐力跑选手的足科专家也给了我跟托格医生完全相同的建议。我根本没法同他争辩，只好再度另寻高明。

这样做不是因为我有多么固执，甚至不是因为我有多喜欢跑步。尽管已经二十年没重读《盖普眼中的世界》了，但我从未忘记书中的一处细节：主人公盖普在每个工作日中午都要冲出门跑上五英里。跑步是一种独特体验,它融合了人类的两种原始冲动:恐惧与快感。无论害怕还是快活,我们都会奔跑。既奔跑着逃开不幸,也奔跑着追寻幸福。

境况越是糟糕,我们就越拼命奔跑。美国的长距离耐力跑运动经历过三次大起大落,每一次兴起都是在国家遭遇危机的时期。第一次是在大萧条时代,两百多个跑者每天跑四十英里,跨越美国本土全境,同时掀起一股浪潮。之后渐渐平息,在70年代初卷土重来,当时的美国人刚刚经受越战、冷战、种族暴乱、一名总统犯罪和三名领袖遇刺的打击。第三次则是在"9·11"过后一年,越野跑忽然成了全美发展势头最猛的户外运动项目。这三次也许是个巧合,但也许是因为人类心理存在某种开关机制,意识到危险来临时,就会激活最原始的求生本能。在缓解压力和营造快感方面,跑步甚至比性更有作为。人类天生就具有奔跑的欲望,需要做的只是将它释放出来。

所以我寻找的,不是昂贵的矫正鞋垫,不是按月服用的止痛药,而是既释放奔跑欲望又不至于受伤的方法。我并没有特别喜欢跑步,但又真的想跑,于是找了第三位医生艾琳·戴维斯博士,生物力学专家和特拉华大学跑步损伤诊所主任。

戴维斯博士让我在跑步机上跑了一会儿,先是光脚,然后轮流穿上三种跑鞋。她让我慢走、快走、慢跑、全力冲刺,让我在冲击力测量器上跑,获取我跑步时双脚承受的冲击力数值。然后她回放整个过程的录像,结果吓了我一跳。

我原本以为自己奔跑的姿势就像追逐猎物的纳瓦霍人一样轻盈,然而屏幕上活脱脱一个手舞足蹈的弗兰肯斯坦的怪物。我的身体上下起伏很大,脑袋经常跑到屏幕范围之外,胳膊前后挥舞,

十三码 ❶的大脚重重落在地上，仿佛有只手鼓在打节拍。

戴维斯博士似乎觉得这样还不够，又慢速播放一遍，让我看清楚自己的右脚如何外翻，左膝如何内拧，后背如何剧烈起伏，简直就像心脏病发作一般。看我这怪相，居然还能跑，实在是不可思议。

"好吧，"我说，"那正确的跑步姿势是什么样子的？"

"这是个永恒的问题。"戴维斯博士说。

至于永恒的答案……可就不是那么好找了。我或许可以让步伐变得平稳些，比方让全脚掌着地而不是脚跟着地，从而增加脚底的缓冲。然而这样又可能带来新的问题。换种不熟悉的跑步姿势，可能会让脚跟和跟腱因承受陌生的压力而再度致伤。

"跑步对双腿造成的压力确实很大。"戴维斯博士轻声说，声音里带着一丝歉意。我知道她没说出来的话：尤其是你的双腿，大块头。

我又回到了原点。此后的几个月，我找过不少专家，也在网上查阅过许多相关资料，一直没找到最终答案，只在两个死循环的问题间纠结：

> 为什么我的脚会疼？
> 因为跑步不适合我。
> 为什么跑步不适合我？
> 因为我的脚会疼。

---

❶ 相当于中国的四十七码半。

但是究竟为什么呢？羚羊从来不会患胫骨骨膜炎，狼的膝盖也不会活动不畅。我也不相信会有百分之八十的野马每年因奔跑受伤而丧失行动能力。我不禁想起罗杰·班尼斯特讲过的一个寓言。班尼斯特是位临床医学研究员，也是全世界第一个在四分钟内跑完一英里的人。这个寓言是这样的：在非洲，羚羊每个早晨醒来，都知道它必须比跑得最快的狮子跑得更快，不然就会被吃掉；狮子醒来的时候，也知道它必须比跑得最慢的羚羊跑得更快，不然就会饿死。不管是狮子还是羚羊，太阳升起的时候，都要开始奔跑。

既然地球上的其他哺乳动物都可以自由奔跑，为什么人类不可以呢？仔细想想，像班尼斯特这样一个研究员，每天离开实验室后就换上薄薄的皮底便鞋在硬地上奔跑，为什么他非但没有受伤，还能突破四分钟跑完一英里的极限？为什么有些人每天早晨醒来都能像狮子或羚羊般奔跑，另一些人却得依靠止痛药才能下地走路？

这些问题都非常有意义。然而我很快发现，那些为数不多的知道答案的人——用自己的生命去实践答案的人，并不会轻易说出答案。

尤其不会对我这样的人说。

***

2003 年冬天，我在墨西哥出差，偶然翻开一本西班牙语旅游杂志，忽然看见一张照片：耶稣正沿着碎石坡往下奔。

我又仔细瞧了瞧，发现照片上的人不是耶稣，不过是个穿着长袍和拖鞋的男人。我开始读图片所配的文章，但不明白它为什么采用现在时态，因为这段文字乍一看讲的是亚特兰蒂斯文明那样的传奇，关于某个消逝的跑者帝国的故事。慢慢地我才弄懂，文章讲述的并不是什么"消逝"的"传奇"。

我到墨西哥是为《纽约时报》寻访一位行踪隐秘的流行明星，但这次采访任务同这篇文章相比似乎一下子变得不重要了。流行明星总是昙花一现，而塔拉乌马拉人似乎万古长存。这支人口稀少的部落尽管独居在隐秘的峡谷中，却几乎解决了人类遇到过的所有问题。不管在思想、身体还是灵魂，在你能想到的所有层面，他们都可谓近乎完美。他们像是秘密将自己居住的洞穴变作诺贝尔奖得主的孵化器，致力于消灭仇恨、心脏病、骨膜炎和温室气体。

塔拉乌马拉人的土地上没有犯罪、战争和偷窃，也没有腐败、肥胖、毒瘾、贪婪、家庭暴力、心脏病、高血压和过量的碳排放。他们不会患糖尿病和抑郁症，甚至不怎么衰老：五十岁的人比十几岁的人跑得快，就连八十岁的老爷爷都能完成比马拉松还长的越野跑。他们几乎从没患过癌症。甚至在经济学上，天才的塔拉乌马拉人也有突破性创举，他们有一套独一无二的交易体系，用人情和大桶的玉米酒作为一般等价物。

你或许认为这样的经济体系很快就会陷入混乱，人人喝得烂醉，挥舞着拳头争夺利益。但在塔拉乌马拉人中间，这套体系得到了难以想象的成功。这也许是因为他们实在勤劳和诚实。一位研究者甚至推测，经过只说真话的无数代人，塔拉乌马拉人的大脑已经丧失编织谎言的能力。

塔拉乌马拉人不单单是世界上最友善、最快乐的族群，还尤其坚忍不拔，对疼痛和列楚基耶都有不可思议的抵抗力，后者是用响尾蛇尸体和仙人掌汁液酿造的一种龙舌兰酒。据极个别有幸目睹他们集体醉酒景象的外人描述：酒酣之时妇人互相撕扯上衣进行摔跤比赛，一个年迈的老人咯咯笑着围着她们转，伺机用玉米棒戳她们的臀部，丈夫们则在一边怔怔地看着。收获季节的铜峡谷比春日冰融时的坎昆海滩更为疯狂。

狂欢一整夜后，第二天早晨还会举办一场大规模赛跑，时长不是二十分钟，也不是两个小时，而是整整两天。按照墨西哥历史学家弗朗西斯科·阿尔马达的记载，一名塔拉乌马拉跑步冠军曾不间断地跑四百三十五英里，相当于从纽约一路跑到底特律。许多塔拉乌马拉人都能在两天内连续跑完三百英里，相当于十二场马拉松。

他们跑的不是平整的大道，而是陡峭的山林小径，完全靠双脚踩出路来。自行车手兰斯·阿姆斯特朗 ❶ 应该算是有史以来最伟大的耐力运动员之一，但他在纽约第一次跑马拉松的时候，几乎每英里都要咽下一管能量胶，却仍然差点没坚持下来。（赛后兰斯给前妻发了一条短信："哦，天哪。哎哟，真可怕。"）而这些人一跑就是他的十二倍距离？

1971 年，美国生理学家戴尔·格鲁姆博士徒步深入铜峡谷，目睹塔拉乌马拉人对运动的崇尚后极为震撼，并试图向上追溯两千八百年，寻找能与之比肩的同类。"恐怕自斯巴达人以来，没有哪个族群在体能方面能达到如此高的境界。"这是他发表在《美国心脏期刊》上的论文的结尾。但塔拉乌马拉人绝不像斯巴达人那

---

❶ 兰斯·阿姆斯特朗从 1999 年到 2005 年连续七次获得环法自行车赛冠军，在 2009 年本书英文原版出版的两年后，他被查出服用禁药，终身禁赛。

样崇勇尚武，而是温和得像一尊菩萨。他们从不用超强体力欺负任何人，一辈子生活在和平与安宁中。"从文化上来说，塔拉乌马拉族仍是重要的未解谜题之一。"专门研究塔拉乌马拉人的芝加哥大学人类学家丹尼尔·诺维克博士如此评价。

塔拉乌马拉人神秘莫测，就连"塔拉乌马拉"这个族名都只是化称。他们的真名是"拉拉穆里"，意为奔跑的人，而"塔拉乌马拉"是不懂土语的西班牙征服者的发明。这个冒牌的名字之所以能够延续，是因为拉拉穆里人名副其实，宁可跑开也不愿开口争辩。用脚后跟回应外来威胁是他们的一贯方式。无论敌人是曾经的西班牙殖民者埃尔南·科尔特斯顶盔贯甲的手下、起义军领袖潘乔·比利亚的暴徒分子，还是墨西哥的毒枭，他们都会迈着轻灵的步子越跑越快，越跑越远，越跑越深入铜峡谷，无人能及。

天哪，他们一定有令人难以置信的纪律性，我想。彻底的专注和投入，简直堪称跑步界的少林僧。

然而，这样的描述也不大准确。塔拉乌马拉人的长跑更接近于狂欢。他们的饮食和生活方式简直会令长跑教练做噩梦。他们喝起酒来就像每星期都在过新年，成年的塔拉乌马拉人有三分之一的时间不是处于醉酒状态，就是正从宿醉中醒来。和兰斯·阿姆斯特朗不同，他们从不喝富含电解质的运动饮料，也不靠蛋白棒加快肌肉的恢复。事实上，除了佐以玉米粉的烤老鼠外，他们几乎从不摄入任何蛋白质。他们也不会专门为赛跑训练、拉伸韧带或热身，只是溜达到起跑线前，互相逗笑着，然后飞奔出去……持续四十八个小时。

他们为什么不会受伤？这太不可思议了。简直就像有人笔误将统计数据填错了栏：我们拥有高科技跑鞋和专门的矫正鞋垫，跑在平整的大路乃至塑胶跑道上，而塔拉乌马拉人穿着几乎不能称之为鞋子的简陋拖鞋，沿着崎岖不平的山径奔跑，难道不应该是我们的受伤率为零，他们的居高不下吗？

我想，一定是他们的双腿更结实，因为他们一辈子都在奔跑。但这就更说不过去了：如果跑步对双腿有害，跑得越多只会伤得越重。

我把杂志推到一边，感觉既好奇又烦躁。塔拉乌马拉人的一切是那么落后又不可思议，如禅宗大师的偈语般不可把握。他们坚韧却温和，跑个不停却从不受伤，饮食糟糕却无比健康，未受教育却充满智慧，生活艰苦却开心舒畅……

跑步跟这一切究竟有什么关系？世上最有智慧的部族，同时也是最优秀的耐力跑者，这难道只是偶然吗？在过去，求得这种智慧需要攀登喜马拉雅山，而现在我意识到，我要做的只是跨越得克萨斯与墨西哥的边境。

3

然而，究竟该在哪里跨越边境呢？

《跑者世界》杂志派我深入峡谷地带，寻找塔拉乌马拉人的踪迹。但在开始寻找这些幽灵之前，我必须找到一个专门追踪幽灵的人来协助我。有人告诉我，萨尔瓦多·奥尔古因是不二人选。

萨尔瓦多，三十三岁，白天是位于铜峡谷边缘瓜乔奇小镇的市镇行政官，夜里摇身一变成为酒吧歌手。啤酒肚和帅气外表，与他这两种截然不同的生活倒也很相衬。他的弟弟堪称墨西哥教育系统的印第安纳·琼斯❶，每年都用驴驮着整担的铅笔和作业本深入峡谷，送给当地学校的孩子。萨尔瓦多是个什么都愿意尝试的人，偶尔也会把工作丢在一边，陪弟弟进峡谷。

"老兄，没问题，"我一找到他，他就告诉我，"咱们可以去见见阿努尔福·奎马尔……"

假如他说到这里就打住话头，我肯定会高兴得跳起来。在寻找向导时，我就听说阿努尔福·奎马尔是塔拉乌马拉部落里最伟大

---

❶ 印第安纳·琼斯，冒险电影《夺宝奇兵》系列主角，常被视作勇气、智慧、决心、坚韧的象征。

的跑者，他的兄弟姐妹和表亲也几乎与他不分伯仲。我们居然能直接寻访这个家族，真是大大超出我的意料。问题是，萨尔瓦多没有住口，仍在继续说。

"……我很有把握咱们能找到路，"他继续说，"虽然我没去过，但应该能找到。"

一般情况下，这样的话会让人泄气，但跟我之前找过的人相比，萨尔瓦多已经相当乐观。深入荒林数百年来，塔拉乌马拉人已经把隐蔽术练到极致。他们中的许多人仍旧住在悬崖峭壁上的洞穴里，借助长杆爬上去，然后收起长杆，消失在洞穴深处。还有人住在地上的小屋里。小屋和周围环境融为一体，甚至伟大的挪威探险家卡尔·拉姆霍尔兹在路过一整座塔拉乌马拉村落时，都丝毫没有注意到房屋和人类活动的痕迹，直到后来发现才深感震惊。

拉姆霍尔兹是荒野探险的能手，曾在婆罗洲的食人族中间生活多年，19世纪末开始寻访塔拉乌马拉人的踪迹。凭着坚定的意志，他穿越广袤的荒漠，爬上危险的绝壁，最终到达塔拉乌马拉人的居住区，在那里……

他没有找到任何人。

"这些壮美的高山让人心潮澎湃，但要徒步翻越，无论对体力还是毅力都是严峻的考验，"拉姆霍尔兹在《不为人知的墨西哥：马德雷山脉西部土著部落的五年寻访记》中写道，"只有在墨西哥山区跋涉过的人，才能理解这趟旅程多么艰难，多么令人焦虑。"

首先你得到达山脚。"乍一看，塔拉乌马拉人的居住区似乎根本就没法接近。"法国剧作家安东宁·阿尔托为寻找创作灵感，在20世纪30年代历尽艰辛进入铜峡谷，他后来抱怨道："最多只能找到几条难以辨认的小径，而且每隔二十米，它们仿佛就消失在了地下。"当他和向导终于找到路时，却发现需要莫大的胆量才能前进。因为塔拉乌马拉人为了免遭打扰，常常把路开辟在陡峭危险的山崖上。

"只要脚下一滑，"曾于1888年造访铜峡谷的探险家弗雷德里克·施瓦特卡在探险笔记中写道，"攀登者就会摔到几十米甚至百米深的谷底，死无全尸。"

施瓦特卡可不是什么纤弱敏感的巴黎诗人，而是美国陆军中尉，曾参加边境战争，后以业余人类学家的身份和苏族印第安人生活过一段时期，他完全清楚"死无全尸"的概念。施瓦特卡的野外生存经验也十分丰富，曾挑战当时的各种险恶环境，进行过为期两年的极圈探险。但到达铜峡谷时，他发现得重新修正自己的认知。耸立的群山让他叹服："马德雷山脉这片未知广袤的荒野堡垒，完全可以跟安第斯山脉的心脏、喜马拉雅山的主峰比肩。"塔拉乌马拉人的生活方式更是让他感到惊讶："那些人生活在悬崖绝壁之间，居然还能把一代代孩子抚养成人，在我看来，这或许是他们身上最神秘的地方。"

今天，互联网已经使世界成为四通八达的地球村，谷歌卫星地图可以让你窥见大陆另一端任何一个陌生人家的后院，但塔拉乌马拉人仍旧保持着四百年前的状态神出鬼没。20世纪90年代中期，一支探险队在峡谷深处穿行，忽然感觉到来处不明的注视。

"我们这支小队在铜峡谷里徒步行进了几个小时，一直没有看到任何人类活动的迹象，"一名队员事后写道，"但在比科罗拉多大峡谷更加幽深的峡谷底部，听见了塔拉乌马拉人击鼓的回音。声音一开始显得很遥远，但很快就近了。鼓声回荡在岩壁间，无法判断鼓手的人数和位置。我们疑惑地望着向导。'谁知道呢？'她说，'只有塔拉乌马拉人愿意，他们才会现身。'"

驾着萨尔瓦多的四驱小卡车出发时，月亮仍然高挂在天空中。日出时分，我们已经远远地将柏油路抛在身后，沿着崎岖不平的土路挂着最低档行驶了很长一段距离，如一艘小船颠簸在惊涛骇浪之中。

我试图用指南针和地图确定方位，但马上就被颠得晕头转向，不清楚萨尔瓦多是在转弯还是在躲避路中央的大石头。很快，我的努力失去了意义——不管我们在哪儿，都已经离开外人所知的世界。我们仍旧沿着狭窄的道路行驶，但地图显示我们进入了茫茫森林。

"那儿种的全是大麻。"萨尔瓦多伸手指了指周围的丘陵。

因为警方无法在铜峡谷安排巡逻，这里成了两个贩毒组织的根据地。两个组织分别叫"泽塔斯"和"新生血液"，人员都以退役的陆军特种兵为主，双方势不两立。泽塔斯经常把拒绝配合的警官塞进燃烧的柴油桶，将敌方的俘虏喂给组织的吉祥物——一只孟加拉虎。在受害者停止哀号后，已经烧焦或是布满老虎牙印的头颅会被收集起来，当作宣传工具。曾经有一次，他们把两名警官的头颅钉在政府大楼门外，用西班牙语在旁边写着"学会尊重我们"。当月晚些时候，五颗头颅被扔进一家喧闹的夜总会舞池。即使在我们目前身处的如此荒凉的峡谷边缘地带，平均每周被发现的尸体也不少于六具。

然而萨尔瓦多似乎并不在意，继续驾车在林间行驶，跟着车内音响有一搭没一搭地哼着歌。忽然间，他不作声了，关掉音响，紧盯着前方一辆带着烟尘忽然冲出的红色道奇，车窗玻璃全是黑色的。

"毒贩子。"他咕哝道。

萨尔瓦多尽可能地将车往右边的悬崖边靠，放慢了本就很慢的车速，最后停下车，好为车身更庞大的红色道奇让路。

他的意思很明确：我们并不敢找麻烦，只是处理些个人事务，跟大麻无关，请不要停下来……因为如果被他们拦住去路，用枪指着逼问我们来这里的目的，我们该怎么解释呢？

我们甚至没法告诉他们实话，否则就死定了。墨西哥毒贩对歌手和记者的仇恨，不亚于对警察的仇恨。他们仇恨的不是"歌手"在俚语中指代的告密者或卧底，而是像萨尔瓦多这样弹吉他唱情歌的真正歌手。在过去的十八个月里，已经有十五名歌手被贩毒组织杀害，包括二十八岁的美女歌手赛达·培尼亚，"赛达与罪人们"乐队的主唱。她在一场演唱会结束后遭到枪击，幸存下来被送往医院，但枪手一路跟踪，在她做完手术以后将她射杀。年轻的万人迷歌手巴伦廷·埃利萨尔德刚从得克萨斯州的麦卡伦越境，就遭到 AK-47 扫射身亡。塞尔希奥·戈麦斯在获得格莱美奖提名不久后被勒死，横尸街头，死前还被烧毁了生殖器。我想，他们会被杀害，是因为名气、相貌和才华实在太过耀眼，让自我感觉良好的大毒枭觉得受到挑战。

毒贩对歌手的敌视或许完全没有道理可言，但对记者就是另外一回事了。美国报纸常刊载与贩毒集团有关的报道，政治家会据此向缉毒部门施压，导致毒贩没有好日子过。泽塔斯组织的成员就曾朝演播室抛掷手榴弹，甚至越境追杀惹恼他们的美国记者，六年间共有三十名记者遇害。《比利亚埃尔莫萨新闻报》的主编一天发现办公室门口钉着一颗缉毒警察的头颅，贴着一张字条："你就是下一个。"长此以往，在墨西哥境内遇害的记者人数不久就可以跟在伊拉克的相比了。

现在，我们可是给毒贩省了不少事：一个歌手载着一个记者主动送上门来。我把笔记本塞到裤子底下，紧张地扫视还有哪些东西需要藏起来。但根本没戏：萨尔瓦多将自己乐队的磁带放得到处都是，我的钱包里装着亮红色的新闻记者证，车座底下的背包里有录音机和钢笔，还有一部相机。

红色道奇靠近了。天气很晴朗，风中带着松针的清香，漆黑的车窗紧闭着，看不见里面。道奇渐渐放慢速度。

往前开，我在心里反复念叨着，不要停下来不要停下来不要停下来不要……

车子停了下来。我提心吊胆地往左看去，萨尔瓦多直直地盯着前方，双手攥着方向盘一动不动。我也学着他的样子朝前望去，纹丝不动。

我们坐着。

他们也坐着。

我们没出声。

他们也没出声。

每周六具尸体，我想。他们烧生殖器。我几乎能想象自己的头颅在奇瓦瓦 ❶ 的舞池间滚动。

忽然，引擎的嘶吼打破沉寂。我朝左瞥了一眼，红色道奇经过我们朝另一个方向驶去。

---

❶ 奇瓦瓦，墨西哥面积最大的州，北靠美国得克萨斯州和新墨西哥州。铜峡谷便位于该州西南部。

萨尔瓦多从后视镜里目送他们离去，直至道奇消失在尘土之中。然后他拍了拍方向盘，打开音响。

"太棒了！"他冲我喊道，"继续冒险吧！"

我原本紧张的神经渐渐放松，但没有持续多久。

几个小时后，萨尔瓦多踩下刹车，倒车离开土路往右拐，开始在树木间穿行。我们正朝树林深处驶去，车轮碾过地上厚厚的松针。车身颠簸得更厉害了，我的头几次撞在车顶上。

林间的光线越来越暗，萨尔瓦多安静下来，伸手关掉音响。我以为他想要享受周围的静谧，但当我开口问他时，得到的却只是一声含混不清的咕哝。我隐约猜到了真相：我们迷路了，只不过萨尔瓦多不愿承认。我仔细打量着他，发现他放慢车速是为了观察周围的树干，仿佛树干的纹路里藏着什么地图。

我们完蛋了，我想。顺利找到路的可能性只有四分之一，另外三种可能性分别是再次遭遇泽塔斯组织、在黑夜里坠下悬崖，以及在荒野中打转，直到吃完全部食物，直到我们中的一个不得不吃掉另一个。

然而就在日落时分，我们到了世界的边缘。

车子钻出密林，面前是一片峡谷——大地上的裂缝如此深广，让人怀疑两侧隶属不同时区。裂缝底部的石头仿佛成形于毁天灭地的大爆炸，又似乎是哪位神祇一怒之下打算毁灭整个地球，却在劈到一半时改变主意。目之所及的是绵延五万平方公里的荒野，不规则的峡谷散布其间，比科罗拉多大峡谷更加宽广幽深。

我走到悬崖边缘，心跳剧烈：简直深不见底，鸟儿在脚下很低的地方盘旋。谷底的河流仿佛无比遥远，纤细如老人胳膊上细细的蓝色静脉。我的胃猛抽了一下。这怎么下得去？

"没问题，"萨尔瓦多胸有成竹地告诉我，"拉拉穆里人向来都是这么走的。"

看到我仍然闷闷不乐，他又说："这样其实更好。山路难走，毒贩是不会下去的。"

我不知道他说的究竟是真的，还是为安慰我临时编的谎。再怎么说，他比我更熟悉路。

4

两天后，萨尔瓦多扔下背包，擦了把脸上的汗，告诉我："咱们到了。"

我环视四周，这里除了岩石和仙人掌，什么都没有。

"到哪儿了？"

"就是这儿呀，"萨尔瓦多说，"奎马尔的家。"

我完全不懂他的意思。放眼四望，这里就像是外星球。把车子留在峡谷边缘后，我们费了好一番工夫才下到谷底。终于又能脚踏实地了。但这感觉没持续多久。第二天早晨，我们徒步朝峡谷深处进发，两侧岩壁之间的距离越来越小，最后我们不得不头顶着背包在齐胸深的河里涉水前进。陡峭的岩壁挡住了阳光，这让我们觉得自己正一步步走入阴暗的海底。

最后，萨尔瓦多在湿滑的岩壁上看到一道缝隙，我们从那里爬出来，离开河道。但刚到中午，我就开始怀念河道里的阴暗。头顶的烈日炙烤着光秃秃的岩石，让我们举步维艰。萨尔瓦多终于停下，我立即倒在一块石头旁，大口大口地喘着粗气。

他可真是个硬汉，我想。萨尔多被太阳晒得黝黑的脸上汗涔涔的，但他没有坐下，而是一脸奇怪的神色，仿佛在期待着什么。

"怎么了？"我问。

"他们就在那儿。"他伸手指着旁边的一座小山。

我挣扎着站起来，跟着他钻过岩石间的一道缺口，发现面前有个黑漆漆的门洞。那座"小山"其实是一顶用泥砖修建的小屋，巧妙地跟山崖融为一体，只有走到门口，你才能意识到它的存在。

我再度环视，看是不是还有这样的小屋，但不管朝哪个方向看，都辨不出任何痕迹。塔拉乌马拉人喜欢离群索居，即便在同一个村落，也很少住在能看见别家炊烟的地方。

我正要问里面是否有人，话到嘴边又吞了回去。门洞里站着一个人，在黑暗中打量着我们。然后，阿努尔福·奎马尔，整个塔拉乌马拉部族最伟大的跑者，迈步走了出来。

"奎拉——巴。"萨尔瓦多用他唯一会的一句塔拉乌马拉语打招呼，意思是"我们都是一家人"。

阿努尔福打量着我。

"奎拉——巴。"我便重复道。

"奎拉。"阿努尔福轻声说。他伸出手，用塔拉乌马拉人特有的方式——指尖轻轻拂过对方——跟我们两人握了握手，然后回到小屋里。我们等了一会儿……又一会儿，小屋里没有任何动静，一直不见他回来。我悄悄绕过拐角，想看他是不是从后门溜了。屋后的荫凉里有一个塔拉乌马拉男人在打盹，但是阿努尔福没有出现。

我疲惫地回到萨尔瓦多身边，"他还会出来吗？"

"不知道，"萨尔瓦多耸了耸肩，"他可能生咱们的气了。"

"为什么？"

"咱们不应该这么直接走过来。"他的声音中明显带着自责。他方才太兴奋，居然忽略了跟塔拉乌马拉人打交道的基本礼节。接近他们居住的屋子或者岩洞之前，必须先坐在几十米外的地上，四下张望一会儿，仿佛自己无事可做，只是闲逛到这里。如果有人现身，邀请你进去坐坐，那是最好的；如果没有，就应该起身离开，绝不能像我和萨尔瓦多这样直接走到门口，这是很不礼貌的行为。塔拉乌马拉人不喜欢被外人随便窥视，就像我们赤裸着身体在浴室冲澡的时候不喜欢受人打扰一样。

幸运的是，阿努尔福原谅了我们。又过了一会儿，他从屋里走出来，手里提着一篮青柠檬。他解释说，全家人都得了流感，躺在屋后的是他的哥哥佩德罗，正发着烧，连站起身的力气都没有。不过，阿努尔福还是欢迎我们进屋休息。

"阿萨格。"他说，意思是"请坐吧"。

我们坐在屋门旁的阴影里，剥开青柠檬吃起来，把籽吐在灰土里。阿努尔福凝望着旁边的河水，偶尔转过头来打量我。他并没有问我们究竟是谁，为何而来，似乎打算自己琢磨出答案。

我努力保持礼貌，不去紧盯着阿努尔福看，但是他的帅气模样确实很吸引人。他的皮肤像是闪亮的棕褐色皮革，乌黑的鬈发剪得很短，一双黑眼珠流露出快活与自信。他让我想起披头士乐队的早期形象：英俊、快活、利落、安静，同时又充满原始的力量。他穿着本族人的典型服饰：短裙配大红色的短袍。活动身体的时候，他腿上的肌肉线条像是熔化的金属般在光洁的皮肤下面变换滑动。

"你知道，我们见过面。"萨尔瓦多用西班牙语对他说。

阿努尔福点点头。

在过去的三年里，阿努尔福每年都要离开峡谷，徒步好几天去瓜乔奇镇参加那里的六十英里越野赛。参赛者多是来自马德雷山脉各地的塔拉乌马拉人，还有极少数愿意跟他们同场竞技的墨西哥耐力跑选手。这三年，阿努尔福三连冠，和他哥哥佩德罗过去一样。第二名和第三名则是他的表弟阿维拉多和妹夫西尔维诺。

在塔拉乌马拉人中间，西尔维诺算是个特例。几年前，他被一位在部落开办学校的传教士带去加利福尼亚，参加了一场马拉松。之后他用冠军奖金买了一辆二手小卡车、一条牛仔裤，还替学校修了一排新校舍。平时他将卡车停在峡谷口，偶尔开着去瓜乔奇镇。尽管他知道参加马拉松可以赢钱，却再也没回过加州的赛场。

塔拉乌马拉人躲避着外人的关注，同时又对外面的世界充满好奇。这或许不难解释：既然酷爱超长距离跑，当然会偶尔抛开束缚，试试自己能跑多远。曾有一个塔拉乌马拉男人在西伯利亚现身。他不知怎么地乘上货船，在西伯利亚大草原上流浪了很长时间，后来被人送回墨西哥。1983 年，一个穿着宽松部落短裙的塔拉乌马拉姑娘在堪萨斯州一座小镇的街头漫步，被关进精神病院长达十二年后，才有人发现她讲的是一种陌生的语言，而不是精神病人的呓语。

"你会去美国参加比赛吗？"我问阿努尔福。

他嚼着青柠檬，吐着籽，过了好一会儿才耸了耸肩。

"那你还会去瓜乔奇参赛吗？"

他又耸了耸肩。

现在我才明白卡尔·拉姆霍尔兹当年的话。他说塔拉乌马拉男人实在太过害羞，要不是有酒，整个部族或许早就灭绝了。拉姆霍尔兹写道："尽管这听起来或许不可思议，但我要毫不犹豫地指出，这些没有开化的塔拉乌马拉男人极其害羞，他们甚至鼓不起勇气跟妻子发生关系。只有在喝醉的时候，才能完成传宗接代的任务。"

直到后来，我才知道自己当时还触犯了塔拉乌马拉人的另一条禁忌：像办案的警官一样追问。他的沉默很正常，我接二连三的提问则不正常。在他们看来，直截了当的提问是一种暴力的表现，发问者是在试图夺取回答者思想的控制权。而他们当然不可能随便把心中的秘密透露给陌生人；正是为了躲避外人，他们才隐居在这么荒僻的地方。上一次塔拉乌马拉人试图跟外界接触，得到的结果却是被锁上镣铐、砍掉头颅挂在长杆上示众。西班牙殖民者想要通过处决部落领袖，宣告他们对塔拉乌马拉人领地的控制权。

"拉拉穆里男人像野马一样被驱赶到一起，被逼着在银矿里做苦力。"一位历史学家写道。拒绝服从的人会遭到严刑拷打，然后当众处死。幸存的塔拉乌马拉人从此认定，陌生人的到来绝不是什么好事。

继西班牙殖民者之后，美国西部的赏金猎人也动起塔拉乌马拉人的歪脑筋。当时的美国政府悬赏一百美元收购阿帕奇印第安人的头皮，这些猎人很快发现，跟骁勇善战的阿帕奇部落发生冲突要付出不小的代价，而南边墨西哥的塔拉乌马拉人手无寸铁，可以充数。

哪怕是没有恶意的陌生人，有时也会造成更大的惨剧。耶稣会传教士最初进入这片地区时，不仅带来主的福音，还带来西班牙流感病毒。塔拉乌马拉人缺乏流感抗体，病毒长驱直入，几天内就夺走一村人的性命。猎人在外狩猎一周后回家，看到的往往是成群的苍蝇和一家老小的尸首。

这也难怪塔拉乌马拉人在过去四百年里一直不信任外人，离群索居，不惜隐居在如此偏远荒凉的地方。他们的语言也反映了这种不信任。塔拉乌马拉人认为人分两类：自己是"拉拉穆里"，从危险面前跑开的人；外人则是"查波奇思"，带来危险的人。这种二分法似乎有失公平，但面对每周都有六具尸体出现在峡谷地带这一事实，你没有理由去指责他们。

至少在阿努尔福看来，他为我们提供鲜美的青柠檬，让我们坐在他家门口休息，这已经足够。他没有任何义务回答我的问题，不管我怎么询问，他都缄口不言。

5

"没错，你得在这儿待上很久很久，才能让他们逐渐习惯你。"那天夜里，安杰尔·纳瓦·洛佩斯告诉我。他在河流下游附近的穆内拉契办了一所小学，供塔拉乌马拉人的孩子就读。"要花上几年时间，就像卡巴洛·布兰科那样。"

"谁？"

就是"白马"，安杰尔解释说，他是个肤色苍白、身材瘦削的高个子男人，在十年前一个炎热的周日午后忽然出现在峡谷里。塔拉乌马拉人没有文字，没有相关的记录，但是安杰尔能准确地回忆起他第一次露面的时间和怪异情形，因为最初遇到卡巴洛的人就是他。

当时他正在校舍门外，远远望着旁边山崖上返校的孩子。学生们平时住校，每周五回山崖上洞穴里的家，周日再回来上学。安杰尔总喜欢站在门口迎接他们并清点人数，所以碰巧看出了点不对劲：两个男孩在酷暑中飞快地冲下山来。

孩子们全速冲进小河，水花应声四溅。他们仿佛被魔鬼追赶着一般冲到安杰尔面前，上气不接下气地说，他们真的见了鬼。

当时他们正在山上放羊，忽然一个古怪的东西从坡上的林子里钻出来。它看起来像个男人，但比他们见过的任何人都高得多。肤色像死尸一样苍白，顶着蓬乱的红毛，身上一丝不挂。它跑得飞快，还没等他们看清楚，就消失在树丛中。

两个孩子不知道自己看见的究竟是什么东西，吓得赶快朝相反的方向跑。直到看见安杰尔才慢慢放松下来，开始回想方才的情况。

"那是我这辈子见过的第一个'楚胡伊'。"其中一个说。

"幽灵？"安杰尔问道，"为什么你们觉得那是个幽灵？"

这时族里的几个长者来到学校，想知道发生了什么事。两个孩子便把看见的一切重新描述了一遍。长者听完后告诉孩子，那或许是峡谷里的阴影造成的幻象。无论如何，他们不应拿鬼故事去吓唬更小的孩子。

"那东西有几条腿？"一位长者问。

"两条。"

"它朝你吐唾沫了吗？"

"没有。"

"那它肯定不是幽灵，"长者下了结论，"只不过是个'阿里瓦拉'而已。"

"楚胡伊"或者说幽灵，是一种四脚着地、昼夜奔跑的恶灵，它们会杀死羊群，朝人脸上吐唾沫。而"阿里瓦拉"是死者的鬼魂，对人并无恶意，不过在清理自己生前留下的痕迹。塔拉乌马拉人就算死后都不忘抹去辙迹，他们相信自己的鬼魂会在世间逗留一段时间，清理生前留下的脚印或毛发。他们剪头发时会用树杈夹住要剪去的长发，然后用刀一割，所以留在树杈上的毛发一定要清理干净。鬼魂完成一切清理工作后，就可以从这个世界上消失。

"清理工作需要三天时间，"长者告诉孩子，"如果是女人的话就需要四天。"鬼魂头上的毛发是从树杈间收集来的，看上去自然会有些蓬乱，而三天内要清理生前所有痕迹，时间紧迫，所以必须跑得够快。事实上，在他们看来，孩子看见鬼魂这桩事本身就很不可思议，因为族人的鬼魂跑得非常快，活着的人基本看不见。即使在死后，他们仍是伟大的跑者。

"你能活下来，是因为你的父亲跑得比鹿快。你父亲能活下来，是因为他的祖父跑得比阿帕奇族的战马快。拖着沉重的肉身，我们都能跑得这么快，那么蜕掉了肉身的鬼魂，速度自然像风一样。"

安杰尔听着，暗忖自己该不该指出另一种可能。他在穆内拉契算是个异类。他有一半的墨西哥血统，小时候曾离开铜峡谷到外面的墨西哥村庄里上学。他仍然踩着塔拉乌马拉人的传统拖鞋，扎着束发带，却没穿传统的短裙，代之以褪色的工装裤。他的思维方式也跟族人有所不同，尽管他仍旧信仰古老的神灵，却不能不怀疑孩子看见的"东西"也许并不是鬼魂，而是来自外面世界的人。

当然，要闯入这里简直比与游魂同行还要难。除非有充分理由，没人能轻易深入峡谷。那或许是个躲避警察追捕的罪犯、追求终极答案的信徒，或是被酷热逼疯的淘金者？

安杰尔耸了耸肩。这个"东西"可能是以上任何一种人，这些人也不是第一次出现在塔拉乌马拉人的领地上。按照一条自然法则（你也可以说是超自然法则）的说法，有人神秘失踪的地方，往往有神秘的人和物出没。非洲的丛林、太平洋上的复活节岛、喜马拉雅山区的荒野——在这些探险者失踪的地方，最容易出现失落的物种、巨大的石像、神秘出没的雪人"夜帝"和在二战中幸存至今的日本老兵。

铜峡谷正是如此，并且就某些方面而言，它的情况更甚。马德雷山脉处于纵贯南北美洲的阿巴拉契亚山系的中段，一个暴徒只要懂得野外求生和导航的技巧，就可以在科罗拉多抢劫银行后逃到这里藏身，用不着担心会撞见谁。

因此，铜峡谷也成了各色怪人怪物的露天避难所。一百年来，北美大陆上几乎所有边缘人都曾寄居在这里：强盗、邪教徒、杀人凶手，以及科曼奇族的斗士、阿帕奇族的劫掠者、疯狂的探矿员，还有潘乔·比利亚手下的反政府武装人员。

阿帕奇族的领袖杰罗尼莫为躲避美国骑警的追捕，经常逃往这里。他的接班人、传说中的"阿帕奇小子"也一样。按照历史学家的记述，阿帕奇小子可以"像幽灵一样穿越沙漠"，他"行踪飘忽不定。没有人知道他会在哪里忽然现身。这一带的牧人和采矿者时刻面临死亡的威胁。一名移民曾说'通常情况下，等你看见阿帕奇小子的时候就已经晚了'"。

美国骑警有时也会冒险进入迷宫一样的峡谷开展追捕，但从来都是空手而归。"这片地方看上去很美，要穿越则如同在地狱里行走。"骑警队长约翰·伯克这样写道，当时他刚刚带队从铜峡谷归来，不仅没抓住杰罗尼莫，还险些搭上性命。在峡谷里，哪怕一块小石头从悬崖坠落，发出的声音都会在岩壁间久久回荡。甚至风吹动树枝的沙沙声也会让一整队骑警紧张地拔出手枪。他们拉长的影子投映在岩壁上，仿佛不怀好意的阴魂。

铜峡谷的阴森不仅来自回声和神经质的幻觉；在这里，各式各样的折磨轮番出现，让人很难不相信存在某个以狂虐为幽默的怒灵在守护着这些峡谷。暴晒多日的骑警正为几片乌云松口气，不过几分钟，他们就被卷入猛如从消防水带喷涌而出的洪水之中，只得拼命爬上湿滑的岩壁。阿帕奇族的另一名头目马萨伊就是用这种方法消灭了一整支骑警分队，"把他们引到山沟，任其被瞬间来临的洪水吞噬"。

在这里，就连喝一口水都有可能丧命。阿帕奇领袖维多利奥经常诱导骑警深入峡谷，然后在唯一的水塘附近守株待兔。尽管骑警清楚他就在附近，但他们干渴得无暇他顾，就在弯身掬水的一瞬，被不知何处飞来的子弹击穿头颅。

美国历史上两位最杰出的将军也曾在这里遭遇惨败。1916年，潘乔·比利亚的叛军袭击新墨西哥州的一个小镇，当时的美国总统伍德罗·威尔逊同时派出"黑杰克"潘兴和乔治·巴顿这两位功勋彪炳的将军，誓将潘乔·比利亚从铜峡谷里逼出来。巴顿和潘兴指挥着当时美国全部武装力量，仍然没有捕捉到潘乔·比利亚的踪迹，而他们原本指望能提供情报的塔拉乌马拉人，也是一有风吹草动就消失在荒林中。这两位在两次世界大战中击败德国的将军，却在铜峡谷的大自然面前败下阵来。

后来的墨西哥政府改变了策略。他们意识到，能让追兵陷入绝境的地方，同样不会让逃亡者轻易活下来。逃亡者将面临饥饿、美洲虎的攻击、精神错乱，抑或一辈子的孤独放逐，哪一样都不亚于墨西哥法庭最严酷的刑罚。于是他们通常止步于峡谷口，任凭逃进去的人自生自灭。

进入这一地区的冒险者很多都没能出来，这里也因此被称为"边境丛林百慕大"。阿帕奇小子和马萨伊最后一次骑马越过骷髅山口，进入铜峡谷之后，就杳无音信。畅销书《魔鬼辞典》的作者、著名专栏作家安布罗斯·比尔斯1914年曾跟潘乔·比利亚约在这里会面，后来却神秘消失，连大规模的搜寻都没能找到一丝踪迹。

这些人究竟是怎么失踪的？没有人知道答案。在过去，他们可能死于山狮、蝎子、珊瑚蛇、干渴、寒冷、饥饿或是致命的峡谷热，而在今天，这份列表里还要加上狙击步枪的子弹。自从贩毒组织选择铜峡谷作为据点，他们的狙击手便一直透过高精度瞄准镜监视这片区域。

所以，安杰尔怀疑他能否有机会见到那个"东西"。假如那真是个外人，随便什么都有可能置他于死地。如果他不知道跟大麻种植地保持距离，很可能还没听见枪响，脑袋就被崩飞了。

"喂——呀！朋——友！"

安杰尔还没回过神来，就听见远处传来一声招呼。他朝山坡上看去，一个赤裸着身体的男人正招着手往学校的方向跑。

仔细一看，那个人其实并不是一丝不挂，当然也没有穿得符合塔拉乌马拉人的标准。作为一个把伪装和躲藏当家常便饭的民族，塔拉乌马拉人的着装风格相对高调。男性穿一袭鲜艳的长袍，下身一条白色长布裹着大腿根部周围，多出来的布料像裙摆一样垂悬于前后。一条五彩的肩带将它们系在一起，并搭配配套的发带。女性穿更加亮丽的短裙和上衣，佩戴珊瑚色的石项链和手镯，将棕色皮肤衬托得愈加可爱。无论你穿如何靓丽的徒步服，站在塔拉乌马拉人中间都显得寒碜。

就算用外人的标准来衡量，那个男人的衣装也相当不整。身上只穿着土色短裤，脚踩拖鞋，头戴褪色棒球帽，没有上衣，没有背包，看上去很久没吃东西。一跑到安杰尔身边，他就反复用西班牙语念着"食物"这个词，用手比画着往嘴里塞东西的动作。

"阿萨格。"安杰尔用塔拉乌马拉语招呼他坐下，同时比着手势。有人端来一碗"皮诺勒"，即塔拉乌马拉玉米粥。陌生人几口就喝完了，吞咽之间还不时试图交流，挥舞着双臂，舌头则像喘粗气的狗一样耷拉着。

"你是跑过来的？"安杰尔换了西班牙语问。

那人点了点头。"跑了一整天。"

"为什么？你要跑去哪里？"

他用结结巴巴的西班牙语讲起来，不时用手比画，但安杰尔只勉强听懂一小部分。看样子，这人要么是疯了，要么就不是孤身一人。他说自己有一个更神秘的伙伴，是个什么阿帕奇族战士，名叫拉蒙·钦贡，意思是"难缠的讨厌鬼"。

"那你的名字呢？"安杰尔问。

"卡巴洛·布兰科。"他说。意思是"白马"。

"嗯，好吧。"安杰尔耸了耸肩。

这个自称"白马"的男人并没有待很久。他又喝了一碗粥和一些水，便挥手道别，回头往山坡跑去，一路像野马一样嘶叫着，逗得孩子们开怀大笑，转瞬间消失在荒野中。

"卡巴洛·布兰科是个好人，"讲完当年那段离奇的故事，安杰尔说，"只不过有点疯。"

"你觉得他还在吗？"我问。

"在呀，昨天刚来过。我就是用那个碗给他倒水喝的。"

我环视周围，没看见什么碗。

"昨天还在这儿。"安杰尔坚持说。

这些年来，安杰尔了解到，卡巴洛住在巴托皮拉斯附近一间自己修建的小屋里。每次来到安杰尔的学校，除了身上的衣服（有时只有裤子）、脚上的拖鞋、腰间装玉米粉的小口袋外，他不带任何东西。他也一向这样奔跑，身无赘物，靠大自然的恩赐和塔拉乌马拉人的"科瑞玛"维生。

科瑞玛跟东方文化中的"业报"差不多，只不过是现世的。每个人都有责任把富余的东西分享给别人，并且不期待回报：只要东西离手，就不属于你了。塔拉乌马拉人没有货币，全凭科瑞玛做交易，交换人情和玉米酒。

卡巴洛的相貌装扮与塔拉乌马拉人完全不同，但在精神上，他们是共通的。不少塔拉乌马拉人都曾在白马的小屋里歇脚，卡巴洛途径塔拉乌马拉村落时也总能受到欢迎。

安杰尔朝峡谷外不属于塔拉乌马拉人生活地界的地方指了指。"那里过去有个村子，叫耶尔瓦布埃纳，"他说，"你听说过吗，萨尔瓦多？"

"嗯。"萨尔瓦多点点头。

"知道那里发生的事情吗？"

"唔，嗯。"萨尔瓦多的语气有些沉重。

"那里出过许多跑得快的人，"安杰尔说，"他们踩出平坦宽阔的道路，每天可以跑很远，比我们从这里出发能够到达的目的地远得多。"

不幸的是，那条道路实在太平坦宽阔，最后被墨西哥政府拓宽并铺上柏油修成公路。卡车开进耶尔瓦布埃纳，满载着鲜见的汽水、巧克力、大米、蔗糖、黄油和面粉。村民逐渐喜欢上这些食品，苦于没钱购买，于是放弃耕种，搭车前往瓜乔奇镇打工，或去迪维萨德罗火车站叫卖粗糙的手工艺品。

"那是二十年前的事，"安杰尔说，"现在，耶尔瓦布埃纳已经没人跑步了。"

安杰尔很担心穆内拉契会重蹈耶尔瓦布埃纳的覆辙，因为他听说政府正考虑把通往村口的公路修进峡谷。至于政府这样计划的原因，安杰尔完全揣测不出：塔拉乌马拉人不想要公路，不想被打扰，修路只是方便了毒贩和非法的伐木者。从塔拉乌马拉人的角度看，政府在偏远地区兴修公路的热情真是很难理解，不过考虑到许多政客和军官都跟毒贩有勾结，这样的做法倒也不足为奇。

这正是拉姆霍尔兹最担心的事情，我想。早在一个世纪前，这位有远见的探险家就担心塔拉乌马拉人的文化可能会逐渐消失。"未来，人们要想了解塔拉乌马拉人的原始生活状态，只能通过今人的记载和研究，"他写道，"今天的塔拉乌马拉部族仍然可被视为远古时代的孑遗，保留着许多人类原始阶段的习俗。"

"我们有些族人对传统的尊重程度远不及卡巴洛，"安杰尔叹息道，"那匹老马骨子里可是个塔拉乌马拉人。"

我靠着学校的墙壁坐下，双腿又酸又痛。两天的徒步已经让我筋疲力尽，但现在看来，我的旅程只是刚刚开始。

6

"全都是在糊弄。"

我和萨尔瓦多第二天上午就告辞了，顶着烈日回到峡谷边。萨尔瓦多走得飞快，经常无视羊肠小路，直接沿着陡峭的岩壁手脚并用地往上攀，就像囚犯爬墙越狱一样。一路上我尽力跟上他的步伐，但有一个想法越来越强烈：我们被骗了。

没错，离开安杰尔的村子越远，我越肯定：所谓"白马"不过是个谎言，目的是诱导好奇心过剩的陌生人离开。这个故事实在太诱人——一个来自现代社会的外来人，居然归顺了塔拉乌马拉人的古老传统，听起来都不太真实。卡巴洛·布兰科与其说是一个人，倒不如说是一个传说。我想，安杰尔一定是厌烦了我的提问，就用这个故事打发我去茫茫山区苦苦寻找，等醒悟时已经走出几百英里。

我这么想并不是没有根据，因为过去曾有人通过编造故事来保护塔拉乌马拉部族的神秘性。20世纪60年代的"唐望"系列畅销书作者卡洛斯·卡斯塔尼达就在作品中描述过生活在墨西哥的神奇巫师，这群具有惊人智慧和耐力的人几乎无疑指的正是塔拉乌马拉人，或许是基于同情，他故意写成了亚基人。很明显，考虑到他的畅销书带来的关注，粗野的亚基人比温和的塔拉乌马拉人更能抵御可能的冲击。

尽管我怀疑自己受了类似的误导，但还是踏上了寻找卡巴洛的旅程，因为我们在离开穆内拉契村前发生了另一件事。那晚，安杰尔安排我们在学校的医务室里过夜。第二天早晨他邀请我们在出发前共进早餐，吃豆子和玉米饼。当时天很冷，我们坐在门外，捧着碗热气腾腾的粥暖手，刚起床的孩子从宿舍里涌出来。安杰尔决定用塔拉乌马拉人的方式让他们暖暖身子。我有幸目睹了一场真正的"拉拉基帕瑞"，塔拉乌马拉人的赛跑。

安杰尔站起来，把孩子分成两组，然后拿出两个跟垒球差不多大的木球，一组一个。他伸出六根指头，示意他们需要在学校和河岸之间往返六次，总距离大概四英里。队伍最前面的两个男孩把球放在地上，用脚尖轻轻挑起，慢慢伏下身子，然后……

"开始！"

两个男孩立刻抬脚把球踢出去，跟着球飞快地跑起来，其他孩子紧紧跟在后面。两组的速度差不多，但我更看好名叫马塞利诺的十二岁男孩带领的小组。马塞利诺鲜红的上衣像火焰一样飘舞在身后，白色短裙在双腿边翻飞。球还在滚动，他就已经追上它，再次用脚尖高高挑起，几乎没有放慢速度。

马塞利诺的速度和敏捷让我惊讶不已。他在大大小小的石块中间轻盈地奔跑，双腿的交替无比之快，但是上身几乎没有起伏。如果只看上身，你可能以为他脚下踩着滑板。他昂着头，一头黑发迎风飞扬，一副海报上的明星范儿。没错，我一眼就看出，像他这样既有天赋又帅气的孩子，绝对是成为家喻户晓的明星的料。

"嗯，你说得没错，"安杰尔说，"他就是有这血统。他父亲也是个很棒的跑者。"

马塞利诺的父亲曼努埃尔·卢纳在通宵进行的成人版拉拉基帕瑞里，几乎每次都能带队获胜。安杰尔告诉我，拉拉基帕瑞可以算是塔拉乌马拉人社会生活的核心，一切文化元素都能在比赛中得到体现。

开赛前，来自两个村子的人先聚头，晚上喝酒下注，第二天太阳一出来就开始比赛。每边派出三到八名选手，在一段陡峭的山径上往返奔跑，还得像足球运动员一样带着球。比赛可能持续一整天甚至两天，在这个过程中跑者的节奏始终在变，他们要跟上球的速度，又要绕开拦路的大石头，还要避免相撞。

"我们把拉拉基帕瑞叫作生命游戏，"安杰尔说，"你无法预料比赛究竟有多艰苦，也不知道它什么时候才会结束。你不能控制它的进程，只能尽力去适应。"

而且，他补充说，没人能凭一己之力赢得比赛，就算是曼努埃尔·卢纳这样的明星选手，也需要其他人的支持和配合。其间，亲朋好友会在一旁鼓劲，端上玉米粥供选手补充体力，在夜幕降临后点燃松枝扎成火把，让比赛在黑暗中继续。要完成如此高难度的挑战，参赛选手需要具备塔拉乌马拉人的一切典型素质：体力、耐力、合作、投入，以及坚持。最重要的是，你必须真心喜欢奔跑。

"那孩子将来会跟他爸爸一样棒，"安杰尔朝马塞利诺的方向点了点头，"要是我不拦着，他会这样跑一整天。"

马塞利诺跑到河边就转过身，把球传给一个跑丢了一只鞋、正拼命勒腰带的六岁孩子。于是这孩子一边带着队伍往回跑，一边用手抓着腰带，不让短裙掉下去。这时我突然意识到拉拉基帕瑞比赛的高明之处：因为路途曲折崎岖，球经常会飞出去或卡在石缝里，这就让跑得较慢的孩子有时间追赶。在往返不停的赛程中，每个人都可以参与进来，没有人会落单。

孩子们在山路上快乐地奔跑着，似乎没有人在乎输赢，没有争执，没有炫耀，也没有大人的指点。安杰尔和另一个老师站在一旁，兴味十足地看着，但不会朝孩子喊话，甚至不会助威。他们劲头十足时就飞奔一段，累了就放慢速度，偶尔在树荫下休息片刻，又继续追赶带球的孩子。

但是马塞利诺跟绝大多数孩子不同，他一直没有放慢速度，仿佛不知疲累，无论上山下山，步伐都同样轻捷平稳。在同龄的塔拉乌马拉男孩中间，他的个子算是相当高，脸上总是挂着兴奋灿烂的笑容，和迈克尔·乔丹在比赛紧要关头的表现一样。跑最后一轮时，他巧妙地把球往左一挑，球按照他估算的路径，打在一块大石头上再弹回来，他猛冲五十米正好接住。

安杰尔用斧背敲了敲铁栏杆，宣告比赛结束。孩子陆陆续续回到校舍，年龄大一点的帮忙搬运取暖用的木柴。只有很少几个孩子回应我们的招呼，因为他们大多没接触过西班牙语。马塞利诺朝我们走了过来，他听安杰尔说过我们的事情。

"祝你们顺利，"马塞利诺说，"卡巴洛·布兰科是我爸爸的'诺拉瓦'。"

诺拉瓦？这个词我第一次听说。"他说什么？"我问萨尔瓦多，"卡巴洛是他爸爸知道的一个传奇，还是说他爸爸给他讲过卡巴洛的故事？"

"不是，"萨尔瓦多告诉我，"'诺拉瓦'是拉拉穆里人的语言，意思是'朋友'。"

"卡巴洛·布兰科是你父亲的朋友？"我问。

"对，"马塞利诺点点头，转身朝校舍走去，"他人不错。"

好吧，那天下午我想，就算安杰尔会编故事骗我们，但那孩子绝对不会。安杰尔说卡巴洛可能去了克里尔镇，我们若想见他，就必须迅速行动。白马总会时不时消失，没人知道他究竟去了哪儿。假如这一次错过，我们可能永远找不到他。

况且，安杰尔在另一件事情上没有说谎，在攀登峭壁时我双腿的表现就足以证明。在我们离开前，他递给我一杯黏黏的液体。

"你会喜欢的。"他向我保证。

我打量着杯子里的液体。看上去就像是胶水，中间悬浮着很多小小的圆球，球心呈黑色，形同青蛙卵。换个场合，我多半以为这是某个孩子的恶作剧：故意递给我一杯不知从哪里舀来的东西，看我会不会喝下去。哪怕最保守的猜测，那也是某种掺着河水的发酵物。就算味道不是很糟糕，水里的细菌也会让我闹肚子。

"谢谢，"我伸手接过杯子，打算趁安杰尔不注意时倒掉，"这是什么？"

"伊斯卡特。"

似乎很耳熟……我忽然想起来了。拉姆霍尔兹当年在这片地区探险的时候，就有塔拉乌马拉人给他喝伊斯卡特。当时他很绝望，因为他已经精疲力竭，却得在天黑前再翻过一座山。

"我在傍晚时分走到一个山洞口，洞里有个女人正在调配这种黏稠的饮品，"他后来写道，"当时我很疲劳，觉得自己不可能在天黑前翻越海拔六百米的山，回到营地。但是伊斯卡特不仅消灭了饥饿和干渴，还让我的双腿充满力量。我惊讶地发现自己没费什么力就爬完全程。在缓解疲劳、恢复体力方面，伊斯卡特的确具有奇效，我后来的几次经历也都证实了这一点。"

塔拉乌马拉人自己调制的红牛饮料！我非尝试一下不可。我告诉安杰尔："我要把它留到更需要的时候。"然后把杯子里的伊斯卡特倒进水壶，跟原来用净水片净化过的半壶水混在一起，又扔进去两片净水片，免得因为细菌染上腹泻。

几个月后我才知道，伊斯卡特在西班牙语里又叫作"奇亚－弗莱斯卡"，意思是"清爽的奇亚"，由奇亚的种子——奇亚籽磨碎后加入水、少许糖、青柠檬汁混合而成。一勺奇亚籽就相当于鲑鱼、菠菜和生长激素制成的奶昔，富含 Omega-3 脂肪酸、Omega-6脂肪酸等不饱和脂肪酸，以及蛋白质、钙、铁、锌、纤维和抗氧化物，长期食用有增肌、降低血胆固醇、减少心脏病发病风险的功效。在过去，奇亚籽是珍品，被阿兹特克人当作贡品献给国王，也是他们的战士上战场前的必备食品。霍皮人的信使能够从亚利桑那一路奔跑到太平洋海岸，也是因为有奇亚籽作为能量补充。墨西哥的恰帕斯州（Chiapas）就是以奇亚籽（chia seed）命名，因为它曾和玉米、豆类一样是墨西哥主要经济作物之一。奇亚籽不仅营养价值极高，种植也相当容易。如果有一只奇亚宠物❶，那么你很快就能做出自己的伊斯卡特。

我很快就发现，这种饮料不仅具有神奇的力量，味道也不错：尽管有净水片残留的碘味，喝起来还是相当清爽，带着青柠檬的淡香。没过几分钟，我就感觉到它的功效：全身充满活力，头天

---

❶ 奇亚宠物（chia pet），一种陶瓷制成的小花盆，通常呈动物形状，可以在几周内长出奇亚籽芽，看上去就像动物的毛发。

夜里睡在冰凉的地面导致的头痛都消失了。

萨尔瓦多走得飞快，我也紧紧跟随，但还是没能在天黑前走出峡谷。太阳落山后，我们至少还要走两个小时的上坡路。没有食物和水，气温不断下降，我们不愿就地露宿。再往前走一英里，或许就可以借着微弱的光线找到路。我们决定试一试，总比又饥又渴地缩在睡袋里瑟瑟发抖要好。

天色越来越暗，我只能凭脚步声判断萨尔瓦多行走的方向。我不知道他究竟是怎么在黑暗中辨别方向，但是之前驾车在树林里穿行的时候，他就凭着本能的方向感找到了正确的路，所以我不应该打扰他，只要跟着走就是了，然后……然后……

等等，他的脚步声怎么没了？

"萨尔瓦多？"

没有回应。糟了。

"萨尔瓦多！"

"别过来！"他的声音传来。

"怎么——"

"别说话。"

我在黑暗中坐下，纳闷发生了什么事。过了好几分钟，萨尔瓦多那边还是没有动静。"他会回来的，"我安慰着自己，"要是他摔下悬崖，肯定会叫出来，我也会听到动静。但是天哪，他可真够久的……"

"好了，"他的喊声从右上方传来，"这边可以走，但要慢点！"我小心翼翼、一寸一寸地朝他说话的方向挪去。我能感觉到左边就是悬崖，至于他刚才离悬崖边缘有多近，我根本就不想知道。

夜里 10 点，我们终于翻上悬崖，精疲力竭地打开睡袋躺下。第二天天没亮就起床回到不远处的车里。破晓时分，我们已经行驶在下山的路上。

每每经过路边的农场、村落和学校，我们就下车打听有没有人认识卡巴洛·布兰科。所有人的回答都一样：当然认识！他上周还从这里路过……就在几天前……昨天……你们刚刚错过……

我们来到一处破木屋前买食物。"啊，一共十元。"一个老婆婆用瘦骨嶙峋的双手递给我一包覆满灰尘的薯片和一瓶被晒热的可乐。"当心那家伙。我听说过那个卡巴洛。他原来是个搏击手，后来疯了。有个人死了，把他弄疯了。他徒手就能要你的命，"她像是生怕我会忘记，又补充一句，"他疯了。"

在克里尔镇，一家小餐馆的女主人告诉我们，她早晨看见卡巴洛沿着铁轨朝镇子郊外走去。于是我们沿着铁轨旁的便道行驶，一路打听，终于在小镇最边缘的佩雷斯旅馆得到一个令人激动紧张的消息：他今天一定会来这里。

等待过程中，我在旅馆大厅的沙发上打着瞌睡。或许这是好事，因为这样一来，我就可以隐藏在阴影里，偷偷看清楚卡巴洛的模样——否则，他会先看见我，二话不说地转身跑回山野中。

7

幸运的是，我的位置离门更近。

"你好！嗯……你认识安杰尔吧？"我紧张地搜罗着词汇，把他挡在门口。"塔拉乌马拉小学的老师？还有，卢纳，嗯，米格尔·卢纳……"我希望他能听到某个熟悉的名字，而不是推开我冲出门，消失在旅馆后的群山之中。"……不对，是曼努埃尔·卢纳。不是米格尔，是曼努埃尔。他儿子说你们两个是朋友。马塞利诺？你认识马塞利诺吧？"

但是我说得越多，他的眉头锁得越紧，直到脸上出现戒备的神色。我赶紧闭上嘴。我还没有忘记在奎马尔家门口得到的教训：如果我保持安静，让他自己琢磨我的来意，或许能让他平静下来。于是我就站在那里，任凭他在压低的帽檐下用怀疑的目光打量我。

"嗯，"他咕哝着，"曼努埃尔是我的朋友。你又是谁？"

为了打消他的疑虑，我解释说自己不是警方的密探，只是个杂志社记者兼业余跑步爱好者，想要了解塔拉乌马拉人的秘密。就算他跟美国或者墨西哥政府有什么过节，也是他自己的事，我完全不在乎。事实上，如果他真的像传说中那样是个被警方追捕的逃亡者，倒会让我更为敬慕，因为只靠双腿就能逃避搜捕，平安度过这么多年，更能证明他已经成了个不折不扣的拉拉穆里人。无论如何，我都很愿意聆听他的故事。

卡巴洛没有舒展眉头，也没有夺门而出。后来我才发现，那天我幸运地赶上他那特别的一生中的特别时刻：他也正在找一个像我这样的人，用他自己的方式。

"好吧，"他说，"但我得先吃点东西。"

我跟着他走出旅馆，沿一条灰土弥漫的小巷来到一扇毫不起眼的房门前。门口有个小男孩正跟小猫玩耍，进门是狭窄的客厅。一个老妇人正在客厅隔壁的厨房里做饭，翻炒着菜豆，香气扑鼻。

"嗨，卡巴洛。"她听见门响，从厨房里往外喊道。

"是我，阿妈。"卡巴洛也喊着。我们在客厅一张木桌前坐下来。他说，他在峡谷地带认识很多这样的"阿妈"，长距离奔跑的途中经常在她们家中歇脚，饱餐一顿豆子和玉米饼，只需要付几分钱。

尽管阿妈表现得很平淡，但我可以看出塔拉乌马拉的孩子第一次看到他出现在林子中时为什么会如此害怕。多年在烈日下长距离奔跑，让卡巴洛高挑的身体变得异常瘦削，就像是一具骨架。原本白皙的肤色变得斑驳，鼻尖是粉红色，而脖子是胡桃色。想象一下把施瓦辛格扮演的终结者丢进强酸，出来后就是卡巴洛这副模样。

荒野里阳光强烈，他总眯着眼睛，导致他只能露出两种表情：要么是嘲讽，要么是感兴趣。那天晚上我说了很多话，始终没法判断他究竟是很感兴趣还是认为都是胡言乱语。在听人说话的时候，卡巴洛总是非常专注，像个认真追逐猎物的猎人，会从声调和表情中捕捉你的真实想法。他在墨西哥待了十多年，讲起西班牙语还是磕磕巴巴，就像照着注音读本一个字一个字往外念。

"你让我不安的是……"卡巴洛刚开口便打住，因为阿妈端上两大碗香喷喷的豆子，上面撒着胡椒、切碎的芫荽叶和青柠檬汁。原来他在旅馆眉头紧皱，不是因为我挡住了他通往自由的路，而是因为我堵住了通往食物的路。那天早晨，他本打算去附近的林子泡泡温泉，但看见一条从未注意过的小路，于是跑起来。结果一发不可收拾，几个小时后他来到一座山脚下，但他没有打道回府，而是攀上这座海拔九百米的山峰，相当于攀了两回纽约帝国大厦。最后他从另一条路绕回克里尔镇，原本泡温泉放松的计划变成一场越野马拉松。我在旅馆拦住他的时候，他正饥肠辘辘，早晨起床后就没吃过任何东西。

"我总是迷路，最后只能顺着岩壁往上爬，嘴里叼着水壶，头顶上盘旋着秃鹫，"他说，"那种感觉很美。"他从塔拉乌马拉人那里学到很多，其中最重要的是随时随地都能快速起跑，就像忽然嗅到野兔踪迹的狼一样。对卡巴洛来说，奔跑已经成了主要的出行方式。无论去哪里，他总是迈开步子就跑，跟新石器时代的狩猎者一样轻装出发，完全不在乎往哪儿跑，跑多远。

"看，"他指着身上破旧的短裤和凉鞋，"这是我所有的装备，我天天都穿着它们。"

他停住话头，将热气腾腾的香辣豆子铲进嘴里，口渴了就喝啤酒，伴着豆子一起咽下。很快一整碗见底，阿妈重新添满，他又大口吃起来，动作利落得像在进行一项运动。咀嚼和吞咽的声音就像在给汽车加油一样：咕嘟，咕嘟，咕嘟……

时不时地，他会抬头跟我讲几句话，然后继续埋头大吃。"对，我以前是个专业搏击手，在国内排名第五，"再吃几口，"你刚才有点吓到我了，因为你忽然冒出来。这里经常发生绑架和杀人之类的事，都跟贩毒有关。我就认识这样一个人，他被绑架后，他老婆付了一大笔赎金，但他们还是撕了票。幸好我从没遇到过这样的事。我只是个跟拉拉穆里人一起跑来跑去的外国佬。"

"对不起……"我刚开口，他又埋头吃起来。

我暂时不打算问太多问题，免得惹他厌烦，尽管他的话就像跳跃的快放镜头：笑话、幻想、创伤、回忆、怨恨和相应的负罪感，以及偶尔灵光一现的智慧都交错在一起，切换之快让人反应不过来。他会先讲一个故事，然后讲第二个故事时跳到第三个故事，回头又纠正第一个故事里的错误，辱骂第二个故事里的人，再为这辱骂道歉，因为他一直努力克制自己的愤怒，而那又是另一个故事……

他说，他的真名叫迈卡·特鲁，来自科罗拉多。不对，其实是加利福尼亚。如果我真的想了解拉拉穆里人，就应该去见识那位九十五岁的老人如何徒步二十五英里翻越一座山。他为什么要这样做？因为没人告诉他不能这样做。没人告诉他像他这个年纪应该被送进养老院，在那里孤独地死去。每个人的生活都由自己定义。最好的例子，就是他用他的狗给自己取名。"特鲁"其实是他的狗的名字。他并不是总是对得起那条名叫特鲁的老狗，但那又是另一个故事……

我一边听着等他吃完，一边用指甲刮擦啤酒瓶上的标签，心想他到底能不能有条理些，好让我听出个所以然来。最后他终于放下勺子，喝干第二瓶啤酒，心满意足地靠在椅背上。

"瓜达祖科！"他笑着对我说，"这是个不错的词，在拉拉穆里语中是'真棒'的意思。"

我把第三瓶啤酒推过去。他眯着眼打量酒瓶。"我不知道能不能顶住,"他说,"一整天都没吃东西了。我可没有拉拉穆里人那样的酒量。"

但他还是拿起酒瓶,毕竟在外面跑了一整天,也渴了一整天。他咕嘟咕嘟地喝了大半瓶,又靠回椅背,用手抚摸着瘦削的腹部。虽然他没有开口,但我还是能看出来他的心情发生了某种变化。或许他就需要这几口酒精才能放松下来,开始讲述自己的故事。

他终于开口,奔涌而出的故事仿佛充满磁力,紧紧抓住我的注意力。他滔滔不绝地讲到深夜,把过去十年的经历一股脑地倒了出来。奇特的人物、惊人的冒险和顽强的斗争悉数出现,结尾则是一个关于未来的计划。一个大胆的计划。

我渐渐意识到,这个计划有我一份。

8

要了解卡巴洛的计划，需要上溯到20世纪90年代初。当时，亚利桑那州有个名叫里克·费希尔的野外摄影师，问了自己一个不难想到的问题：既然塔拉乌马拉人是世界上最擅长耐力跑的人，为什么国际大赛上从来见不到他们的身影？

费希尔的构思很简单：让塔拉乌马拉部族里最优秀的运动员出来参加比赛，把他们包装成"失落的传奇"推向大众，使他们成为媒体聚光灯下的明星。没错，塔拉乌马拉人或许是世界上最不愿受到关注的民族，而且在过去几个世纪里一直回避外界，不过……

不过这些问题可以晚些处理，眼前还有更棘手的问题。比如，他对跑步这项运动完全不了解，基本不懂西班牙语，更不要说拉拉穆里语。他不知道该去哪儿寻找塔拉乌马拉人，也不知道该怎么说服他们离开安全的洞穴，到外面参加喧闹的比赛。就算他能凑齐一支由塔拉乌马拉人组成的田径赛代表队，又去哪里找运送他们的车辆和允许他们进入美国的合法护照呢？

幸运的是，费希尔还是有一些能耐。首先是他神奇的方向感。他脑中像是内置了GPS，可以在错综复杂的峡谷中找到路，就像一只随主人到阿拉斯加度假的猫，走失后还能回到堪萨斯的家。费希尔的家乡在美国中西部，打小见过的最深的东西大概就是排水沟，但他一到亚利桑那上大学，就迷恋上那里的各大峡谷，包括一些不该进入的地方。还在读书的时候，他便开始探索迷宫一般的莫戈永峡谷，根本不把前一年凤凰城登山俱乐部主席在那里因山洪暴发而遇难的事放在心上。费希尔完全没有野外生存经验，也没有专业装备，但他不仅活着走出来，还带回了不少精彩的照片。

就连《进入空气稀薄地带》的作者、著名探险记者乔恩·克拉考尔都说："里克·费希尔很可能是世界上对莫戈永峡谷地带了解最全的人，他清楚那里隐藏的无数秘密。"克拉考尔在费希尔摄影生涯早期便做出这一论断，当时费希尔引领他进入"一片十分神奇的地方"，让他见识到"从未见过的景色"——那里就像巧克力冒险工厂一样魔幻，有绿色的泥沼、粉红色的水晶塔，以及深藏地底的瀑布。

这就要说说费希尔的另一个本事了：他特别擅长吸引大众，说服他人做本来不愿意做的事情，这一点能让电视布道者自惭形秽。克拉考尔最津津乐道的是费希尔20世纪80年代中期在铜峡谷漂流的经历。当时费希尔根本不知道目的地在哪里。按照克拉考尔的说法，他要尝试的事情"放在登山界就相当于一次大型喜马拉雅山探险"，但他还是成功说服一对情侣跟他同行。一切都很顺利……直到他们无意间把筏子停在一片大麻田旁边。还没反应过来怎么回事，周围就冒出端着突击步枪的毒贩哨兵。

这都不是事儿。费希尔掏出一沓关于自己的新闻报道，这些东西他到哪里都带着，漂流时也不例外。看吧！惹我绝不是什么明智之举，我可是个大人物！大人物！

　　哨兵被他弄得晕头转向，于是放他们一行人离开了。但没过多久，他们又在另一个毒贩基地旁靠了岸。这一次没那么幸运，他们被好几个喝醉的恶棍围住，其中一个还一把抱住同行的女孩。她的男朋友想把她拉回来，却被枪口抵住胸膛。

　　费希尔一下子爆发了。这一次他没有掏出那沓报道，而是操着初中生水平的西班牙语破口大骂："你们这些坏人！坏透了！"按照克拉考尔的说法，他骂了很长时间，恶棍最后烦了，推开他让他闭嘴，然后转身离去。费希尔就这样捡回自己和两名同伴的命，而且没有忘记把整个经过讲给克拉考尔听。

　　费希尔的确很有一套。80年代，当多数冒险家都在追随莱因霍尔德·梅斯纳的脚步，试图征服喜马拉雅山的十四座高峰时，他把目光投向山底下更瑰丽奇幻的世界。借助英国特工弗雷德里克·贝利上尉30年代留下的记录，他参与了在西藏寻找金塔普瀑布的过程，那是一处气势磅礴的大瀑布，后面掩藏着通往世界第一大峡谷——雅鲁藏布峡谷的入口。在那以后，费希尔的足迹遍布五大洲，在波斯尼亚、埃塞俄比亚、中国、纳米比亚和玻利维亚都探索过无人涉足的峡谷和洞穴，偶尔还需要穿越战乱地区。

　　埋伏的特工，横飞的子弹，史前的王国……在个人经历上，估计连海明威都要甘拜下风。然而无论去过多远的地方，他心中念念不忘的，始终是离家门口不远的铜峡谷。

　　费希尔和未婚妻姬蒂·威廉斯在马德雷山脉探险时，认识了一个塔拉乌马拉小伙子。他叫帕特罗西尼奥·洛佩斯，沿着伐木工人开辟的公路走出来见识外面的世界。帕特罗西尼奥不仅长相英俊，擅长弹奏塔拉乌马拉人的"查巴瑞克"双弦琴，而且不介意跟白人合作。奇瓦瓦州旅游部门聘请他担任"铜峡谷旅游专列"的形象代言人，那是一趟行驶在马德雷山脚的豪华列车，可以让游客在享受顶级服务的同时观赏峡谷风光。帕特罗西尼奥的工作就是摆出拉琴的姿势拍摄宣传海报，仿佛在告诉游客，峡谷里的塔拉乌马拉人帅气逼人，过着自在的快乐日子。

费希尔和姬蒂问他，能不能带他们去看塔拉乌马拉人传统的拉拉基帕瑞。帕特罗西尼奥的回答显示出他已充分适应外面的世界："应该能吧，只要你们愿意交易。"他告诉费希尔和姬蒂，如果他们愿意提供食物，他或许可以说服村民来一场比赛。

说定了？

说定了。

费希尔和姬蒂运来食物，帕特罗西尼奥也的确特地安排了一场实实在在的赛跑。两人到村子里才发现村民不是在敷衍，而是动了真格。三十四个精壮男人换上短袖上衣和拖鞋，接受村里巫师的赛前按摩，大口喝着伊斯卡特补充体力。长者一声令下，他们就沿崎岖不平的山路冲出去，六十英里的路程一跑就是一整个白天。他们从费希尔和姬蒂身边掠过，速度之快，步伐之准，好像一群迁徙的麻雀。

哇！这才叫跑步呢！姬蒂连连赞叹。她自己是个耐力跑老手，父亲是著名的山地越野跑健将埃德·威廉斯。埃德最喜欢的比赛是在科罗拉多州莱德维尔镇举办的一百英里越野赛，他一生参加了十二次，最后一次是在七十岁高龄的时候。

费希尔脑海里浮现出一幅美妙的图景：帕特罗西尼奥可以给他找来合适的跑者，未来的岳父埃德则为赛事细节出谋划策。他只需要说服慈善组织捐赠玉米来打动塔拉乌马拉人，或许再说服哪家运动鞋公司赞助，免得他们穿着破破烂烂的拖鞋参赛……

费希尔沉浸在幻想中，丝毫没有意识到等待他的将是怎样惨痛的失败。

9

与痛苦为友，你将永不孤单。

——肯·克洛伯，莱德维尔越野赛创始人

里克·费希尔的计划中最要命的缺陷就在于，这场莱德维尔越野赛偏偏是在莱德维尔镇举办。

莱德维尔镇位于科罗拉多州落基山脉腹地海拔三千多米的山谷里，是北美海拔最高的城镇。这里气候酷寒，救火队员在冬季出动时甚至不敢敲钟开道，因为钟会被敲碎。光是瞧一眼附近的地形，便会令披着熊皮取暖的早期拓荒者发抖。莱德维尔历史学家克里斯蒂安·拜斯这样描述道："就在那里，在他们眼前，高踞着从未见过也从未想象过的地质奇观。简直像是来到另一个星球。这片偏远荒凉、地势凶险的地方，只有最富有冒险精神的人才敢进入。"

当然，从那以后一切都有所改善：救火队员用起了报警器。至于其他的，呃……"莱德维尔是矿工、流浪汉和恶棍的家园。"这是肯·克洛伯的结论。这个曾骑着哈雷摩托车呼啸过市的失业矿工于 1982 年创办莱德维尔越野赛。"生活在海拔三千米之地的人，他们的坚韧程度完全不是一般人能比的。"

莱德维尔最有名的内科医生罗伯特·伍德沃德在听说肯的比赛计划后，可真是气坏了。"你不能让人在这样的海拔上跑完一百英里！"他咆哮着，用手指着肯的脸。假如你见过肯·克洛伯，见过他那铁塔一般粗壮的身躯、刀刻斧削一般的脸颊和脚上的铁头大皮靴，你就知道没人会伸手直指他的脸，除非那人喝得烂醉或气晕了。

伍德沃德医生当然没有喝醉。"任何愿意跟你一起跑的人都会被你害死！"

"扯淡！"肯反驳道，"说不定真死人了，我们才会重新被世界发现。"

就在这场争论发生前不久，莱德维尔近郊的钼矿忽然倒闭，镇上几乎所有人瞬间失业。钼主要用于生产坦克和战舰装甲用的强化钢材，所以当冷战导致的军备竞赛逐渐成为历史，钼的市场需求也开始萎缩。几乎是一夜之间，原本生机勃勃的莱德维尔镇陷入绝境，成为北美失业率最高的城镇。八成的镇民在钼矿上班，剩下的两成从事相关产业，如此一来，莱德维尔瞬间从科罗拉多州人均收入最高的城镇，变成全州最贫困的城镇之一。

情况还能比这更糟糕些吗？能。

肯的邻居有的昼夜酗酒、殴打妻子、陷入抑郁，有的收拾东西准备迁往别处。整座城镇似乎患上了精神分裂症，而这正是社区凋亡的前兆：首先，居民丧失了坚持下去的方法；其次，在聚众斗殴、违法逮捕和房屋止赎等威胁面前，他们丧失了坚持下去的动力。

"成百上千的人离开了。"莱德维尔镇急救中心的约翰·佩尔纳医生后来回忆道。在那段时间，他的诊室每天接待的不是出了事故的矿工，而是醉倒在雪地里、脚趾严重冻伤需要截肢的男人，还有深夜里捂着血淋淋的脸颊、带着受惊的孩子前来包扎的妻子。

"整座城镇都像是要消失了。"佩尔纳医生说，留下的人甚至坐不满一座普通体育馆的观众席。

复兴莱德维尔的唯一希望在旅游业，但十分渺茫。每年有九个月都被冰雪覆盖，没有适合滑雪的斜坡，空气稀薄得呼吸都困难，什么样的傻瓜会在这样的地方度假？何况这里的山区环境非常恶劣，甚至曾被美国陆军第十山地师的精英部队当作山地作战训练场。

更糟糕的是，莱德维尔的名声跟它的地理条件一样恶劣。过去的几十年里，这里一直是蛮荒之地中的蛮荒之地，被一名历史学者形容为"绝对的死亡陷阱，似乎以全方位的堕落为荣"。霍利迪医生，那个从牙医转变为持枪赌徒的人，过去常与 OK 牧场枪战 ❶ 的战友伙伴怀亚特·厄普一起在莱德维尔的酒吧晃荡。著名的强盗杰西·詹姆斯也曾把这里作为据点，拦劫从山谷口路过的邮车。直到 20 世纪 40 年代，第十山地师还严禁在此受训的特种兵进入镇中心：他们或许能打败纳粹军队，却不是大街上那些赌棍、杀手和妓女的对手。

没错，莱德维尔是个难搞的地方，肯清楚这一点。这里的男人很难搞，女人更像难搞，还有……

---

❶ 1881 年发生在亚利桑那汤姆斯通的一场枪战，一方是一群违法的牛仔，另一方是执法官怀亚特、霍利迪医生和镇上的警长等。该场枪战标志着美国法律开始迈入更广阔的偏远山区。

还有去你的！去你的！就这样。

既然莱德维尔人剩下的只有沙砾，那就应该善加利用。肯听说加州山区有个名叫戈迪·恩斯莱的人，他在参加世界一流的马术耐力赛——美国西部骑马越野赛前，他的母马偏偏瘸了腿。但戈迪无论如何都要参赛。他穿着运动鞋出现在起跑线上，用双腿跨越内华达山脉，跑完一百英里的赛程。他沿途喝小溪里的水，接受医疗点兽医的身体检查，最后赶在二十四小时的规定比赛时间内跑完全程。加州不只有戈迪一个疯子，所以在第二年又有更多跑者参加这项本来为骑手而设的赛事……第三年、第四年也是这样……到 1977 年，这场骑马赛事变成全球第一项一百英里越野跑比赛。

肯连标准马拉松都没跑过，但是既然加州佬能跑完，那说明并不是什么难事。再说，要想让莱德维尔镇存在下去，非得弄出点超级吸引眼球的花样不可。

于是，他创立了莱德维尔自己的超长距离越野赛，赛程同样是一百英里。

要想知道这场比赛的规格，不妨尝试一下用袜子堵住嘴，连跑两遍波士顿马拉松，再跑上海拔四千三百米的派克斯峰。

都跑完了？

很好！再跑一遍，这次记得闭上眼睛。这就是莱德维尔越野赛：赛程几乎相当于标准马拉松的四倍，其中一半要摸黑完成，途中要翻越两座海拔四千米以上的山峰。比赛起跑线的海拔比喷气式客机需要给客舱增压的海拔还要高一倍，而这已是赛道全程的最低海拔。

"医院确实托这赛事的福赚了不少钱，"比赛至今已举办二十五届，肯·克洛伯高兴地告诉我，"每一年，只有在那个周末，镇上所有的旅馆房间和医院病房全都爆满。"

这一点肯当然一清二楚：每一届比赛都少不了他的身影，尽管在第一届比赛上，他就因为体温过低而不得不住院治疗。参加莱德维尔越野赛的选手都知道，高原反应、心律失常、晒伤、脚踝扭伤、摔伤……可能让你住院的事情实在太多了。

每一年，能在规定时间内跑完全程的选手只有不到一半。有"超级马拉松之王"之称的迪安·卡纳泽斯前两次参赛都没跑完全程，还被莱德维尔居民起了个绰号"零蛋"（第一次是零，第二次也是零）。

如此艰苦的比赛，来挑战的自然都不是一般人。曾经连续五年夺冠的史蒂夫·彼得森是科罗拉多州一个叫作"神圣疯狂"的高等意识教派的成员，通过性爱聚会、超长距离耐力跑和替人清扫房间来追求超脱。另一位在莱德维尔创下传奇的选手是马歇尔·乌尔里克。这位大型狗粮公司的老板同时也是个狂热的跑者，曾为提高跑速而手术摘除全部脚指甲，还说："反正它们也总是掉下来。"

当肯遇见攀岩者阿伦·罗尔斯顿——曾用多功能组合刀和锯齿刀刃砍断被巨石压住的手臂自救——他提出一个出乎意料的邀请：阿伦若参加莱德维尔越野赛，免报名费。这震惊了所有知情人，每一届冠军都需要交钱才能再次参赛，埃德·威廉斯这样的大师也不例外。肯自己都要交钱，但是阿伦可以不交——为什么？

"他代表了莱德维尔的精神，"肯回答，"我们的座右铭是：你比自己想象的更坚强，你比自己想象的能做更多。阿伦这样的人就是明证：只要发掘潜能，我们能变得多惊人。"

你或许以为阿伦已经不愿再受苦，但就在自断手臂一年后，他接受了肯的邀请，挥着义肢在三十个小时的规定时间内跑到终点，带着完赛的纪念品——一枚银质腰带扣回到家里，用行动表达了莱德维尔越野赛的精神，而且表达得比肯还要清楚：

　　不是一定要跑得快，而是一定要无所畏惧。

10

太棒了！莱德维尔越野赛正是费希尔要找的。他准备制造一场轰动，莱德维尔正是最佳场所。一群穿着短裙的帅气原始人在这样的赛场上打破纪录，夺得冠军——美国体育频道 ESPN 难道不会抢着报道吗？

于是，1992 年 8 月，费希尔开着越野车回到帕特罗西尼奥的村子。他已经在墨西哥旅游局办理相关许可证，拉到了为参赛者提供的食物赞助。帕特罗西尼奥也说服了村里五个小伙子出去参加这场据说"无比艰苦"的比赛。塔拉乌马拉人的语言里没有"舍"这个音，于是他们给他取了个绰号"佩斯卡多"（Pescador），意思是"钓鱼的人"——这一方面是应着费希尔名字（Fisher）在英语里的意思，另一方面也反映了村民的幽默：费希尔确实像个垂钓人，眼里时刻闪烁着钓条大鱼的渴望。

无所谓。哪怕叫他笨蛋他都不在乎，只要他们在比赛上表现出色。于是他让小伙子们坐上雪佛兰越野车，朝科罗拉多驶去。

比赛当天将近凌晨四点，聚集在起跑线周围的人目瞪口呆地看着五个穿着短裙的选手抵达现场，笨手笨脚地系着他们根本穿不惯的运动鞋鞋带。他们轮着抽了最后几口烟，然后害羞地排到队尾，这时剩下的两百九十名选手正默数着：三……二……

砰！莱德维尔镇长用他那把老式霰弹枪朝天放了一枪，塔拉乌马拉的小伙子们冲了出去。

但他们没有坚持多久。没到一半，塔拉乌马拉的五名选手集体弃权。真是晦气，费希尔冲周围每个人抱怨不停：我就不应该逼他们穿跑鞋，也没告诉他们可以在沿途的补给点补充食物和饮料。全是我的错。他们从来没用过手电筒，哪里知道天黑了该怎么办……

是的，想得太美了。塔拉乌马拉选手让人失望也不是第一次。早在1928年阿姆斯特丹奥运会和1968年墨西哥城奥运会上，就曾有塔拉乌马拉选手代表墨西哥参加马拉松项目，但都没能赢得奖牌。那时人们的解释是，四十二公里的标准马拉松实在太短，塔拉乌马拉人还没来得及充分热身，比赛就结束了。

或许吧。但如果他们真那么厉害，为什么从来没赢过比赛？你要是在自家后院百发百中，那没人当真，要换作赛场才算数。在过去一百年里，塔拉乌马拉人出去参赛总是屡屡失败，这是为什么呢？

费希尔在驾车返回墨西哥的路上不停琢磨，最后终于找到了原因。就是这样！你不可能在芝加哥的大街上随便拉五个小伙子，就指望他们能有公牛队的表现——并不是每个塔拉乌马拉人都是优秀的跑者。这次参加比赛的五个小伙子，就是帕特罗西尼奥在公路附近的人家找的，方便费希尔接送，而且他们更容易与外人打交道。但是当年墨西哥奥运代表队的教训是，那些最容易招募来的塔拉乌马拉人，很可能根本不值得招募。

"我们再试一次吧。"帕特罗西尼奥力劝。费希尔找来的赞助商给村子送了整车玉米，他可不希望好事吹了。这一次，他承诺不会只在自己村子里招募年轻人，而是放开地域和年龄限制。"塔拉乌马拉代表队"这次要回归老传统了。

嗨，这次可是真的"老"。

又一届莱德维尔越野赛，参赛的塔拉乌马拉选手并没有给肯留下什么深刻印象。领头的队长个子不高，年纪有五十五了，头戴羊毛帽，身穿绣着粉红小花的艳蓝色上衣，脖子上围着粉红围巾，脸上挂着无忧无虑的笑容。排在第二个的应该有四十多岁，身后那两个害羞的小伙子年轻得可以当他儿子。这一次他们的装备比前一次还糟糕：车一开到镇上，塔拉乌马拉代表队就钻进垃圾堆捡废弃的旧轮胎，制作参赛时穿的拖鞋。前一年的失败之后，费希尔已经找不到跑鞋赞助商了。

比赛即将开始，他们像上次一样排到队伍最后面。他们的表现肯定也跟上次一样糟糕，肯想。果然，枪响后，他们一直落在队伍最后面，根本没人注意……

直到第四十英里处，维多利亚诺·舒罗（那个喜欢穿得像"调色板"的五十五岁老大爷）和塞瑞尔多·查卡利托（那个四十多岁的"山羊农场主"）一声不响地，甚至有点漫不经心，啪哒啪哒沿着赛道边缘加速，超过一名又一名选手。这是一段绵延三英里的上坡路，前面就是希望山口。曼努埃尔·卢纳也追上来，三个年长者领着两个小伙子像出猎的狼群一样向前冲。

"嘿——呀！"肯看见五个塔拉乌马拉人跑过五十英里折返点，掉头朝他的方向冲来时，不禁像个牛仔般吼起来。似乎有什么东西不对劲，他们的表情就可以说明一切：十年来他见过的参赛选手不计其数，但从来没有人像他们这样……若无其事。若无其事得简直令人发毛。连续十个小时在山路上奔跑，就算没有退出，也至少应该在脸上表现出痛苦，没有谁能例外。就连最厉害的超长距离跑者，到这时也应该是垂着头、皱着眉，强迫自己迈出下一步。但是维多利亚诺那老家伙呢？简直太酷了，看上去就像是刚刚打盹醒来，挠着肚皮，打算向年轻人展示一下老男孩怎么玩这个游戏。

到第六十英里处，塔拉乌马拉人仍旧跑得飞快。莱德维尔越野赛每隔十五英里左右设有补给点，选手可以补充能量，换双干袜子和手电电池，但是塔拉乌马拉人跑得实在太快，费希尔和姬蒂根本来不及驾着越野车绕回来为他们提供补给品。

"他们看上去简直是在随风飘行，"一名惊讶的观众描述道，"就像是一团云，或是山谷里腾升的雾气。"

这一次，塔拉乌马拉人不再是淹没在奥运选手海洋中的孤单的原住民，也不再是穿着不习惯的跑鞋、自公路通到村子里就再没跑过步的乡巴佬。这一次，他们做的是儿时就一直在做的事：年长的在前面，年轻的紧紧跟在后面，沿着崎岖不平的山路奔跑。他们的脚步轻捷稳健，内心笃定自信。他们是天生的跑者。

与此同时，在离终点线不远的地方，正在进行另一场完全不同的"耐力竞赛"。每年举办挑战赛的时候，狂欢者都聚集在终点附近的莱德维尔第六大街，跟参赛选手比赛毅力。枪声一响，他们就开始一杯接一杯地灌酒，三十小时的比赛不结束，他们就不停下。除了痛饮喧闹外，他们还担负一项非官方的使命：每当看见有参赛选手从黑暗中冲出来，就大呼小叫，提醒终点计时员注意。但这一次，他们差点搞砸：因为维多利亚诺和塞瑞尔多跑得实在太快太安静，"就像山谷里腾升的雾气"，几乎没引起任何人的注意。

维多利亚诺第一个冲过终点线，塞瑞尔多紧随其后。曼努埃尔·卢纳在第八十三英里处磨破旧轮胎"跑鞋"，一只脚鲜血淋漓，但还是赢得第五名。第一个到达终点的非塔拉乌马拉选手，几乎比维多利亚诺慢一个小时——也就是落后了差不多六英里。

塔拉乌马拉人不仅仅从最后一名跃上冠军位置，还打破好几项纪录。维多利亚诺成了比赛历史上年纪最大的冠军，十八岁的费利佩·托里斯是跑完全程的最年轻的选手，塔拉乌马拉代表队则是有史以来第一支在前五名中占据三席的参赛队伍——而且冠亚军加起来将近一百岁。

"真是太惊人了！"一个名叫哈里·杜普利的参赛选手告诉《纽约时报》的记者。杜普利一共参加过十二届莱德维尔越野赛，本以为该见识的早都见识过了，直到亲眼看着维多利亚诺和塞瑞尔多从他身边飕飕地跑过。

"这些穿着自制拖鞋的小个子，从来没有进行过专门的训练，却秒杀世界顶级的超长距离耐力跑选手。"

11

"我早就告诉过你们了！"里克·费希尔兴奋地尖叫着。

他期待已久的事情终于一一实现：一夜之间，所有人都对塔拉乌马拉这个神奇的部族充满兴趣。费希尔承诺塔拉乌马拉代表队来年还会参加莱德维尔越野赛，这句话让这项原本小众的赛事一下子成了媒体关注的热点。ESPN买断比赛的电视直播权，《体育大世界》高调制作专题报道，莫尔森啤酒签订了赞助比赛的协议，乐步鞋业成为塔拉乌马拉代表队的独家赞助商，尽管他们赞助的或许是全世界唯一一支不喜欢穿跑鞋的跑步队伍。

《纽约时报》《体育画报》《世界报》《跑者世界》……各种大大小小的体育媒体，都不停地问肯同一个问题：

"还有人能跑得比这些家伙更快吗？"

"有，"肯告诉他们，"安就可以。"

安·特拉森，三十三岁，加州一所社区学院的科学教师。如果你说能从人群里一眼认出她来，那你要么是她丈夫，要么在说谎。安有点矮，有点瘦，长得有点平凡，总之有点像是典型的社区学院科学教师的形象……直到发令枪声响起。

她从起跑线飞奔出去的场景，就像一个温文尔雅的记者摘掉眼镜，披上红斗篷，摇身成为飞檐走壁的蝙蝠侠。她昂着头，双手握拳，头发像喷气式飞机的尾流般在脸旁飘拂。穿着便服的时候，安就是个身高不足一米六的小个子；一换上跑步的短衣短裤，她立刻变得像是个巴西时装模特，双腿修长，腰背挺直，被太阳晒成棕褐色的小腹平坦结实。

早在读高中时安便练过径赛，但她很厌烦"像笼中的仓鼠一样在操场上不停地绕圈"，上大学后便放弃这项运动，成了一名生物化学家（看来兜圈跑比背元素周期表还要无聊）。之后的几年，跑步对于她只是种消遣：毕业后在旧金山做研究工作的她，每当心烦时就绕着金门公园跑上一圈。

"我喜欢跑步，喜欢风吹拂头发的感觉。"她说。她并不在乎比赛成绩，只是喜欢那种冲破牢笼的自由感。没过多久，她就开始每天早晨跑九英里去实验室上班，而当她意识到工作时间已经足够疲劳的双腿恢复过来时，便开始跑步回家。哦，也没怎么样。既然每天跑十八英里都无所谓，那慵懒的周末跑上个二十英里也该没什么大不了……

或者二十五英里……

或者三十英里……

一个周日，安起个大早跑了二十英里，回家吃过早饭后又出门跑了二十英里。因为有些家务活要做，跑完她便回到家忙碌起来。到傍晚，她对这一天很满意：不仅做完家务活，还跑了四十英里。作为奖励，她又出门跑了十五英里。

一天五十五英里！朋友禁不住为安担忧起来。她是不是患了饮食失调症或运动强迫症，还是为了逃避潜意识里的什么东西？"朋友告诉我，就像有些人对毒品上瘾一样，我是对内啡肽上了瘾。"特拉森表示。而她的回答没有让朋友放下心来，她说在山区长跑"非常浪漫"。

啊对对对。一个人在尘土飞扬的野外筋疲力尽、流血流汗，就像是在月光下啜饮香槟一样。

但是安坚持说跑步真的是一件很浪漫的事，她的朋友之所以体会不到，是因为他们还没找到突破口。对他们来说，"跑步"就意味着强迫自己跑上两英里，好让腿变得细一点，可以穿小号牛仔裤。他们总是在看到体重秤上的数字后心生郁闷，才戴上耳机，象征性地出门跑几步。但如果要连续跑上五个小时，你就不能是这种心态，而必须足够放松，就像泡温泉一样：一开始会感觉烫，但只要身体充分适应，接下来就能迎来舒适的享受。

只要你足够放松，身体就会沉浸在如摇篮般的节奏里，甚至会忘了自己在奔跑。而当你实现突破，进入这种半悬浮的轻柔状态时，就跟在月光下啜饮香槟没有什么区别了。"必须顺应身体的节奏，清楚什么时候可以坚持，什么时候应该放弃。"安这样解释道。聆听呼吸，感受汗水滑落后背，及时补充水分和盐分，诚实倾听、把握肌体的感觉。如此细致地关注自己的身体，难道不是一件很愉悦的事吗？而愉悦难道不是浪漫的一种吗？

安平时为了消遣而跑的距离，已经比很多马拉松长许多，于是在1985年她打算跟那些专业选手比试比试。洛杉矶马拉松如何？太无聊了。花三个小时沿着城市公路跑，和回到操场上绕圈有什么区别？她想要的是一场狂野又有意思的比赛，可以彻底投入其中，就像独自在山路上奔跑那样。

这个看起来不错，她看到体育杂志上的一则广告时心想。美洲河五十英里耐力赛。跟西部一百英里越野赛一样，它本是一项骑马比赛，后来被越野跑选手占领。比赛需要穿越环境艰苦的山区，干燥炎热，而且充满危险。（比赛手册上警告道："赛道沿途长着毒橡树，此外还可能遇到马和响尾蛇。建议您为它们让路。"）就算能躲开马蹄和毒牙，还得面对另一项挑战：最后三英里还要一口气爬上高三百米的坡。

换句话说，安第一次参加的比赛赛程就是全程马拉松的两倍，需要顶着烈日，冒着晒伤的危险，还得当心被毒蛇咬。嗯，不错，应该不会感到无聊。

一开始，她跑得并不顺利。天热得可以蒸桑拿浴，而且作为初次参赛的新手，她缺乏经验，根本不知道应该随身带壶水。她不知道究竟多久才能完成比赛（七个小时？十个？十三个？），也不知道该采取什么策略（那些走着上坡飞奔着下坡的男选手的确让她有点厌烦。该死的，是男人就好好跑啊！）。

等最初的不适过去后，她找到了自己最习惯的节奏。昂起头，任由风吹拂头发，充满自信。到第三十英里，许多选手已经一瘸一拐，在烈日下耷拉着头，安却是一副从容的样子，似乎丝毫感觉不到疲惫。最后，她不仅赢得女子组冠军，而且刷新了女子纪录，只用七小时零九分钟就完成了五十英里的赛程。

这只是一连串胜利的开始。此后，安参加西部越野赛也赢得冠军，不是一次，而是十四次，环法七冠王兰斯·阿姆斯特朗的战绩跟她相比也黯然失色。更何况，兰斯背后还有数不清的运动专家和各类技术支持人员，他们为他计算热量摄入和功率输出，通过耳机实时指导比赛，而安只有她的丈夫卡尔，手里拿着秒表和吃剩一半的三明治，在树荫下等着她。

兰斯每年只为环法大赛做准备，安却是个比赛的狂热分子。她曾经连续四年平均每两个月参加一次超长距离耐力跑比赛。这样的运动强度，换作其他任何选手都会筋疲力尽，但是安却具有神奇的恢复能力：似乎奔跑就是在为自己充电，非但不会疲劳，反而越来越有劲。她的成绩总在进步，只差一点就创下完美纪录：在四年里她夺得二十场比赛冠军，只在一次六十英里比赛上屈居第二，因为当时她患了重感冒，本该躺在沙发上休息。

当然，她肯定也有弱点，只不过……没人能找到。安就像是马戏团里的大力士，每到一处都要跟最厉害的人比试，并且屡战屡胜。无论公路赛还是越野赛，无论平地还是山地，无论在美洲、欧洲还是非洲，她都表现得无比出色。她打破了五十英里、六十英里和一百英里越野赛的女子世界纪录，在公路和径赛场上持有十项世界纪录。她参加过奥运会马拉松选拔赛，在世界百公里超级马拉松上以平均每公里四分十三秒的速度夺得冠军头衔，又在同一个月里赢得西部越野赛与莱德维尔越野赛的两项桂冠。

安也不是没有遗憾。多少年来，她一直没能夺得任何一项大规模越野赛事的总冠军。在许多小规模比赛里，她都曾超越所有的男选手，但在大赛里，总有男选手比她早几分钟冲到终点。

不会总这样下去的。1994年，她知道机会来了。

12

里克·费希尔灰扑扑的雪佛兰越野车开到莱德维尔越野赛的指挥部门口，两个披着白色斗篷的男人钻了出来。似乎就是从这一刻起，事情变得有点不对劲。

"喂！"肯·克洛伯走出来向他们打招呼，"跑得最快的怪物们来了！"他伸出手，努力回忆高中西班牙语老师曾教过他"欢迎"怎么说。

"嗯……喝——安——欢——"他想起来了。

其中一个披斗篷的人冲他笑，伸出自己的手。费希尔突然挡在他们中间。

"不行！"费希尔说，"你不能带着这种态度接触他们，要不然会倒霉的。在他们的文化中，这样的动作被认为是人身侵犯。"

什么——肯感觉到太阳穴上的青筋暴跳。你这家伙，是要尝尝真正的"人身侵犯"是什么滋味吗？再碰我的胳膊试试！费希尔当初在赛前给他的队伍寻找免费住所的时候，可从来没提到过握手有什么问题。现在就因为他们赢了一场比赛，拿到乐步鞋业的赞助，就摆起架子来？肯都准备好对准费希尔的屁股踢一脚，但忽然想到什么，克制住了，长长地吐出一口气。

肯定是安让他如此紧张，肯想，特别是在媒体如此炒作之下。

自从安·特拉森确定参加下一届莱德维尔越野赛以来，媒体的报道就变了调。他们不再追捧塔拉乌马拉代表队，而是开始讨论费希尔拼凑起来的队伍会不会再次遭遇尴尬。"塔拉乌马拉人认为，在跑道上输给女人是一种耻辱。"这是报道上千篇一律的说法。这个故事令人无法抗拒：腼腆的女科学教师勇敢深入落基山脉，跟信奉大男子主义的墨西哥部落野蛮人，以及任何阻拦她夺取总冠军头衔的选手——无论男女——死磕到底。

当然，费希尔本来可以减轻媒体对塔拉乌马拉人施加的压力：只要他闭嘴就行。先前从没有人说塔拉乌马拉人有大男子主义倾向，是他告诉记者："他们不喜欢输给女人，也不打算这样做。"假如塔拉乌马拉人能听懂他的话，一定会面露惊讶：你这家伙在说什么？

事实上，塔拉乌马拉部落可谓实践男女平等的典范：男人性情温和，十分尊重女性，经常负责背婴儿。的确，赛跑时男女是分开的，但这是出于非常实际的考虑：那些要照料孩子的母亲当然不能像男人一样连着在峡谷里跑两天。她们必须待在离家不远的地方，所以通常只参加距离很短的比赛。（按照塔拉乌马拉人的标准，"很短"指赛程"只有"四十到五十英里。）跑得快的女性不仅受到尊敬，还经常在男子比赛里担任"绰克阿密"，类似于领队兼计分员的角色。跟美国男人相比，塔拉乌马拉男人无愧为绅士。

费希尔第一次找塔拉乌马拉人参赛时就出了洋相。现在，他的一个口误成了一场以"两性对抗"为主题的媒体风暴中心，并且很可能又要以失败收场。两年前，安已经在莱德维尔越野赛上跑出二十小时三十三分钟的成绩，比维多利亚诺只慢半个小时，而这两年里，她的进步可以说是飞跃式的。前不久的西部越野赛上，她比一年前足足快了九十分钟。她要是抱着势必夺冠的目标重返莱德维尔，谁也不知道结果如何。

此外，安简直占尽天时地利人和。维多利亚诺和塞瑞尔多今年不会再参赛（他们要种玉米，没有时间来一场愉快的奔跑），费希尔一下子失去两名最优秀的选手。而安已经赢得过两届莱德维尔越野赛的女子冠军，对险峻复杂的赛道非常了解，天黑后的后半段比赛对她而言更是一个巨大优势。

安能很好地适应高海拔，而且拥有丰富的超长距离耐力跑经验。参加这样的比赛就像是运行一个二进制程序，需要回答成百上千个"是/否"问题：现在吃东西还是等会儿？全速冲下山坡，还是为后面的平路节省体力？停下来把袜子里的沙粒倒掉，还是继续前进？漫长的距离会把所有问题放大数倍（脚底的水泡会磨得血肉模糊，少吃一根能量棒会头昏脑涨，认不清赛道的标记），所以只要一次判断失误，就可能影响全局。而安在应对这些问题的时候，总能做出正确的选择。

总之，作为业余选手，塔拉乌马拉人可谓表现不俗，但若是面对专业领域的顶尖精英呢？（事实上，安已经作为专业选手得到耐克的签约赞助。）所以这一次，他们恐怕没法卫冕。

这就是那两个披白斗篷的人出现的原因。

由于维多利亚诺和塞瑞尔多没法参赛，费希尔跟着帕特罗西尼奥硬是爬了两千七百米，来到山顶的乔吉塔村。在那里，他找到了马丁曼诺·塞万提斯、四十二岁的拉拉基帕瑞赛跑天才，以及他的学生、二十五岁的胡安·埃雷拉。由于村子海拔高，昼夜温差大，村民夜间奔跑时总是披着保暖用的羊毛斗篷，它们随着身影飞舞，让跑者看上去像是从烟雾中陡然出现的魔法师。

胡安和马丁曼诺心里没有底。他们俩从来没有离开过村子，更没有在外面的世界里待过这么长的时间。然而费希尔口袋里有的是钱，并且打探到了他们的弱点：由于头年的气候不太好，乔吉塔村的玉米歉收。"只要你们参加比赛，我就给你们村运来一吨玉米，再加半吨豆子。"他这样保证。

嗯。五十袋玉米，对全村人来说算不上很多……但总归聊胜于无。如果有别的熟人一起参赛，或许可以考虑。

"我们这里还有些跑得很快的人，"他们告诉费希尔，"能让他们一起去吗？"

"不行，"费希尔回答，"就你们两个。"

他有自己的打算：参赛名额有限，他想从尽可能多的村子里招募选手。如果让不同村子的塔拉乌马拉人彼此较劲，肯定能取得更好的成绩，轻松将冠军收入囊中。这算盘在我们看来是精明，只可惜不太适用。如果费希尔对塔拉乌马拉文化真的有所了解，就会知道赛跑并不会造成村落间的隔阂，只能带来更紧密的友谊。这是他们保持往来的方式，也是维持充沛体能、在危难时分彼此支持的方式。赛跑的确具有竞技性质，但是胜利不是唯一的目的。在塔拉乌马拉人眼里，赛跑是一种娱乐，而不是费希尔想象中的竞争。

男性对战女性，一个村子对战另一个村子，比赛主办人对战参赛队伍领队——到达莱德维尔的最初几分钟里，费希尔已经把这里搅成一锅粥。而后面还有更精彩的。

"喂，我能跟他们合张影吗？"一个莱德维尔本地的参赛选手在街上看到塔拉乌马拉代表队，便上前来问。

"没问题，"费希尔回答，"你掏得起二十美元吧？"

"为什么要掏钱？"那人惊讶地问。

因为反人类罪。因为"白人"好几个世纪以来一直在压迫塔拉乌马拉人和其他土著部族。这就是费希尔的解释。而如果你嗤之以鼻，那就太遗憾了。"我一点都不在乎所谓'耐力跑界'，"费希尔会说，"我也不在乎什么白人，倒是希望塔拉乌马拉人能狠狠地踹踹白屁股。"

白屁股？费希尔多久没扭头看自己屁股的颜色了？再说，他来这里究竟是什么目的——参加比赛，还是挑起一场种族战争？

只要费希尔在场，就没人能跟塔拉乌马拉人说话，哪怕拍拍他们的后背道一声"好运"。就连安·特拉森都感觉到了这种压迫感。"里克完全把塔拉乌马拉选手隔离起来，"她后来抱怨道，"甚至不让大家跟他们说话。"

乐步鞋业的高管也心存疑虑。他们刚刚推出一款新型越野跑鞋，整个宣传推广都是围绕莱德维尔的比赛展开。这款跑鞋甚至被命名为"莱德维尔赛手"（Leadville Racer）。当里克·费希尔打电话请求赞助的时候（"记住，是他主动来找我们的。"时任乐步鞋业副总裁的托尼·波斯特告诉我），乐步的人就有言在先，塔拉乌马拉代表队将会成为宣传的核心。乐步负责掏钱，塔拉乌马拉人则负责穿着他们提供的跑鞋参赛，给观众留下好印象，并在广告上露面。没问题吧？

没问题，费希尔回答。

"然后我亲自去了莱德维尔，跟这家伙见了面，"托尼·波斯特回忆道，"他一看就是个头脑过热的人，根本不听任何人劝。感觉真矛盾，他队伍里的选手个个性情温和，他本人却完全代表了美国文化最糟糕的一面。感觉就像是……"波斯特停顿片刻，沉默中，我几乎能听见他头脑里思索的声音。"就像是他在嫉妒，为什么饱受关注的偏偏是他们。"

在重重矛盾的包围中，塔拉乌马拉选手掐灭烟卷，拘谨地凑到起跑线前。别的选手都在彼此拥抱祝福，只有他们孤零零地站在那里，等待比赛开始。

曼努埃尔·卢纳的微笑消失了，表情变得跟橡木一样生硬。胡安·埃雷拉摆弄着头上带有乐步商标的帽子，来回扭动穿着崭新乐步跑鞋的双脚。马丁曼诺·塞万提斯则缩在斗篷里，抵御着落基山脉清晨的寒冷。安·特拉森走到队伍最前面，放松全身肌肉，凝望前方的黑暗。

13

爱以身为天下，若可托天下。

——《道德经》

六十五岁的乔伊·维吉尔博士用咖啡壶暖着手，等待选手的手电光从远处的树林中出现。

维吉尔博士是唯一一名专程来到莱德维尔的高水平径赛教练，因为别的同行根本看不上这个无异于疯人院的赛场。在那些人看来，所谓"超长距离耐力跑选手"不过是一群完全无视科学的自虐狂，他们做什么与真正的高水平径赛有什么关系？跟奥运会级别的径赛有什么关系？

那帮目光短浅的家伙，维吉尔一边想，一边跺脚抵御寒冷。就让他们抱着偏见睡大觉吧，把这地方交给我——因为他知道那群"自虐狂"非同寻常。

维吉尔成功的秘诀，就在于他总能注意到那些被别的教练忽视的细节。这种算得上是天赋的才能，使他早在高中打橄榄球时便取得不错的成绩。作为拉丁裔的小个子，若要在极少有拉丁裔、更极少有小个子参加的比赛里脱颖而出，不可能靠块头和力量，只能在细节上下功夫：乔伊·维吉尔仔细研究杠杆、推进力和动作时机，调整双脚站位，从而像铁砧一样快速有力地蹲起。等到大学毕业，他已经成了全美联赛级别的全能后卫。此后他把注意力转向径赛，很快脱颖而出，跻身美国首屈一指的径赛教练之列。

维吉尔凭着对耐力跑的研究拿到了博士学位和双硕士学位，还曾到俄罗斯腹地、秘鲁山区和东非大裂谷的高地寻找这门失落的艺术。他想知道为什么俄罗斯短跑运动员开始正式训练前，先要学会如何光脚跳下六米高的台阶而不受伤；为什么马丘比丘地带的牧羊人即使到了花甲高龄，仍能只靠食用酸奶和野菜翻越安第斯山脉的高峰；为什么日本的铃木和小出教练可以让运动员通过散步达到跟跑马拉松一样的训练效果。他跟老一辈的大师接触，跟他们深入交流，在他们去世之前求得他们的秘密。他的脑中仿佛有一座国会图书馆，装满同跑步有关的东西，其中一大部分知识早已从地球上消失。

努力当然不会白费。维吉尔的母校科罗拉多州阿拉莫萨业当斯州立学院的越野跑队原本濒临绝境，在他接管后便取得不俗的成绩：三十三年里，亚当斯州立学院的选手前后赢得二十六项国家级赛事冠军，最辉煌的一次是在 1992 年 NCAA❶ 二级联盟锦标赛上，维吉尔训练的选手包揽前五名，这在全美锦标赛史上是空前的。维吉尔指导的选手帕特·波特在全美越野锦标赛上夺冠八次（在此项比赛中奥运马拉松金牌选手弗兰克·肖特只赢得四届冠军，银牌选手梅布·科弗雷兹基只赢得两届）。他本人连续十四年被评

---

❶ 美国大学生体育联合会（National Collegiate Athletic Association）的简称，非营利的社会团体，是全美规模最大、职能最全、会员最多的体育管理机构。

为全美最佳高校体育教练。1988年，他被任命为汉城奥运会美国代表队的长距离径赛教练。

这就是为什么，在这个寒冷的清晨，在莱德维尔的树林里，其余美国高水平径赛教练都未露面，只有年迈的乔伊·维吉尔瑟瑟发抖地坐着，等待一个社区学院科学女教师和七个穿短裙的男人露面。超长距离耐力赛跑中发生的许多事情，都没法用已有的运动训练理论来解释，当维吉尔意识到这一点时，他知道自己已经错过非常重要的东西。

例如，为什么莱德维尔越野赛的女选手几乎都能在规定时间内完成比赛，而男选手的完成率不到一半？每一年，超过九成的女选手都能带着银质腰带扣回家，多数男选手带回去的是各种各样的失败理由。这一点就连肯·克洛伯都解释不清楚，不过他倒是知道如何加以利用。"我的所有陪跑员都是女性，"克洛伯说，"她们总能顺利完成任务。"

换个角度考虑，假如塔拉乌马拉选手没有参加去年的比赛，剩下的最大看点是什么？

答案是：一名猛冲向终点的女选手。

在塔拉乌马拉人造成的轰动之外，除了维吉尔，几乎没人注意到克里斯蒂娜·吉本斯差一点就赢了比赛。如果里克·费希尔的越野车在亚利桑那的荒漠公路上爆胎，导致他的队伍没能及时参赛，那么那场比赛会在原纪录的三十一秒后由一名女性夺冠。

这究竟是为什么？在一英里赛跑中，没有任何女选手能打进世界前五十名。（目前的女子一英里世界纪录是四分十二秒，早在一个世纪前就有男选手超越这一成绩，而在今天，许多练中短跑的高中男生都能达到这一成绩。）在马拉松里，女选手却可能挤进前二十名。(2003 年，英国女选手葆拉·拉德克里夫创下两小时十五分二十五秒的女子世界纪录，跟保罗·特加特创下的两小时四分五十五秒男子纪录只差十分三十秒。) 然而在超长距离耐力赛里，女选手的表现不比男选手逊色，甚至经常超越后者。让维吉尔困扰的是，为什么随着距离的增加，女选手跟男选手之间的差距越来越小？

超长距离耐力跑似乎是一项不属于这个世界的运动，在它面前，一切现有的经验通通颠倒：女人比男人跑得快，老人比年轻人跑得快，穿着拖鞋的土著人比所有人都跑得快。至于如此漫长的赛程给选手双腿造成的压力，就更无法用现有理论解释。按照传统运动医学的说法，一周内跑步里程达到一百英里，基本就会导致膝盖损伤，而超长距离耐力跑选手却可以在一天之内跑完这么长的距离，有些选手每周训练量超过两百英里仍然不会受伤。维吉尔想知道，究竟是超长距离耐力跑这项运动具有筛选机制，只会吸引那些身体特别强健的人，还是参加这项运动的人怀揣着某种不为人知的秘密？

于是维吉尔逼自己从床上爬起来，烧好一壶热咖啡，连夜开车上山观察比赛情况。他猜测，目前世界上最优秀的超长距离耐力跑选手即将重新认识塔拉乌马拉人自古承袭的秘密。这个猜测让他面临一个抉择，一个肯定会改变他人生的抉择，一个他希望能改变世界各地千百万人的人生的抉择。现在他只想亲眼看到塔拉乌马拉人，以证实自己的猜测。他们的秘密当然不是他们的速度，也不是腿部的结构，在这一点上，他了解得肯定比他们自己还要清楚。他渴望弄清楚的，其实在他们的脑袋里。

忽然间，他屏住呼吸。有什么东西出现在树林中，看上去像是一群幽灵……或是从烟雾中迈步而来的魔法师。

　　发令枪一响，塔拉乌马拉代表队就让所有人吃了一惊。他们没有像前两年那样跟在队尾，而是一开始就冲在最前面。

　　他们的起跑速度非常快。简直是惊人，唐·卡东想。卡东曾代表美国参加 1976 年奥运会马拉松，目前是《跑者世界》杂志的资深作者。前一年，维多利亚诺一开始不紧不慢，到后半段逐渐加速，最终居上。这才是如此规模的比赛里最合适的节奏。

　　但是曼努埃尔·卢纳这一年里都在思考"外面世界"的竞赛方式，他把自己得出的结论告诉新队友。赛道一开始是被路灯照亮的宽阔马路，然后突然变成狭窄黑暗的小径。如果你不处在领先位置，就会撞上一大堆翻找手电的选手，很难超到前面去。最好还是一开赛就跑在前面，节约时间，到后面再放慢到正常速度。

　　尽管塔拉乌马拉人的速度很快，但是约翰尼·桑多瓦尔还是紧紧咬住马丁曼诺·塞万提斯和胡安·埃雷拉。桑多瓦尔来自离莱德维尔不远的吉普瑟姆镇。就让大家在安·特拉森跟塔拉乌马拉人之间吵个不停吧，他心想，或许我可以当匹黑马。他前一年的成绩是二十一小时四十五分，名列第九。在接下来的一整年，他的成绩有长足进步，而且他整个夏天都泡在莱德维尔周围，反复熟悉每一段赛道，直到记住每一处转弯、岔路和河道。十九个小时的成绩应该足够夺冠，桑多瓦尔想。他有信心达到这一成绩。

　　安·特拉森本打算从一开始就跑在最前面，但拔腿就保持每英里八分钟的速度，对她来说太过牵强。于是她保持在能看见塔拉乌马拉人手电光芒的位置，相信自己很快就能追上。赛道在阴暗的树林中蜿蜒穿行，经常有绊脚的石块和树根，而这正可以让安发挥优势：她非常擅长在夜间奔跑。早在上大学的时候，她就爱在午夜戴上头灯，奔跑在安静的校园里，看着周围的世界被闪烁的灯光映成千百万块碎片。如果说有谁能在如此崎岖幽暗的赛道上发挥优势，那非她莫属。

但是到第一个补给点，桑多瓦尔和塔拉乌马拉人已经领先她半英里。桑多瓦尔在补给站报到，得到他的分段成绩——一小时五十五分跑了十三点五英里——然后返回到赛道，塔拉乌马拉人则拐进停车场，朝里克·费希尔的越野车奔去。他们踢掉脚上的乐步跑鞋，仿佛里面塞满咬人的蚂蚁。费希尔和姬蒂已经准备好他们惯穿的拖鞋。至于赞助协议，见鬼去吧。

塔拉乌马拉选手仔细地把长长的鞋带绕在脚踝和小腿上，精确调节每一段的松紧程度，就像吉他手调琴弦一样。这是一项相当细致的手艺，他们用一根皮带把胶皮鞋底固定在脚底，保证它在接下来的八十七英里中完全不会松动，又不会磨脚。然后他们出发去追赶前面的约翰尼·桑多瓦尔。等到安·特拉森跑到补给点，马丁曼诺·塞万提斯和胡安·埃雷拉的手电光已经消失在她的视线中。

真是让人恶心的速度，桑多瓦尔一边想，一边扭头朝后看去。难道没人告诉过这些家伙，这里刚刚下了两个星期的雨？桑多瓦尔知道，等着他们的是一个污秽的世界，从双子湖畔的沼泽一直到满是泥泞的希望山口。阿肯色河的水位已经涨得很高，需要手握安全绳才能趟过咆哮的河水，然后还有高六百米的坡要爬。而这一切，在返程途中他们还会经历一次。

这简直是自杀，桑多瓦尔只用三小时二十分钟就跑到第二十三点五英里处时自嘲道，然后决定接下来得保存体力，等这些家伙精疲力竭的时候再赶超。他逐渐跟马丁曼诺和胡安拉开距离，结果几乎立刻被安·特拉森超过。她是从哪儿冒出来的？她应该知道，这样的速度已经超越平常意义上的极限。

在半月营地的三十英里标牌处，姬蒂·威廉斯把准备好的玉米饼塞进马丁曼诺和胡安手里。他们边吃边跑，很快就消失在茂密的树林中。

没过几分钟，安也抵达这里，嘴里喊着："卡尔？你在哪儿？"已经是早晨 8 点 20 分，她本打算把手电和外套交给丈夫，减轻负重。但她的速度比丈夫预料的快很多，他还没有赶到。

随他去吧。安拿着手电，披着外套，朝塔拉乌马拉人消失的方向追去。

第四十英里处，人们聚集在双子湖畔一幢老旧的消防小屋边，漫不经心地看着表。跑在最前面的选手大概还要一个小时才能出现，大概……

"她来了！"

安已经翻过山坡。去年，维多利亚诺花了七小时十二分钟才到达这里，而这一次，安只花了不到六个小时。"还没有女选手领跑过这一段！"斯科特·廷利惊讶地说。他两度获得铁人三项世锦赛冠军，目前为美国广播公司《体育大世界》直播节目担任解说。"我们正在见证当今体育界能展现出的最震撼人心的原始勇气。"

不到一分钟，马丁曼诺和胡安也钻出树林，跟在安身后跑出来。乐步公司的托尼·波斯特诧异得甚至根本没去注意他们脚上的拖鞋。"真是让人震惊。"波斯特说。他自己也曾是国家级马拉松选手，一度跑出两小时三十分以内的成绩。"我们完全没想到那个女人居然能跑在最前面。"

幸运的是，安的丈夫这一次及时到达补给点。他把一根香蕉塞到安手里，带着她走进消防站接受体检。所有莱德维尔越野赛的参赛选手都需要在这里接受体检。如果体重下降过多，说明可能发生严重脱水。只有通过体检的选手才能继续比赛，穿越湖畔的泥沼，再攀爬落差近八百米的希望山口。

安吞着香蕉，接受护士检查。没过多久，马丁曼诺踏上她身边的体重秤。

"感觉怎么样？"姬蒂问马丁曼诺，拍拍他的背以示鼓励。在如此高的海拔用这么快的速度跑了将近六个小时，感觉还好吧？

"问他被一个女人超过是什么滋味。"安跟她说。屋子里的人有点紧张地笑了起来，但是安的脸上毫无笑意。她瞪着马丁曼诺，仿佛空手道黑带选手瞪着面前的沙袋。姬蒂瞟了她一眼，但是安根本不在意，仍旧盯着马丁曼诺。马丁曼诺朝姬蒂投去询问的眼神，但是姬蒂没有为他翻译。这么多年来，姬蒂还是头一次听到一名耐力跑选手如此奚落同行。

当时在场的人都认为安是这么说的，但是后来公布的视频表明，安说的其实是"问他跟一个女人同场竞技是什么滋味"。无论措辞如何，她当时的态度都让人毫不怀疑：领先的安不光是在快跑，而是在赛跑。这一次她要获胜，她已下定决心。

马丁曼诺迈下体重秤的时候，安已经迈出消防站，接过她的背包——里面装着能量胶、手套和雨衣，因为林线之上的高海拔地带随时都有可能下雨或冰雹。她沿着蜿蜒的赛道朝冰雪覆盖的山口跑去，转过拐角消失的时候，马丁曼诺和胡安还在嚼橙子。

她究竟是怎么了？言辞激烈，离去匆忙，甚至没有花时间换上干燥的上衣和袜子，也没有多吃一口食物。而且她为什么非要跑在最前面？这才刚刚四十英里，还不到全程的一半。一旦处于领先，就失去了趁对手不注意后来居上的可能，反倒凭空增加了许多压力。就连业余的耐力跑选手都清楚，比赛时最聪明的策略是紧跟在领先选手身后，尽量保持稳定的速度，临近终点时全力冲刺。

史蒂夫·普雷方丹就是个经典的例子。在 1972 年的奥运会马拉松上，普雷方丹两度居于领跑位置，又两度被赶超。到冲刺阶段，他已经没有爆发的体力，最后获得第四名。这一历史失败带来的教训就是，除非万不得已，没人愿意一开始就跑在最前面。除非你是愚蠢至极或有勇无谋——或者你是加里·卡斯帕罗夫。

在 1990 年国际象棋世锦赛上，卡斯帕罗夫一开场就犯了严重错误，丢掉了皇后。观战的各国国际象棋大师连连哀叹："曾经的天才现在只能任人宰割。"（这是《纽约时报》一位评论员毫不客气的嘲讽。）然而那并不是失误：卡斯帕罗夫故意放弃了最有威力的棋子，目的是赢得更有威力的心理优势。只有被逼到角落作困兽之斗时，才能爆发出全部能量。而对手阿纳托利·卡尔波夫实在太过拘泥于教条，没有在最初阶段给予卡斯帕罗夫足够的压力，于是后者通过放弃皇后给自己施压，最终取得胜利。

这正是安在做的事情。她不再追逐塔拉乌马拉人，而是让他们来追逐自己。被追赶的猎物和追赶猎物的猛兽，究竟哪一个更加渴望胜利？狮子失败了也还有别的猎物可以追，而羚羊只有一次机会。安知道，要想击败塔拉乌马拉人，她需要的不仅仅是意志力：她更需要恐惧的压力。处于领先位置时，随便什么风吹草动都能成为前进的动力。

"领跑需要信心，也需要强烈的求胜心，"罗杰·班尼斯特曾说，"除此之外还需要恐惧……你不能放松下来，也无暇再去小心谨慎。"

安从来都不缺乏信心和求胜心。现在她要做的就是把小心谨慎抛在脑后，让恐惧成为她的动力。这是超长距离耐力跑运动界的"皇后赌局"。

14

她疯了！她……真是太棒了。

维吉尔教练非常尊重基于实验数据的运动科学，但是当他看着安在落基山脉深处飞奔，实施她那"不干就会死"的大胆比赛计划时，他意识到自己为何对超长距离耐力跑如此感兴趣——这种运动没有可循的科学理论，没有指导手册，没有训练规范，没有条条框框的限制。这种自由发挥的环境往往是孕育重大突破的温床，维吉尔很清楚这一点（哥伦布、披头士乐队和比尔·盖茨肯定也会同意）。安·特拉森和她的同道就好像在地下室里进行大胆实验的疯狂科学家，游离于主流理论界的视线之外，无视一切关于跑鞋、饮食、生物力学、训练强度的现有理论，只按自己的想法去尝试。

无论这样的尝试会出现什么结果，都必然是真实的。维吉尔知道，这儿不会有运动员的弄虚作假，不会出现环法自行车赛上某些车手的超常表现、橄榄球场上某些球员的瞬间爆发，也不会有人像玛丽安·琼斯那样在一届奥运会上赢得五枚短跑奖牌，后因被查出非法使用类固醇类药物而遭拘禁。有评论员甚至得出结论：

"就连最灿烂的笑容，也可能掩盖着阴暗的谎言。"

那你究竟能信任谁呢？答案很简单：那些在林中小径上奋力奔跑的人。

超长距离耐力跑选手没有任何弄虚作假的理由，因为他们来比赛并不是为了赢得什么，无论是名誉、财富还是奖牌。很少有人知道他们是谁，更没人关注究竟谁能取得最终的胜利。他们的比赛没有奖金，总冠军带回家的银质腰带扣跟最后一名完赛选手获得的没有什么区别。所以，作为一名运动学家，维吉尔知道他可以相信这里所有参赛选手的成绩。安·特拉森的血液里没有促红细胞生成素，冰箱里没有注射用的血浆，账户上没有购买兴奋剂的支出款项。

维吉尔知道，如果他能弄懂安·特拉森在想什么，就能发现一名杰出运动员能达到的境界。而如果弄懂塔拉乌马拉人在想什么，则能发现全人类能达到的境界。

安大口大口地喘着气。攀爬希望山口的过程十分艰苦，但是她不断提醒自己，自从上次挨了卡尔的骂，再没有人能在上坡路上同她抗衡。大约两年前，她跟卡尔在一个雨天出门跑步，在一段又长又滑的上坡路上大加抱怨。卡尔听烦了，就用他能想到的最具有侮辱性的词语数落她。

"他说我是个窝囊废！"安后来说，"一个窝囊废！我当场就下定决心，一定要努力训练，在爬坡时超过他。"不仅仅是超过卡尔，还要超过所有人：通过刻苦训练，安不仅不再惧怕爬坡，还把漫长的上坡变成最能发挥优势的地形。

片刻之后，她仍朝着希望山口奔跑。而马丁曼诺和胡安没有被远远甩在后面，反而在逼近，并且看上去毫无倦意，轻灵得像是他们身后飘扬的斗篷。

"天哪！"安喘着粗气。她的腰弯得如此低，几乎是在手脚并用地爬。"他们是怎么做到的？"

再稍稍往后，是曼努埃尔·卢纳和其他几名塔拉乌马拉人在逼近。他们在前半段赛程中因为速度过快而分散，现在又渐渐朝曼努埃尔靠拢。

"天哪！"安再次在喘息的间隙感叹。

她终于爬到山顶。这里的景色相当壮丽，如果转身眺望，可以看见绵延四十五英里的绿野，一路延伸到莱德维尔镇。但她甚至没有停下来喝水。要想发挥优势，她必须把握时机。尽管稀薄的空气让她有些头晕，小腿肌肉的酸痛几乎令人无法忍受，但她还是加速朝山下冲去。

这正是她的战术，利用下坡加速的同时恢复体力。下山路一开始非常陡，之后坡度逐渐缓和，安可以彻底放松下来，甩开修长的双腿，借助重力的作用向下奔跑。没过多久，她已经感觉到小腿肌肉不再紧绷，大腿重新充满力量。跑到山脚下时，她的头已经昂起，眼里再次燃起激情的火焰。

该进一步加速了。脚下的路面刚从崎岖的山路变成坚实的公路，她的双腿立刻加快频率，朝三英里外的折返点冲去。

此时的胡安和马丁曼诺却遇上了小麻烦。他们刚钻出树林，就迎面遇见一大群毛茸茸的怪物，中间还有四条腿的动物。"伙计们，喝点汤吧！"一个沙哑的声音用他们听不懂的英语喊着。塔拉乌马拉人遭遇了另一群山野狂人："绝望工作组"。

十二年前，莱德维尔越野赛发起人肯·克洛伯说服邻里担任志愿者，沿赛道设立六处补给点，但不包括希望山口：就连对参赛选手居高不下的住院率津津乐道的肯，也觉得派人去那里太不人道——需要把满足几百名选手需求的食品和饮用水搬运到山顶，还要在雪线以上顶着狂风露宿两晚。这无论如何都不可行。如果派去的志愿者永远留在了上面，到时候肯倾家荡产也赔不起。

幸运的是，附近有一群放羊驼的牧人耸耸肩，接受了这项原本令人绝望的任务。他们让羊驼驮着食品和饮用水运上海拔三千八百米高的地方，并支起帐篷。随着比赛一届届地举办，参与志愿者工作的牧人越来越多，最后达到八十多名。他们每年都有整整两天在严寒中风餐露宿，为往来的选手提供热汤和急救服务，用羊驼驮着受伤的选手下山治疗。"希望山口的天气哪怕再理想，也只能用恶劣来形容，"肯说，"要不是那些羊驼，肯定会有不少人在比赛中丧命。"

胡安和马丁曼诺有点害羞地跟牧人击掌问候，接过饮料和鲜美的面汤。等他们喝完出发的时候，安已经消失在视线中。

中午12点零5分，安到达五十英里折返点，比前一年的维多利亚诺几乎快了两个小时。卡尔为她补充运动饮料和低聚糖能量胶，然后背上腰包，系紧鞋带。按照莱德维尔越野赛的规定，选手在返程途中可以有人陪跑，也就是卡尔接下来要做的事。

在超长距离耐力跑中，优秀陪跑员的作用非同小可，而安拥有最优秀的陪跑员：卡尔不仅速度快，而且经验丰富，可以在安反应迟钝时替她作决定，例如选择正确的方向，或是及时更换手电电池。毕竟，连续奔跑十几个小时，任何人的意识都会受到影响。2005年，恶水超级马拉松上就曾有一位选手糊涂到没意识到自己在排泄。

而这样的选手还算是基本清醒。有些选手会因为疲劳过度产生幻觉。有名选手每当看到别人的手电光，都要尖叫着躲进树丛，以为那是迎面驶来的火车。有名选手感觉身旁有个穿银色比基尼、脚踩轮滑的美女相陪，直到跑了几英里才遗憾地发现那不过是被热气扭曲的路面。那一年，恶水赛的二十名选手有六名产生幻觉，其中一人看见赛道沿途尸横遍野，还有"巨大的变异鼠怪"在柏油路面上爬行。一名陪跑员看见她陪伴的选手对着空气凝视片刻，嘴里喃喃说着"我知道你不是真的"，不禁吓了一跳。

所以说，坚韧的陪跑员可以挽救跑者的比赛成绩，敏锐的陪跑员可能挽救跑者的性命。就这一点而言，马丁曼诺很不幸，因为他至多只能等着在镇上遇到的那个长头发家伙如期露面，寄希望于他能跟上自己的速度。

前一天夜里，里克·费希尔带着他的塔拉乌马拉代表队去了莱德维尔镇上的退伍兵荣誉馆，既为了享用意大利面，也为了寻找合适的陪跑员。他们的希望相当渺茫，因为陪跑不仅是一桩苦差事，而且没有任何回报，通常只有选手的亲朋好友和真正的傻瓜才会担任这一角色。当陪跑员意味着在寒冷的荒野上瑟瑟发抖几个小时，等待陪跑的选手出现，在日落时分跟着他（她）出发，再在寒冷的夜风中连续奔跑十来个小时。你的小腿会血迹斑斑，鞋面会黏满呕吐物，要在夜间跑完相当于两个马拉松的路程，却连一件纪念 T 恤衫都拿不到。选手小睡片刻时，你要保持清醒；当他（她）的大腿间磨出血泡时，你要负责用指甲挤破；当他（她）嘴唇发紫时，就算你也冻得上下牙齿打架，还是得脱下自己的外套递过去。

餐桌旁，马丁曼诺跟一个长发中年男人对视片刻，那人不知怎的突然大笑起来。马丁曼诺也笑了，他觉得那人相当合适。"就是你和我了，老兄，"那个长毛男用英语说，"听得懂吗？你和我。如果你需要人陪跑，那我愿意奉陪。"

"喂，喂，等一下，"费希尔插进来，"你确定能跟上这些人的速度吗？"

"别废话了，"长毛男耸了耸肩，"难道你还有别的人选？"

"嗯……"费希尔说，"那好吧。"

长毛男如约而至。胡安和马丁曼诺到达五十英里折返点时，发现他正在朝他们挥手。姬蒂给两人递上水瓶和玉米饼。费希尔还给他们找来另一个陪跑员，来自圣选戈的专业耐力跑选手，曾下过不少工夫研究塔拉乌马拉人的文化和传统。四人用塔拉乌马拉的方式握了手——彼此指尖轻触，然后就踏上返回希望山口的赛道。安已经消失在视线中。

"加油，各位，"长毛男说，"咱们去追那个'女巫'。"

尽管胡安和马丁曼诺几乎听不懂他说的话，但还是能分辨出"女巫"这个词。他们仔细打量他，发现他是在开坑笑，才跟着笑起来。看来这家伙确实挺有意思。

"没错，她是个'女巫'，不过没关系，"长毛男接着说，"我们有更强的魔力。你们知道'魔力'的意思吗？不知道？没关系。我们要像追赶奔跑的鹿一样追上那个'女巫'。像追赶'维纳多'❶一样。听懂了吧？我们要像追赶奔跑的'维纳多'一样追上那个'女巫'。一步一步地扳回来。"

然而"女巫"没有泄气。安再度翻过希望山口的时候，已经

❶ 在西班牙语中意为"鹿"。

从领先四分钟拉长到领先七分钟。"我正在往希望山口上爬,她忽然迎面冲来,又嗖的一声过去!"一个名叫格伦·瓦森的莱德维尔本地选手后来告诉《跑者世界》杂志的记者,"简直像是一阵风。"

她跑下公路奔向小径,抓着绳子涉过水已及腰、湍急汹涌的阿肯色河。当她和卡尔回到双子湖畔的消防站接受体检时,时钟刚刚走到下午 2 点 31 分。她通过体检,又朝终点奔去。等到长毛男和塔拉乌马拉人抵达时,安已经出发十二分钟。

肯·克洛伯碰巧也在这个时候到达消防站,听见人人都在谈论安的神速。但是当肯看见胡安和马丁曼诺的神态时,他不禁愣住:他们居然笑着踏上了赛道。

"所有选手都是走着下山的,"克洛伯看着胡安和马丁曼诺像孩子踩落叶似的蹦蹦跳跳下坡时心想,"所有人。并且没人笑得出来。"

15

我的身体感觉酥软而又放松，就像经历了一场功能性背景音乐的实验一般。

——理查德·布劳提根，《在美国钓鳟鱼》

"他们是如此快乐！"维吉尔教练感叹道。和肯·克洛伯一样，他也是第一次见到这种情况。"真是令人难忘。"快乐和坚持原本水火不容，却能在塔拉乌马拉人身上并存，仿佛拼命奔跑能唤起他们更旺盛的生命力。

维吉尔一直在下意识地关注他们奔跑的细节。（看他们如何脚尖而非脚后跟着地，就像正在训练的体操运动员。看他们的背挺得多直！头上简直可以放一桶水，一滴水都不会溅出来！这么多年来，我提醒过那些孩子多少次了，该挺直身体，腹部发力，像他们那样奔跑！）不过真正让他感到惊讶的还是他们脸上的笑容。

这就是了！维吉尔兴奋地想，我找到答案了！

只不过他也不确定这"答案"的具体内容是什么。他已经亲眼看见一直期盼看见的东西，但没法完全理解它的内涵，只能隐隐约约感觉到它的重要性，就像在烛光映照的昏暗图书馆里看见一本珍贵古籍的封面。然而无论如何，他都清楚这正是他苦苦寻觅的答案。

这些年来，维吉尔逐渐意识到，人类耐力的下一次飞跃一定跟人的品质有关。但这不是其他教练一直强调的"品质"，比如所谓"对成功的渴求""昂扬的斗志"或"坚持到底的决心"。事实上，他所说的"品质"恰恰相反：不是好胜心和竞争欲，而是同情、友好和爱。

没错，爱。

维吉尔知道这听起来就像是嬉皮士的胡说八道，他也曾乐于信奉最大摄氧量、训练课表这样好用、硬核、可量化的东西。但是在研究了五十多年的运动生理学之后，维吉尔不得不承认，了解的细节越多，越发觉得它们不重要。他可以告诉你，跟美国青少年相比，肯尼亚青少年的先天优势相当于一万八千英里的训练量。他也已经发现，俄罗斯短跑运动员被要求跳上六米高的台阶，是因为这样不仅可以加强体侧肌肉力量，还能缩短神经的反应时间，减少训练造成的损伤。他解析了秘鲁牧人的饮食秘密：高海拔的生活环境对他们的新陈代谢产生了某些特别影响。他还可以再花几个小时解释摄氧量变化百分之一会对身体带来什么样的结果。

他对生理层面的认识已经足够精深，接下来该是心理层面。特别是：究竟该怎么让人真正喜欢上这样的运动？该怎么拨动人体内的那个隐藏开关，让人们变回天生的跑者？毕竟，我们每个人在孩提时代都曾整天疯跑，不知疲倦，那么我们该如何回归最初的状态？

这正是塔拉乌马拉人的秘密：他们一直没有丢掉对跑步的爱，

没有忘记奔跑是人类的天赋。我们的祖先还没学会在岩洞里绘制粗糙的壁画、在空洞的树干上敲出简单的鼓点，就已经学会让肌肉、呼吸和思想融为一体，在野外飞奔。当他们终于开始画岩画时，画的又是什么？一根竖斜线，中间和底部各一道闪电——恰好组成一个正在奔跑的人。

长跑这项运动长盛不衰，是因为它无可替代：它使得我们存活、繁荣并散布全球。奔跑带来食物，也可以让自己避免成为食物；可以找到心仪的伴侣，一起追寻新的生活。你必须爱上奔跑，否则不可能活下来，更不可能有机会去爱别的东西。奔跑是我们所爱与所渴求的，是藏于血脉最深处的基因。我们天生就会跑。我们都是跑者，塔拉乌马拉人一直清楚这一点。

至于现代美国人的做法——咳！烂到骨子里了。维吉尔认为，美国人对待跑步这项运动简直是矫揉造作，急功近利，只追求那些物质的东西：奖牌、耐克公司的赞助合同、好看的身材。跑步是门艺术，但他们把它当作生意。难怪那么多人不喜欢跑步：如果只把它当成达到某种目的而不得不采用的手段，而不是目的本身——只是追求更快、更瘦、更富有的手段——那么，当你没有如愿时，又有什么理由坚持下去呢？

当然，我们也并非一直如此——不把跑步作为手段时，我们可以做得很好。20 世纪 70 年代，美国的马拉松选手跟塔拉乌马拉人非常相像：他们是一群异端，孤立于主流社会之外，他们奔跑，是因为热爱奔跑本身。支撑他们的是最原始的本能，以及最简陋的装备。70 年代的跑鞋如果去掉鞋面，就完全是塔拉乌马拉人的拖鞋：当年的阿迪达斯和鬼冢虎跑鞋不过是平底鞋和鞋带的组合，没有支撑结构，没有运动控制功能，没有脚跟垫。那时候的跑者根本不懂"内旋过度"和"内旋不足",因为各家跑鞋厂商还没有发明出这些概念。

他们的训练方式也同样原始。用今天的眼光来看,训练量简直大得不近情理。"我们每天跑两次,有时候三次,"弗兰克·肖特回忆道,"唯一的训练就是跑步——跑步、吃饭、睡觉。"训练强度也不可思议。"通常情况下,每隔一天就要进行一场比赛作为训练,大家都铆足了劲儿地跑得比别人快。"这是一位评论员的回忆。而作为竞争对手,他们的关系亲密得令人难以置信。"我们喜欢一起跑步,"在70年代四次获得波士顿马拉松冠军的比尔·罗杰斯回忆道,"我们相处得很好,非常开心,从不觉得无聊。"

在今天看来,当时是如此不专业,他们甚至不知道这样的训练强度会导致受伤、体力透支。结果却是,他们不仅安然无恙,而且跑得很快,飞快。弗兰克·肖特在1972年奥运会上夺得金牌,在下一届夺得银牌;比尔·罗杰斯有三年在世界马拉松选手排名中取得第一;阿尔贝托·萨拉查赢得波士顿马拉松、纽约马拉松和南非超级马拉松的冠军。到80年代初,单单一个波士顿径赛俱乐部就拥有六名能在两小时十二分钟内跑完马拉松的选手,而这还只是业余跑步俱乐部。但是到2000年,全美国都找不出哪怕一个符合奥运会参赛要求、在两小时十四分钟内完赛的马拉松选手,只有罗德·德黑文以两小时十五分钟的最佳成绩勉强参赛,最终位居第六十九位。

究竟是为什么?我们怎么就从冠军堕落成垫底的了?在这个复杂的世界上,任何事情都能找出不止一条原因,但如果非要挑出一个,那么答案可以精简为一个字:

钱。

没错，有大把的理由，比如肯尼亚人具有某种特别适合跑步的肌肉纤维。但问题并不在于为什么别人跑得越来越快，而是为什么我们跑得越来越慢。事实正是：美国长跑运动的衰落，刚好跟商业介入的时间吻合。1984 年之后，奥运会开始向职业运动员开放，这便意味着跑鞋厂商可以付钱给长跑运动员，把他们包装成"职业选手"。

维吉尔当时就预见到灾难的来临，也尽量警告他的选手。"你们心中都住着两个女神，"他告诉他们，"一个是智慧女神，另一个是财富女神。每个人以为先追求到财富，智慧会跟着来。于是大家变着法子去赚钱。大错特错。你必须先爱上智慧女神，把所有精力投注到她身上，那样财富女神会感到嫉妒，主动来追求你。"换句话说，如果你不是为了追逐财富而奔跑，那么你会得到意外的收获。

维吉尔并不是在吹嘘"贫困的神圣性"，也没打算说服马拉松选手甘做穷光蛋。其实，他甚至不知道自己是否理解问题的本质，更别说给出答案。他只想找到一个天生的跑者——一个为纯粹快乐而跑的人，就像受灵感指引的艺术家——然后仔细研究他（她）是如何生活，如何训练，如何思考。这种思考的内容无论是什么，都有可能被重新引入美国的跑步文化当中，像一颗种子般生根发芽，茁壮成长。

维吉尔其实找到过合适的人选。那是一个捷克退伍兵，跑步姿势非常难看，就像"心口刚被捅了一刀"——这是一名体育记者的原话。然而这个叫埃米尔·扎托佩克的怪人是如此钟爱跑步，就连在军营受训期间都会在夜里抓起手电，到树林里跑二十英里。

穿着野战靴。

在寒冬里。

在一整天的辛苦训练之后。

如果雪太厚，扎托佩克就在洗衣盆里原地踏步，顺便把衣服踩干净。等到小径上的积雪开始融化，他会全速冲刺四百米，再四百米，一连重复九十次，中间慢跑两百米权作休息。整趟下来超过三十三英里。如果你问速度，他会耸耸肩说自己从来没计过时。为了培养爆发力，他跟妻子达娜曾经在足球场上互掷标枪，然后赶上去接住。扎托佩克最喜欢的训练方式结合了他心爱的所有：穿着野战靴在树林里跑步，还要背上心爱的妻子。

当然，这一切都是在浪费时间。新组建的捷克长跑队就像津巴布韦雪橇队一样，没有传统，没有教练，没有本土人才，没有任何取胜的可能。然而，正因为从一开始就没抱希望，扎托佩克得到了足够的自由，随心所欲地尝试各种训练方法。以他第一次备战马拉松为例：众所周知，马拉松最好的训练方式是反复进行长距离慢跑，他偏偏反复做百米冲刺。

"我早就知道该怎么慢跑了，"他想，"关键在于怎么才能跑得快。"在赛场上，他那玩命冲刺的节奏成了记者嘲笑的把柄（"自弗兰肯斯坦怪物以来最吓人的一幕""他跑起来就像随时会倒下死掉一样""看上去像是在跟一只大章鱼搏斗"等），但他只是一笑置之。"我没办法在跑步的同时保持微笑，"他说，"幸运的是，赛跑不是花样滑冰，成绩全看速度，而不是所谓的'台风'。"

天哪，他这张嘴真是够可以的！就算在比赛过程中，他也喜欢跟别的选手聊天，尝试用半生不熟的法语、英语和德语跟人搭讪，甚至有一名英国选手投诉他"喋喋不休，干扰比赛"。在国外参赛时，他的房间经常挤满新朋友，以至于他自己不得不睡在门外。有一回在参加某场国际大赛之前，他认识了一名澳大利亚选手，后者的目标是打破澳大利亚男子五千米纪录。扎托佩克只报名参加了一万米比赛，但他提出了一个计划：让新朋友退出五千米比赛，跟他一起参加一万米比赛。前五千米扎托佩克担任陪跑员，陪新朋友打破了澳大利亚男子五千米纪录，后五千米他为自己赢得了一万米的冠军。

尽管成绩斐然，但扎托佩克一直是个纯粹的跑者，比赛对他来说只是件乐事。他实在太喜欢比赛的感觉，在本该休息恢复的时候仍报名参赛。20世纪40年代末，他连续三年几乎每个月参加两场比赛，并且保持六十九连胜的纪录。在如此频繁比赛的间隙，他每周的训练量还能达到一百六十五英里。

1952年，扎托佩克参加赫尔辛基奥运会，这个谢顶的三十岁中年人来自不为人知的贫穷东欧小国，平时住在公寓里，没有教练指导，训练全靠自己。由于捷克实在缺乏体育人才，扎托佩克得以自由选择比赛项目，于是长跑项目他一个不落。首先参加五千米，不仅夺得金牌，还打破奥运纪录。然后是一万米，赢得第二块金牌，一样刷新了奥运纪录。最后是马拉松项目。之前他从没跑过马拉松，但反正已经拿到两块金牌，还怕什么呢？

所有人都能看出扎托佩克真的缺乏经验。当时的奥运马拉松世界纪录保持者、英国选手吉姆·彼得斯决定好好利用这一点。跑到第十英里的时候，彼得斯已经比他创下世界纪录的那一次少用十分钟，并且还在加速。扎托佩克不知道如此快的速度是否合适，于是凑到彼得斯身边，开口问："对不起，我是第一次参加马拉松。我们的速度是不是太快了？"

"不，"彼得斯回答，"太慢了。"扎托佩克既然笨到问出这样的问题，那他也应该笨到会相信任何答案。

扎托佩克感到很惊讶。"你说太慢了？"他又问道，"你确定这样的速度太慢了吗？"

"我确定。"彼得斯回答，接下来发生的事让他吃了一惊。

"好，谢谢。"扎托佩克听信他的话，加速超了过去。

当扎托佩克抵达体育场进行最后冲刺时，周围爆发出热烈的欢呼：观众在欢呼，各国运动员也在欢呼。他冲过终点线，创下他的第三项奥运纪录。他的队友赶上前来祝贺，却晚了一步：牙买加短跑队的选手已经把他扛在肩上，绕着体育场游行。马克·吐温曾说："我们要努力地过好这一生——当我们死的时候，连殡仪馆的老板都会为我们遗憾。"扎托佩克努力地跑好这一场——当他赢得冠军时，连别国的代表队都为他欢呼。

奔跑的愉悦，是金钱换不来的，也是蛮力无法强迫的。不幸的是，扎托佩克的遭遇印证了这句话。苏联军队于 1968 年开进布拉格后，扎托佩克面临两个选择：要么顺从苏联人，担任所谓"体育大使"，要么后半辈子在铀矿里清扫厕所。他选择了后者。就这样，这位最受世人爱戴的运动员永远从赛场上消失了。

此时，他最大的竞争对手也恰巧遭遇打击。天赋异禀、外形如电影明星般暗黑又梦幻的澳大利亚选手罗恩·克拉克，或许是扎托佩克最讨厌的那种人。当扎托佩克只能在深夜站岗后踏雪跑步时，克拉克则在专业教练的指导下，在阳光明媚的海滩上惬意地慢跑。他拥有扎托佩克缺少的一切：自由、金钱、帅气的外表，以及头发。

罗恩·克拉克是一颗耀眼的明星，但在澳大利亚人眼里仍旧是个失败者。从八百米到一万米的各种径赛项目中，他打破过十九项世界纪录，却从未赢得哪怕一块奥运金牌。1968年夏天，他失去了最后的机会：在墨西哥城奥运会男子一万米决赛中，他因为高原反应昏倒在地，丧失比赛资格。回国意味着面对各方的压力，于是克拉克索性绕路去布拉格，拜访那个"从未失败过的家伙"。道别之际，他看见扎托佩克偷偷把一包东西塞进他的行李箱。

"我还以为那是他要我带到外界的消息，所以直到飞机起飞后才敢打开包裹。"克拉克回忆道。告别时，扎托佩克给了他一个温暖的拥抱，并说："那是你应得的。"这让克拉克非常感动：扎托佩克正逢人生低谷，却还有心情安慰他。

打开包裹，他才意识到扎托佩克根本不是在安慰他：行李箱里是扎托佩克在1952年奥运会上赢得的万米跑金牌。扎托佩克把它送给打破他当年纪录的人，尽管自己已经几乎一无所有。

"他的激情、他的友善、他对生命的热爱，从一举一动中散发出来，"罗恩·克拉克后来说，"比埃米尔·扎托佩克更伟大的人，世上从未有过，将来也绝不会有。"

这就是维吉尔教练想要解答的问题：扎托佩克是原本就如此伟大，恰巧选择了跑步这项运动，还是跑步让他变得如此伟大？维吉尔没法用言语准确描述，但直觉告诉他，爱的能力和爱跑步的能力之间肯定存在某种联系。二者的作用原理完全相同：你需要释放自己的欲望，把想要达到的目的放到一边，珍惜你拥有的一切，充满耐心、同情心和包容心。性与速度，不都是我们的生存之本吗？没有爱，我们不会出生；没有跑，我们无法存活。当我们擅长其中一种时，或许也会自然而然地擅长另一种。

维吉尔是个科学家，而非宗教家。他不喜欢在菩提树下沉思形而上学的东西，但也不会刻意忽视它们。他获得成功的秘密在于，总能从别人眼中的偶发事件里寻觅规律。他越是琢磨爱、同情与跑步之间的联系，越觉得其中颇有玄机。亚伯拉罕·林肯（"在赛跑中比别的男孩子跑得都要快"）和纳尔逊·曼德拉（上大学时就是一名出色的越野跑选手，即使在狱中也每天坚持跑七英里）都是爱跑步的人，这难道仅仅是偶然吗？或许罗恩·克拉克对扎托佩克的描述并不是华丽的赞美，只是以专业选手的眼光描述事实：他对生命的热爱，从一举一动中散发出来。

没错！对生命的热爱！太对了！这正是维吉尔看着胡安和马丁曼诺笑着跑下坡时心中翻涌的感受。他已经找到天生的跑者，而且从他目睹的情况来看，他们的确像他想象的一样，心中充满快乐。

独自站在林中的维吉尔感到一条宏大隽永的道路正在眼前铺展开。他发现了什么东西，某种伟大的东西——不仅是如何跑步，同时也是如何生活，是我们作为一个物种的本质，是我们原本该有的生存状态。维吉尔早就读过拉姆霍尔兹的笔记，但是直到那一瞬，他才意识到拉姆霍尔兹的话是多么正确：他把塔拉乌马拉人称为"人类历史的奠基人和缔造者"。或许我们的所有问题——暴力、疾病、肥胖、抑郁和贪婪，都始于我们停止奔跑的那一刻。违拗本能，只能令本能以扭曲的方式出其不意地宣泄出来。

维吉尔的任务很明确。他需要弄清楚，我们是怎么从塔拉乌马拉人这样的状态滑落到今天这步田地，又是从哪一步开始迷失方向。在灾难片里，文明的终结总是伴随毁天灭地的巨大灾难：核战争覆盖全球、彗星撞击地球，或是产生自我意志的机器人发起暴动。然而在现实世界中，我们或许早已走在深渊边缘：由于肥胖症肆虐，三分之一的美国孩子有患糖尿病的风险，换句话说，我们的下一代可能不如我们活得久。或许比起好莱坞导演，古代的印度教徒更懂得预言术，他们认为世界的终结不是一声爆炸，而是一个呵欠。司掌毁灭的湿婆大神如果要消灭我们，只需要让我们……什么都不做。让我们陷入懒惰之中，彻底丧失血管里奔涌的生命力。让我们变成黏糊糊的鼻涕虫。

不过维吉尔教练不是个狂热分子。他不是鼓动我们涌入峡谷，跟塔拉乌马拉人一样住在洞穴里，把烤老鼠当成美味佳肴。然而，塔拉乌马拉文化中必定有某种东西，某种最核心、最根本的东西，可以在我们的文化土壤中生根发芽，不是吗？

因为……天哪，想象一下随之而来的好处吧。假如你可以奔跑几十年却从来不用担心受伤……每周跑几百英里，每一英里都乐在其中……眼看着你的心率和胆固醇直线下降，感受心头的压力和愤怒悄然化解……犯罪与贪婪彻底消失在奔跑的步伐中。跟这些相比，他指导的选手赢得再多的奥运金牌，打破再多的世界纪录，都不值一提。这将成为乔伊·维吉尔留给美国的遗产。

他还没有找到全部答案。但是当他目送塔拉乌马拉人飘舞的白斗篷消失在远方时，已经明白该到哪里去寻找。

16

有意思的是，长毛男也在关注塔拉乌马拉人，但他看见的是一个膝盖受伤的中年男人。

最先发现这一点的是他的耳朵。之前的几个小时，胡安和马丁曼诺的拖鞋一直有节奏地在他耳畔发着嘘嘘声。那声音异常柔和，仿佛他们每跑出一步，都是在用脚底抚摸大地。就这样"嘘……嘘……嘘……"了一小时又一小时。

但在第七十英里处的小径上，长毛男忽然听到一丝不和谐的节拍。马丁曼诺的一只脚似乎出了问题，明显跟不上另一只脚的节奏。胡安也注意到这一点，不停回头朝他投去探询的目光。

"怎么了？"长毛男用西班牙语问。

马丁曼诺没有马上回答，或许他正在竭力搜索过去十二个小时的记忆，寻找问题出现的原因：是因为他头十三英里穿着别扭的跑鞋？因为在黑暗中拐弯时不够小心？过河时脚下的石头打滑了？还是……

"那个布鲁哈。"马丁曼诺开口说道。他肯定是指那个"女巫"。他忽然理解了消防站里的那一幕：安怒目而视，嘴里吐出一串话，周围人一脸震惊，姬蒂不肯把那番话翻译给他听，还有长毛男的评价——一切都清楚了，是安诅咒了他。"我本来就要超过她了，"过了一会儿，马丁曼诺说，"但是她给我的膝盖下了诅咒。"

马丁曼诺从一开始就担心会发生这样的事情，因为费希尔拒绝让村里的巫师同行。在铜峡谷一带的村庄，巫师既负责保护玉米粥和伊斯卡特不受诅咒，也负责保护跑者的膝盖和髋部，通过草药和按摩驱除咒语的影响。然而在莱德维尔，塔拉乌马拉代表队没有巫师的陪伴，于是就出事了：四十二年来第一次，马丁曼诺的膝盖在跑步时出了问题。

当长毛男得知马丁曼诺的状况时，忽然感到一阵深深的同情。他意识到，塔拉乌马拉人并不是神，只是普普通通的人。连续奔跑一百英里，对他们来说同样不是容易的事情。他们跟所有人一样，要面对内心深处的疑虑，跟那个在耳边轻声引诱他们放弃的魔鬼斗争到底。

长毛男抬起头看着胡安，知道他正面临痛苦的抉择：究竟是陪伴在导师身边，还是独自奋勇向前？"往前跑吧，"长毛男告诉胡安和他的陪跑员，"我会一直陪在他身边。追上那个'女巫'吧，像追赶奔跑的鹿那样！"

胡安点点头，很快消失在前方。

长毛男朝马丁曼诺挤了挤眼。"现在就剩我和你了，朋友。"

"瓜达胡科。"马丁曼诺回答。好得很。

前方的终点像磁石一样吸引着安。胡安到达第七十二英里处的半月山补给点时，她已经将领先距离拉长了几乎一倍：领先二十二分钟，距终点也只有不到二十八英里。

要想追上她，胡安每英里至少要追回一分钟，而他即将踏上的是最糟糕的赛段：延续七英里的柏油路。安习惯在柏油路上奔跑，她脚上穿着耐克气垫跑鞋，可以尽情地迈开修长的双腿飞奔。胡安则是第一次接触柏油路，脚上只有自制的拖鞋。

"他的脚肯定很疼。"胡安的陪跑员朝路边的摄像记者喊。胡安一从山野小径踏上柏油路，立刻缩小步子，屈着膝，用腿部力量为双脚缓冲。不过他的适应能力非常强，不但没有减慢速度，反倒把惊讶的陪跑员远远甩在后面。

胡安独自追赶着安。他用跟上午来时差不多的速度跑完七英里的柏油路，往左一拐，踏上通往高压线山口的上坡土路。许多参加莱德维尔越野赛的选手对高压线山口的恐惧程度丝毫不次于希望山口。"我见过有人坐在山脚下的路边，一把一把抹着眼泪。"一名多次参加莱德维尔越野赛的选手回忆道。然而胡安毫不犹豫地朝坡上奔去，仿佛他已经为这一刻准备了一整天，就连其他选手需要用手撑着膝盖才能攀爬的陡峭路段，也没有放慢脚步。

安离山口很近了，但疲劳几乎令她无法睁开眼睛，看上去像是根本不敢直视面前剩下的最后一段上坡。胡安正在逼近，然而突然间，他单脚点地跳到路边。一只拖鞋的鞋带断了，而他身上没有备用的。所以安翻过山口的时候，胡安正坐在一块石头上检查断掉的鞋带。他发现剩下的长度只够把鞋底绑在脚底，于是仔细缠好，试着跑了几步，发现没问题才继续朝坡上奔去。

安的面前只剩下最后十英里的泥土路，然后就可以开始终点前的冲刺了。时间刚刚晚上8点，周围的树林正逐渐陷入黑暗……忽然间，什么东西从她身后的树林里冲出来，速度之快，她根本来不及反应。错愕中，她直接呆立在小径中央。是胡安，他轻轻一跃，从她左边超过去，白色的斗篷在身后飞舞，转眼消失在夜色中。

他看上去一点都不累！好像他看上去……玩得很开心！安绝望无比，甚至决定放弃。离终点只有区区一个小时的路程，然而胡安脸上让维吉尔教练兴奋不已的微笑对她来说不啻为晴天霹雳。为了保持领先，她已经把自己逼到绝境，这个家伙却像在说，他只要愿意，随时都可以扭转局面。这真是对她最大的侮辱。她意识到，在她开始她的"皇后赌局"的那一刻，胡安就已经盯上她。最后，她终于在丈夫的劝说之下继续往前，以免再受打击：马丁曼诺和其他塔拉乌马拉人很快就要追上来了。

胡安的最终成绩是十七小时三十分钟，将莱德维尔越野赛的纪录缩短了二十五分钟。（他还创下另一项纪录：最后冲刺时没有冲过终点线，而是弯腰从下面钻过去，因为他不知道终点线是干什么的。）安的成绩是十八小时零六分钟，比他多三十六分钟。马丁曼诺拖着受诅咒的膝盖获得第三名。曼努埃尔·卢纳和其余的塔拉乌马拉人分别获得第四、五、七、十和十一名的成绩。

"天哪，真是一场精彩绝伦的比赛！"一名电视台记者把麦克风推到安·特拉森面前。她在闪光灯下眨着眼，一副马上就要昏倒的样子，但仍然鼓足力气说出一句话：

"有时候，要让男人发挥出全部实力，非得女人去逼他不可。"

喂，彼此彼此——塔拉乌马拉人完全也可以这么回答。为了击败一整支由长跑天才组成的代表队，安不仅把自己在莱德维尔越野赛上的最佳成绩缩短了两个多小时，还刷新了女子纪录，至今未被超越。

然而在这一刻，塔拉乌马拉人没有发表言论的自由，虽然他们未必有话要说。他们一迈下跑道，就卷入了一场风暴。

这本应该是属于他们的时刻。在经受几个世纪的恐惧之后，在因头皮而被猎杀，在受尽奴役、压迫和掠夺之后，塔拉乌马拉人终于赢得世人的尊重。他们已经证明自己确实是世界上最伟大的跑者。外面的人会发现，不仅他们拥有的运动能力值得深入研究，他们的生活方式值得借鉴，他们的家园也值得保护。

乔伊·维吉尔已经忙不迭地计划起来，他会递交辞呈，卖掉房子，因为他实在是太激动了。现在，既然莱德维尔越野赛已经在外部世界与塔拉乌马拉人之间架起一道桥梁，那他就可以实施酝酿很久的计划了。他已经六十五岁，早就准备从亚当斯州立学院退休。他要和妻子卡罗琳搬到亚利桑那州靠近墨西哥的边境地带，潜心研究塔拉乌马拉人的生活方式。这或许会花上几年时间。不过在这之前，他要在每年夏天回到莱德维尔，跟塔拉乌马拉选手建立更紧密的关系。学习他们的语言……说服他们踏上跑步机测量心率和最大摄氧量……或许还能让他们指导他培养的运动员！既然安·特拉森能跟上他们的速度，那说明塔拉乌马拉人能做到的，其他人也一样能做到！

真是太美好了。然而这美好只持续了一分钟。

假如你们要用我这些塔拉乌马拉人的照片做宣传，里克·费希尔向托尼·波斯特等乐步鞋业的高管宣布，最好乖乖掏出钱来。

但是——

五千美元，一分不少。

但是我们已经付给你钱了呀，里克。我们已经践行合约，而你——

他妈的五千美元！不然你们就别想让片子播出。

托尼·波斯特十分震惊。"他真的歇斯底里地在那里大喊大叫，好像你不答应，他就会马上杀了你一样。当然他不可能真的那么做，"托尼急忙更正，"我是说他看上去像是要跟人争执到底，永远不肯承认自己的错误。"

"他是个讨厌鬼。"肯·克洛伯补充道。按照肯的说法，费希尔要求乐步鞋业额外给塔拉乌马拉人支付五千美元，并且是立刻。"一开始他没有那么可恶，但等到有大批赞助商和媒体围上来，他就拿那些印第安人的视频资料威胁乐步的工作人员。作为赛事主办人，我也被他弄得很难堪。他眼里从来没有别人，包括他找来的那些塔拉乌马拉人。"

费希尔的反应是有点疯狂，就像他在铜峡谷被毒贩围住时那样，只有发疯才有可能逃出魔爪。"他们计划让那个金发碧眼的女人赢。但她没有胜出。"费希尔声称，并且透露所有记者都被一场由莱德维尔赛事总监出资的阿斯彭豪华度假村三日游收买了。他还跟我说，有一名记者试图贿赂他，让他阻止胡安获胜，并让他与特拉森取得联系。"这位记者原本具有良好信誉，他说如果胡安获胜，那将是一场灾难，事实上，从白人跑者的角度来看，如果塔拉乌马拉人获胜，绝对是一场灾难。"为什么？"因为美国人病态地认为女性可以和男性同台竞技。"（当被问及这名记者的姓名时，费希尔拒绝回答。）

费希尔的指控毫无道理，但他没有收手的意思。他继续声称，他的一名选手被灌了下药的可乐，"倒地不起，病入膏肓"；还有一名选手遭到某个"白人"的性骚扰，他以跑后放松为由，把手伸进塔拉乌马拉选手的腰布下，"按摩他的阴茎和阴囊"。至于乐步，费希尔声称该公司说好听是赞助，说难听则是犯罪。"他们承诺在铜峡谷建一座制鞋厂……这个交易完全就是腐败……乐步查看账簿发现自己被敲了一笔，公司总裁也被解雇……"

塔拉乌马拉人看着白皮肤的家伙大吵大闹、愤怒地指手画脚，还不时指向自己。他们听不懂，但能猜出个大概。在外来的威胁面前，他们采取一贯的做法：回到位于峡谷深处的家，像日出后的露珠一样，带着秘密悄然消失在外人的视线之中。在1994年那场胜利之后，再没有一个塔拉乌马拉人回到莱德维尔。

有一个白人跟着他们离开，也再没有回到过莱德维尔。那是塔拉乌马拉人交的新朋友"长毛男"。他就是后来的卡巴洛·布兰科，那个在群山间独自游荡的幽灵。

17

现在没有了野蛮人，我们该怎么办？

那些家伙曾是某种解决方案。

——康斯坦丁诺斯·卡瓦菲斯，《等待野蛮人》

"那是十年前的事情，"卡巴洛告诉我，"打那以后，我一直待在这边。"

几个小时之前，阿妈把我们请出她的客厅兼小餐厅，上床睡觉去了。我跟在卡巴洛身后，走过克里尔镇空旷的街道，拐进小巷里的小酒吧。等到那里也关了门，我们就在街上游荡。卡巴洛把 1994 年之后发生的事悉数讲完时，已经是深夜 2 点多。他的故事让我听得晕头转向，因为我从来没有想过他居然会告诉我这么多关于塔拉乌马拉人的秘密，还让我去找乔伊·维吉尔、里克·费希尔和其他知情人士。不过，他讲了这么多，却没有回答我提的唯一一个问题：

老兄，你究竟是谁？

似乎在那次为马丁曼诺陪跑之前，他的生活一片空白，要么就是他做了一些不愿重提的事情。每当我问起他以前的生活，他都会讲个笑话糊弄过去，或是顾左右而言他（你问我是怎么赚钱的？我替那些有钱人做他们不愿意亲手做的事情），然后滔滔不绝地讲起另一个话题。很明显，我只有两种选择：要么冒着惹恼他的危险追问到底，要么放松下来，聆听他妙趣横生的讲述。

他告诉我，在1994年那场莱德维尔越野赛之后，里克·费希尔简直发了狂。毕竟，世上还有其他比赛，也还有其他塔拉乌马拉人。没过多久，费希尔又拼凑出一支塔拉乌马拉代表队，开始四处制造麻烦。在加州举行的洛杉矶一百英里耐力赛上，塔拉乌马拉代表队遭到禁赛处分。因为在比赛过程中，费希尔反复闯进一段只允许参赛选手进入的赛道。"不到万不得已，我绝不会给予任何选手禁赛处分，"比赛主办人遗憾地说，"但是里克让我们别无选择。"

之后在犹他州的沃萨奇山一百英里耐力赛上，三名塔拉乌马拉选手分别获得第一、第二、第四名，却被取消比赛成绩，因为费希尔拒绝缴付报名费。在西部越野赛上，费希尔再度发作，指责工作人员偷换赛道标志来捉弄塔拉乌马拉选手，还窃取他们的血液样本（事实上，该赛事的所有选手都要留下血液样本，但只有费希尔把这看成一场阴谋）。据报道，他当时说"塔拉乌马拉人的血液非常非常稀有，所以医学界才会设局偷取他们的血去做基因检测"。

这个时候，几乎所有塔拉乌马拉人都不愿意再同费希尔打交道。他们注意到，他每次开来的越野车都比上一次的更新、更气派，而他们背井离乡，去遥远的美国艰苦比赛，得到的却只有几袋玉米。又一次，塔拉乌马拉人感觉自己被奴役了。于是，塔拉乌马拉代表队宣告永远解散。

　　迈卡·特鲁（假设这的确是卡巴洛的真名）非常同情塔拉乌马拉人，他厌恶那些美国人对待他们的方式，因此下定决心要为他们做点什么。1994 年，就在为马丁曼诺担任陪跑员后不久，他在科罗拉多博尔德城的电视节目上露面，发起一场捐献旧外套的活动。等收集到一大堆旧外套，他就带着它们朝铜峡谷出发了。

　　他不知道自己该往哪里去。找到马丁曼诺的可能性，几乎跟探险家沙克尔顿活着从南极返回同样渺茫。他在荒漠和峡谷间流浪，逢人就重复马丁曼诺的名字，直到爬上一座两千七百米的山峰，意外发现自己走进的居然是马丁曼诺的村子。村民用自己的方式欢迎他：尽管他们没说几个字，但每天早晨醒来，他都会发现帐篷外放着一小堆玉米饼和一碗热气腾腾的玉米粥。

　　"拉拉穆里人没有钱，但并不贫穷，"卡巴洛说，"在美国，你向人讨一杯水喝，就会被送进流浪汉收容所。而在这里，他们会收留你，给你提供食物。你问他们，能不能在外面扎营，他们会说：'当然可以，但是你不愿意进屋跟我们一起过夜吗？'"

　　然而马丁曼诺的乔吉塔村夜里实在太冷，根本不是一个来自加州（如果他说的是真话）的瘦子能忍受的，所以当卡巴洛把所有外套送出后，就跟胡安和马丁曼诺道别，独自去了温暖的峡谷腹地。他漫无目的地游荡，不知跟毒贩、暴徒、传染病和峡谷热擦肩而过多少次，终于在河边找到一块中意的地方。他用石块给自己搭了一间小屋，安顿下来。

　　"我曾下决心要找到世上最适合奔跑的地方，结果真的找到了，"那天夜里我们走回旅馆的时候，他告诉我，"一看到那里，我就惊呆了。太令人兴奋了，我简直等不及要在小道上试试身手。

它们纵横交错，简直叫人不知道从哪儿开始。不过那地方非常野，我得给它一点时间。"

反正他也别无选择。他在莱德维尔之所以不以选手而是以陪跑员的身份出现，是因为四十岁以后双腿就没有以前利索。"过去我经常受伤，特别是跟腱。"卡巴洛说。那几年里，他尝试过各种各样的应对方法，绷带、按摩、昂贵的支撑跑鞋，但完全没有成效。到达铜峡谷以后，他决定彻底放弃以往的逻辑，照搬塔拉乌马拉人的生活方式。他没有浪费时间去琢磨他们的秘密，而是直接按他们的方式去生活，让秘密主动找上门。

他扔掉跑鞋，穿着自制的拖鞋奔跑。他学会做玉米粥，开始把它当作早餐，外出跑步时也随身带一包干玉米粉。他多次摔伤，有几次险些没能回到小屋，但他只是咬紧牙关，用冰凉的河水洗净伤口，再把受伤的经历记录下来。"痛苦让人谦卑，知道什么会让你吃苦头是非常值得的，"卡巴洛说，"我很快就发现，你必须尊敬马德雷山脉，否则它会把你生吞活剥。"

来这里的第三年，卡巴洛已经开始在那些只有塔拉乌马拉人才能分辨的小径上奔跑。他小心翼翼地沿着又长又陡的羊肠小径滑下，勉强地控制着自己，只凭在峡谷里锻炼出的反射神经控制方向。他随时等着膝盖软骨发出"啪"的一声脆响，或是小腿肌腱撕裂，或是跟腱传来钻心的疼痛。

然而这一切都没有发生。他一直没有受伤。在峡谷里生活几年后，卡巴洛发现自己比过去任何时候都健康、强壮、迅捷。"自从来到这里生活，我对跑步的认识发生了一百八十度转变。"他告诉我。为了测试自己，他踏上一条骑马得耗费三天的小道，结果七个小时就跑到终点。他不知道这究竟是怎么发生的，不知道拖鞋、玉米粥和"科瑞玛"在其中究竟起了什么作用，然而——

"喂，"我打断了他，"你能教我吗？"

"教你什么？"

"教我那样跑步。"

他微微一笑，笑容中带着某种东西，让我立即后悔提出这样的要求。"没问题，我带着你跑一圈，"他说，"日出时来这里找我。"

"呼——呼——"

我试图喊他，但话还没出口就被喘息淹没。"卡巴洛！"我终于赶在他从视线中消失前喊了出来。我们正在克里尔镇后面的小山上，沿着一条覆满松针的小径奔跑。才跑了不到十分钟，我已经上气不接下气。倒不是卡巴洛跑得有多快，是他的动作太轻盈，仿佛驱动他上山的是意念，而不是肌肉。

他转身跑回来。"好了，这是第一课。跟在我后面。"他放慢速度，让我模仿他的动作。我的胳膊越甩越开，步子越收越短，后背挺得笔直，几乎能听到脊椎骨喀啦作响。

"不要跟道路对抗，"卡巴洛回头朝我喊道，"而是要顺应。如果你在两块石头之间犹豫该迈一步还是两步，那就迈三步。"卡巴洛着实在这里待久了，甚至给脚下的石头起了绰号："助手"是那些能让你加速冲刺的精灵；"骗子"看上去跟"助手"很像，但会在你发力的时候忽然滚到一边；"小人"则总想着怎么算计你。

"第二课，"卡巴洛又喊道，"记住，轻松、轻盈、流畅和快速。首先是要轻松，这点你能马上做到。然后是轻盈，尽量少费力气，别去在乎面前的山有多高，路有多远。等你彻底适应了这一层，就要去追求流畅。至于速度，你根本用不着操心——做到前三点，速度自然会快起来。”

我盯着卡巴洛穿着拖鞋的双脚，努力模仿他看似踮脚的奇特步伐。我一直低着头，甚至没注意到我们已经跑出树林。

“哇！”我惊叫道。

初升的太阳照耀着群山。袅袅轻烟从镇子边郊的烟囱里冒出来，在澄澈的天空中飘荡，传来淡淡的松香。远处，无数巨大的石柱拔地而起，像神秘的复活节岛石像，更远处则是积雪皑皑的群山。就算没有扑面而来的清风，我也已经陶醉。

“我说了嘛。”卡巴洛得意地说。

我们掉头往回跑。尽管我知道以自己的状态奔跑超过八英里根本就是不自量力，但我的确爱上了这种在小径间穿梭的体验，不愿意回去。卡巴洛完全理解我的心情。

“这就是我这十年来的感受，”他说，“到现在我还在探索。”但此刻他必须抓紧时间，在天黑前赶回自己的小屋。时间已经有点晚了。接着他开始解释自己来克里尔镇的目的。

“你知道，莱德维尔那场比赛之后发生了很多事情。”过去，超长距离耐力跑只不过是一项小众运动，一群疯子拿着手电在树林里奔跑，但这几年来，随着年轻高手纷纷加入，它起了很大的变化。卡尔·梅尔策听着iPod循环播放的《古怪的爱》(*Strangelove*)，连续拿下三场一百英里耐力赛的桂冠；“土路女神”卡特拉·科比特，一个全身上下布满文身的黑发美女，在跑完西部越野赛一百英里赛程后扭头跑回出发点，只是因为“高兴”；“裸男”托尼·克鲁皮卡平时只穿一条紧身短裤，全身心为莱德维尔备赛时，在朋友家的衣柜里睡了一年；埃里克·斯卡格斯和凯尔·斯卡格斯这对“飞人兄弟"一路搭车去科罗拉多大峡谷，然后创下跑步往返峡谷两侧的最快纪录。

这些年轻人追求更新鲜、更刺激、更有挑战的目标，他们的人数之多，使得越野耐力跑在2002年一跃成为全美发展最快的户外运动。他们迷恋的不仅是比赛本身，还有那种探索身体极限的感觉。"超级马拉松之神"斯科特·尤雷克在他发出的每封电子邮件后，都附有19世纪哲学家威廉·詹姆斯的一句名言。这句话正可以作为超马风潮的最佳注解："冲破疲劳和绝望的极限，可以找到我们从未梦想拥有的自在与力量；这些潜在的力量未被激活，是因为我们不曾突破障碍去求索。"

年轻人的涌入，带动了运动科学理论在超长距离耐力跑领域的发展。马特·卡彭特，一名来自科罗拉多斯普林斯的山地跑选手，花费数百个小时在跑步机上训练，测量身体摆动的各种变化。（他发现，在生物力学上，携带水瓶的最佳方式是把它夹在腋窝下，而不是拿在手里。）他还用剪刀和剃须刀去除跑鞋上多余的部分，以减轻几毫克的重量，把处理过的跑鞋浸泡在浴缸里，测试跑鞋吸水后增加的重量和水分蒸发的速度。2005年，他利用这些令人着迷的发现打破了莱德维尔越野赛的纪录——只用十五小时四十二分钟跑完全程，比塔拉乌马拉人的纪录快了将近两个小时。

但是，假如塔拉乌马拉人发挥极限，又能达到怎样的速度呢？这就是卡巴洛想知道的。在莱德维尔，维多利亚诺和胡安采用的都是猎人的奔跑节奏，像他们从小习惯的那样：只要能追上猎物就可以。而假如他们要追赶的猎物是像卡彭特这样的选手，又会爆发出怎样惊人的速度？假如比赛在家门口举办呢？作为上届冠军，他们难道不应该拥有一次"主场"优势吗？

卡巴洛的想法是，既然塔拉乌马拉人不愿意到美国去，那就让美国人来塔拉乌马拉人的家乡。但他知道，假如美国选手举着照相机，噼里啪啦丢出一大堆问题，害羞的塔拉乌马拉人只会静悄悄地消失在群山和峡谷中间。

然而……卡巴洛忽然想到，假如来一场塔拉乌马拉人风格的比赛呢？参考过去的做法，所有人花一个星期彼此交流感情、讨论技术。最后大家进行五十英里的越野赛跑，决出胜负。

这是一个伟大的想法，同时也是个彻头彻尾的笑话。没有任何精英选手会冒险参加，因为这简直就是自杀。光是站到起跑线上，他们必须躲过毒贩哨兵，徒步穿越广阔的荒野，这期间还要小心摄入每一口食物、每一滴水，以免染上什么怪病。一旦在路上受伤，最终的结果很可能是一命呜呼，因为他们离最近的公路很可能有几天路程，离最近的水源也有几个小时，错综复杂的岩壁又令救援直升机无法接近。

但没有关系，卡巴洛已经开始准备。这正是他来克里尔镇的原因。他离开峡谷底的小屋，来到这个让他讨厌的镇子，因为他听说镇上糖果店的后院有一台可以拨号上网的电脑。他懂得基本的电脑操作，注册过邮件账号，之前就是通过邮件跟外界联系。我的出现刚好省去他的麻烦：他会在旅馆对我产生兴趣，完全因为我自称杂志记者。如果我写一篇相关的文章，就可以吸引来一些选手。

"你想邀请哪些人？"我问。

"现在我只知道一个人，"他说，"我只要那些真正优秀的跑者，那些具有跑步精神的人。所以我给斯科特·尤雷克发了邮件。"

斯科特·尤雷克？那个获得七届西部越野赛冠军、有三年被评选为"年度最佳耐力跑选手"的斯科特·尤雷克？卡巴洛以为他会到这个鸟不生蛋的地方参加名不见经传的比赛，真是异想天开。斯科特是全美最顶尖的跑者，或许也是有史以来最优秀的超长距离耐力跑选手。不比赛的时候，他不是在帮助布鲁克斯公司设计新款越野跑鞋，举办广受欢迎的跑步训练营，就是在决定是去日本、瑞士、希腊还是法国参加众所瞩目的比赛。斯科特·尤雷克不是一个人，而是一个品牌，其运转全凭他的健康维系。换句话说，这位伟大的跑者最不该做的，就是冒着生病、中弹或是落败的风险，跑到满是狙击手的荒郊野外，参加这种怪异的比赛。

但是卡巴洛读过一篇斯科特的访谈，当下就觉得他跟自己是一类人。事实上，斯科特几乎跟卡巴洛一样神秘。当迪安·卡纳泽斯和帕姆·里德这类成就远不如他的选手在电视上自我吹捧、出版回忆录、光膀子在时代广场上踩着跑步机推广运动饮料（迪安的确这样做过）时，美国最伟大的耐力跑选手斯科特几乎从不在公众面前露面。他似乎是一头专为比赛而生的动物，而这正好可以解释他的两个习惯：每次比赛开始时都要发出一声撕心裂肺的狂吼，取胜后又会像条精力过剩的猎犬在灰土里打滚，然后爬起来拍掉身上的土，悄悄回到西雅图的家中，直到下一次比赛再度让战吼响彻荒野。

这正是卡巴洛寻找的高手。他不要那种一心利用塔拉乌马拉人为自己做宣传的家伙，而是要真正钟情于跑步、甚至能从跑得最慢的跑者身上发现艺术与美的人。卡巴洛不需要更多的证据证明斯科特是合适人选，但他还是注意到，在访谈的最后，斯科特把塔拉乌马拉人列为偶像。文章写道："他经常背诵一句流传在塔拉乌马拉人之间的话鼓励自己，'当你在大地上奔跑，并与大地一起奔跑的时候，你便可以永远跑下去'。"

"看见了吧！"卡巴洛笃定地说，"他拥有拉拉穆里人的灵魂。"

但是等一下……"就算斯科特·尤雷克同意来这里参赛，塔拉乌马拉人是否愿意呢？"我问，"他们会配合吗？"

"或许吧，"卡巴洛耸了耸肩，"我最想邀请的是阿努尔福·奎马尔。"

这简直是痴心妄想。我亲眼见过阿努尔福，知道他根本不愿意跟外人说话，更别提混在一大群外人中间，带领他们沿着只有族人知道的小径奔跑。我钦佩卡巴洛这样大胆的想法，但不得不怀疑他已经脱离现实。美国的跑者都没听说过他，绝大多数塔拉乌马拉人也不知道他的来历，他却指望他们都相信他？

"我基本可以肯定曼努埃尔·卢纳会来参赛，"卡巴洛还在说，"或许带着他儿子。"

"马塞利诺？"我问。

"是呀，他挺不错的。"

"他简直太棒了！"

我还记得马塞利诺奔跑的样子，仿佛一支闪耀着红色火焰的火炬。如果是这样，包括斯科特·尤雷克在内的大牌选手不能到场又有什么关系？能跟曼努埃尔、马塞利诺和卡巴洛同场竞技，就已经太值了。卡巴洛和马塞利诺奔跑起来，简直就是在飞翔。在克里尔镇后面的山路上，我也短暂体验过那种感觉：像是挥舞着手臂飞离地面。有过这种体验，怎么可能不想再尝试一遍？

"我能做到。"我告诉自己。卡巴洛刚来这里的时候，跟我现在没有多大不同：也是四十多岁，双腿反复受伤。而在这里待了不到一年，他就能在山路上飞翔。如果他能做到，我为什么不能？如果我真的学会了他教的技巧，难道还不能在铜峡谷的小径上跑完五十英里吗？当然，这场比赛办起来的可能性……呃，好吧，根本就不存在。这样的比赛不可能办起来。但假如他真能请来最伟大的塔拉乌马拉跑者，那我绝不能错过。

我们回到克里尔镇后便握手道别。

"谢谢你的指导，"我说，"你教了我很多东西。"

"下次再见，老兄。"卡巴洛用西班牙语回答，然后转身跑开。

我看着他远去。这一幕让我异常伤感，又不禁振奋：一个一心发掘古老智慧的先知，为了梦想义无反顾，回到他心目中的"世上最适合奔跑的地方"。

孤身一人。

18

"听说过卡巴洛·布兰科吗？"

从墨西哥回来之后，我就给唐·艾利森打了个电话。卡巴洛虽然对自己的过去讳莫如深，却在不经意间泄露了两条重要信息：他曾是个专业搏击手，赢过几场超长距离耐力跑。搏击运动的类型太多样，涉及范围太广，寻找相关记录简直是大海捞针。但在耐力跑领域，一切问题都可以问唐·艾利森。作为《超跑杂志》的资深编辑，他熟知所有选手和比赛。也正因此，他的第一反应让我大为失望。

"谁？"

"他的真名可能叫迈卡·特鲁，"我说，"但我不知道这究竟是他自己的名字还是他狗的名字。"

沉默。

"喂？"我说。

"嗯，等一下，"艾利森终于有了回应，"我在查资料。那么他是真的？"

"你是说他是不是认真的？"

"不，真有这个人吗？确有其人？"

"没错，我不久前才在墨西哥见过他。"

"好吧，"艾利森说，"那他是疯了吗？"

"没有，他……"这一次轮到我沉默，"我觉得他没疯。"

"因为有人用'卡巴洛·布兰科'的名字给我投了几篇文章。我刚刚就在找。不过我得告诉你，那些文章根本没法发表。"

这就怪了。《超跑杂志》与其说是一份期刊，不如说是一份五花八门信息的合集。每期大约有百分之八十的篇幅都是长长的列表，记录各地超长距离耐力赛的选手名单和成绩，其中大部分比赛绝少有人听说过。剩下的篇幅则用来刊登跑者的各种来稿，其中不乏古怪的内容，比如"如何用天平测量你的水分需求"或者"如何搭配使用头灯与手电"等等。换句话说，被这样一本杂志退稿，绝不是桩容易的事。所以我甚至不敢开口问，像"大学炸弹客"❶般隐居在小屋里的卡巴洛究竟写了什么内容。

"他是不是，嗯……用词比较粗鲁？"

"不是，"艾利森说，"是文章内容与跑步完全没有关系。更像是关于兄弟情谊、因果报应、人心贪婪之类的讲演稿。"

"文章提到他打算组织一场比赛吗？"

"嗯，他的确提到要举办一场比赛，但是依我看，他那儿好像没什么人手，只有他自己跟三个塔拉乌马拉人。"

乔伊·维吉尔教练也从来没听说过卡巴洛。我原以为他们可能在莱德维尔就已经认识，或是后来在铜峡谷见过面。就在那届

---

❶ 美国数学家、无政府主义者、国内恐怖主义者西奥多·卡辛斯基的绰号。此人在 1978 年至 1995 年间不断向大学教授、大型企业主管以及航空公司邮寄炸弹，共造成 3 人死亡，23 人受伤。

莱德维尔越野赛之后，维吉尔教练的生活轨迹发生意外转变。他接到一名年轻女子打来的电话，问他能不能帮助她跑进奥运会选拔赛。她在大学期间跑得还不错，但后来有些厌倦，正考虑放弃，去开一家面包店。但如果维吉尔教练认为她应该坚持下去……

维吉尔非常清楚该怎么回答：忘了跑步，去做你的抹茶蛋糕吧。这个叫迪娜·卡斯特尔（后来姓德罗辛）的女人声音很好听，但她根本不该找维吉尔。她住在加州的海滩上，习惯了在明媚阳光下的开阔路面上奔跑。而维吉尔要求的是"适者生存"的残酷训练，强度大得吓人，更何况训练地点在科罗拉多寒冷的山区。

"我试图劝退她，因为阿拉莫萨不是加州，"维吉尔后来说，"它藏在深山中，十分荒凉，一年四季都很冷，有时气温甚至能降到零下三十度，只有最坚韧的跑者才能坚持下去。"然而迪娜还是执意找上门。维吉尔测试了她的基本体能和潜力，结果并不足以让他改变主意：她确实天资平平。

但是维吉尔越不愿意收她，她就越坚持。维吉尔的办公室墙壁上贴着一张纸，上面列着"提高跑步速度的秘诀"，而在迪娜看来，这些"秘诀"跟跑步完全没有关系，全是些"学会放弃与自我满足""改善人际关系""建立灵魂价值观"之类的句子。此外，他在饮食方面的指导也同样含糊其辞，甚至建议备战奥运会选拔赛的选手"吃得像个穷人"。

维吉尔在建立自己的塔拉乌马拉世界。在如愿移居铜峡谷之前，他先努力把科罗拉多变成第二个铜峡谷。迪娜如果想跟他训练，首先得准备好像塔拉乌马拉人那样生活。这意味着选择简单朴素的生活方式，像训练身体一样训练自己的灵魂。

迪娜理解维吉尔的意图后，开始跃跃欲试。按维吉尔的说法，要想成为强大的跑者，首先要成为一个强大的人。若果真如此，她又怎么可能失败呢？她终于说服维吉尔给她一次机会。1996年，在维吉尔的倡导下，她开始进行塔拉乌马拉风格的训练。一年之内，她成了美国历史上最伟大的超长距离耐力跑选手之一。

迪娜先是赢得全美越野跑锦标赛的冠军，然后打破从五千米到马拉松各项的全国女子纪录。2004年雅典奥运会上，她赶超世界纪录保持者葆拉·拉德克里夫，赢得马拉松铜牌，这是二十年来美国人首枚奥运马拉松奖牌。不过，在维吉尔看来，她最大的成就还是在2002年荣获的"年度人道主义运动员"称号。

就这样，维吉尔在美国耐力跑界的事务中越陷越深，离他迁往铜峡谷的梦想则越来越遥远。2004年奥运会到来之前，他受邀在加州猛犸湖区附近建了一座训练营，为奥运选手进行特训。这样高强度的工作对一位七十五岁的老人来说太过辛苦，维吉尔也为此付出代价：奥运会前一年，他患上突发性心脏病，不得不接受三重搭桥手术。他知道，自己已经永远错过亲自向塔拉乌马拉人请教的机会。

就这样，全世界只剩下一个还在追寻塔拉乌马拉人跑步秘密的人——卡巴洛·布兰科，而他学到的一切都没有记载，只保存在他自己的肌肉里。

我的文章在《跑者世界》杂志上发表后，引发了人们对塔拉乌马拉人的关注，但没有多少高手想要参加卡巴洛的比赛。事实上，是一个人都没有。

或许这也有我的错。为了如实反映卡巴洛的情况，我不得不使用"形容枯槁"这类字眼，也不得不提到塔拉乌马拉人认为他"有点古怪"。这样一来，每一个有意参赛的人首先想到的，是要把性命交到一个神秘陌生人手里，此人独来独往，连名字都是伪造的，而他最要好的朋友——住在岩洞里，把老鼠当作美食的人——都认为他"有点古怪"。

再者，弄清楚比赛的时间地点也是件很困难的事。尽管卡巴洛可以跑到附近的城镇上网，但想跟他联络，简直无异于在海滩上等待冲上岸来的漂流瓶。要收发邮件，卡巴洛得先跑将近三十英里的山路，涉过一条河，才能到达一座名叫乌里克的小镇，说服一位小学教师把学校里拨号上网的电脑借给他使用。而且只有在天气好的时候，他才能到镇上去，否则就会有滑下悬崖或是被河水冲走的危险。乌里克镇直到 2002 年才通上电话，电信服务质量极差，有时卡巴洛筋疲力尽地来到镇上，却发现线路坏了几天还没有修好。有一次，他在去的路上遭到一群野狗袭击，又不得不去寻找狂犬病疫苗。

所以，只是看见"卡巴洛·布兰科"这个名字跳入收件箱，我都会深感安慰。尽管卡巴洛本人对周遭的危险不以为然，但他确实整天生活在危险中。每次出门跑步，都可能再也回不来。他自认为那些毒贩当他是个"没有危害的外国人"，不会对他怎么样，可又有谁确知毒贩的真实想法呢？而且，他还有一个老毛病：间歇性昏厥。即使在救护车几分钟之内就能抵达的地方，这样昏倒也很危险，更何况是在荒无人烟的铜峡谷深处。根本不会有人发现，也不会有人惦念。有一次，他刚跑到一个村子就忽然晕倒，醒过来时发现自己脑后缠着绷带，头发里全是凝结的血块。假如他再早半个小时晕倒，多半只能暴尸野外。

撇开毒贩雇佣的狙击手和他自己的血压问题，他也远不能掉以轻心：只要在悬崖边奔跑时脚下一滑，就会失足坠下深渊，而他几乎天天都要冒这样的险。

然而没有什么能阻止他。奔跑似乎已经成了他生命中唯一的趣事，与其说他是在锻炼身体，不如说是在享受。有次，他的小屋被泥石流冲得摇摇欲坠，他也要先出门跑一圈，再回来修理屋顶。

但第二年春天，灾难还是降临了。我收到他的邮件：

> 嘿，朋友，我刚瘸着腿进了乌里克。左脚踝扭伤了，这么多年还是他妈的第一次！我已经不习惯厚底跑鞋了，却非要穿上它。就为了把拖鞋留到正经比赛的时候用，跑出最佳成绩。结果就自作自受了！当时我离乌里克还有十英里，伤得很重，但也只能慢慢蹭到那儿，因为没有别的选择。现在我的左脚肿得跟大象脚一样！

真要命！他的伤基本是我导致的。在克里尔镇同他道别之前，我注意到我们俩的鞋码一样，于是把备用的耐克越野跑鞋送给他。他把两只鞋的鞋带系在一起，挎在肩上，告诉我假如他的拖鞋在路上磨穿，这双跑鞋就可以派上用场。尽管在邮件里他没有提及我，但我敢肯定他说的"厚底跑鞋"就是我送他的那双。

我充满了负罪感。我似乎总在给卡巴洛制造麻烦：先是送他一双跑鞋，在他身边留下定时炸弹，导致他受伤，然后又写了一篇文章让他背上"怪人"的称号。卡巴洛拼命促成比赛，可是经过几个月的努力，愿意参赛的只有我这个半跛的跑者，还给他带来了最多的不幸。

在奔跑的兴奋中，卡巴洛可以暂时忘记残酷的现实，可当他躺在乌里克镇休养的时候，现实还是重重压在了他身上。为了自在地生活，他不惜成为外人眼里的疯子，而现在付出了代价：没有人愿意相信他。他甚至不确定能否说服塔拉乌马拉人参加比赛，而他们已经是这个世界上最了解他的人。那么，他的努力究竟有什么意义？追求一个在别人眼中完全是个笑话的梦想，值得吗？

如果他没有扭伤脚踝，或许还要等待很久才能找到答案。但在乌里克休养的时候，答案不期而至——并且正是他想要的。

19

比赛开始时，我总是雄心勃勃，好像非得有什么成就不可。随着体能状态下滑，我的目标随之收敛，最后就变成现在这样：努力不让自己吐在鞋面上。

——伊弗雷姆·罗穆斯伯格，核工程师，耐力跑选手
于恶水超级马拉松第六十五英里处

就在卡巴洛受伤的几天前，在西雅图一间狭小公寓里，美国最伟大的超长距离耐力跑选手也正为身体面临的限制苦恼不已。

斯科特·尤雷克的身体状况看上去依旧很棒，当他与苗条的金发妻子利娅骑着自行车，在国会山周围的书店、咖啡厅和他们最爱的泰式素食餐厅闲逛时，总能引来路人频频回首。他个子很高，肌肉结实，拥有一双深情的棕色眼睛，脸上时常挂着阳光的微笑。自从六年前第一次赢得西部越野赛冠军之前让利娅给他剪过头发后，他就一直没理发，现在一头古希腊诸神般的鬈发，在跑动时随着身体的节奏飘动。

对于那些在明尼苏达州普罗克托镇看着他长大的人来说，这

个"蠢雷克"何以蜕变成超级马拉松明星，至今仍然是一个谜。"当时我们整天欺负他。"斯科特小时候的玩伴达斯迪·奥尔森回忆说。十几岁的时候，他总跟其他小伙伴朝斯科特扔泥巴，然后四散着跑开。"他从来都追不上我们，"达斯迪说，"人人都想不通他为什么跑得那么慢，明明他练习跑步时比所有人都努力。"

话说回来，斯科特没有多少训练时间。他还上小学的时候，母亲患有多发性硬化症，作为三个孩子中的老大，他每天放学后都要照顾她，打扫房间，在父亲下班前收集好烧火用的木柴。多年以后的赛场上，观众或许无法理解斯科特在起跑线上撕心裂肺的吼声和冲进急救站时摆的姿势。但如果你整个童年都像甲板上的水手一样忙进忙出，还要眼睁睁看着母亲饱受病痛，或许便不难理解奔跑时那种把一切都抛在脑后的兴奋。

母亲不得不住进疗养院后，斯科特忽然发现每天下午无事可做，只能孤独地忍受焦虑。他需要一个朋友，万幸的是，达斯迪出现了。他俩是一对奇怪的组合，但又意外地投缘。达斯迪追求冒险，斯科特想要解脱。达斯迪非常喜欢比赛，他在赢得全美青少年北欧式滑雪和地区越野跑锦标赛的冠军之后，就劝说斯科特跟他一起去参加明尼苏达州樵夫五十英里越野超马赛。"没错，我差不多是硬拉着他参加的。"斯科特之前从来没跑过二十五英里以上的距离，但他对达斯迪的崇拜让他无法拒绝。

比赛进行到一半，达斯迪的一只鞋陷进泥里。就在他拔鞋的时候，斯科特超到前面。最后，斯科特在他参加的第一场超长距离耐力赛上夺得亚军，比达斯迪快五分钟。"究竟是怎么回事？"达斯迪不明白。那晚他的电话响个不停。"所有人都在嘲笑我：'你这个废物！你居然被蠢雷克打败了！'"

斯科特自己也很吃惊。看来这么多年的苦没有白受，他想。母亲永远不能康复所带来的绝望，追不上欺负他的人所带来的挫败感，都让他在不知不觉中变得更强，越是身在绝境，就越要坚持到底。如果维吉尔教练了解他的情况，一定会感动不已：斯科特并没有指望他的坚持会换来财富，而他得到的比他期待的要多得多。

纯粹是偶然，斯科特抓住了超长距离耐力跑最重要的秘诀：面对疲劳，你不能退缩，而是要全身心地拥抱它，甚至不放它离开。等到你熟悉它，就再也不会害怕。来自爱达荷州的耐力跑选手莉莎·史密斯－巴钦把极度疲劳形容为一只可爱的宠物。"我喜欢它，"她说，"总是期待它出现，因为每次它来，我都会比上一次更懂得如何跟它打交道。"她曾经顶着暴风雪坚持训练，也曾经在炎热的沙漠奋战六天，赢得撒哈拉耐力赛。每当疲劳来临，她知道该怎么对待它，把它置于控制之下——而这不正是她参赛的原因吗？她去沙漠里奋力奔跑，难道不是为了跟它亲密接触，让它学会服从吗？如果你仇恨疲劳，就不可能击败它。所有哲学家和遗传学家都会告诉你，要想真正征服某种事物，必须先爱上它。

斯科特从此摆脱达斯迪或其他任何一名跑者的阴影。"任何人一旦见过他在一百英里山路的最后几英里加速冲刺的样子，心态都会发生转变。"这是一名耐力跑选手目睹斯科特打破西部越野赛纪录之后的感言。对那些垫底选手来说，斯科特以另一种方式成了他们的英雄：每次跑完比赛，斯科特也像其他选手一样渴望热水澡和干净的床铺，但他会在比赛终点铺开睡袋露宿一晚。天亮以后，他仍会待在那里，用沙哑的嗓子给每个冲向终点线的选手加油鼓劲，让他们知道自己并不孤单。

三十一岁的斯科特已达到无人能及的巅峰状态。每年6月都有一批新的年轻人满怀着击败他的希望来到赛场，而当他们到达终点，总会发现斯科特已经缩在睡袋里。"但那又如何？"斯科特心想。他已经将自己的身体打造成一辆法拉利，接下来该做什么呢？继续参加比赛，直到被年轻人击败？跑步不只是为了赢，早在他还是那个满身泥泞、气喘吁吁地追赶达斯迪的"蠢雷克"的时候，他就明白了这一点。跑步真正的意义在于……在于……

斯科特发现自己回答不出来。不过2005年，在赢得第七届西部越野赛冠军的时候，他终于知道该去哪里寻找答案。

***

西部越野赛结束两个星期以后，斯科特开车穿越莫哈维沙漠，去参加恶水超级马拉松。安·特拉森也曾在一个月里连续参加两场超长距离耐力赛，但她至少还是在地球表面奔跑，而斯科特为自己挑选的这场比赛简直是在太阳上奔跑。

恶水盆地的死亡谷就像是一口巨大的烤炉，中间是白花花的盐湖，反射着强烈的阳光，周围则是高耸的群山，挡住热气散去的通路。夏季，这里的地面平均温度在四十摄氏度左右，但在最炎热的中午可以飙升到九十三摄氏度——正好是慢火煎牛排需要的温度。空气无比干燥，你根本不能等到口渴了再喝水，由于大量出汗导致水分迅速流失，在感觉到口渴时，人早已严重脱水。如果省着喝，就有可能忽然晕倒在地。

但是每年7月，仍有九十名来自世界各地的跑者聚集在这里，沿着晒得冒烟的第190号高速公路连跑六十小时。他们每一步都得踩在路中央的油漆白线上，否则鞋底会因沥青的高温熔化。第十七英里处，他们需要经过火炉溪，那里出现过美国历史上有文字记载以来自然中最高的空气温度（五十七摄氏度）。再往前，他们需要翻过三座山峰，同幻觉、腹泻和黑夜搏斗，第二天天亮后才能到达终点——前提是他们坚持到底。莉莎·史密斯-巴钦是全美唯一一赢过撒哈拉耐力赛冠军的选手，但她在 1999 年参加恶水超级马拉松时不得不中途退赛，差点因为缺水而肾衰竭，靠静脉注射才保住性命。

"这是灾难之境。"一位历史学家如此描述死亡谷。的确，在这里迷路的旅人只能伸着肿胀的舌头，逐渐干渴等死。这一点，本·琼斯医生可以作证。1991 年，琼斯医生正作为选手参加比赛，忽然被召去做尸检——有人在沙漠中发现了一具旅人的尸体。

"据我所知，我是唯一一名边参赛边执行尸检的医生。"他说。不过他对尸体倒不陌生，甚至专门安排助手在运来的棺材中装满冰水用以降温。后面追上来的选手都惊讶不已：本·琼斯医生正泡在路边的棺材里，闭着眼睛，双手交叉在胸前，看上去仿佛一具尸体。他也因此有了"恶水本"的绰号。

斯科特究竟在想什么？他在明尼苏达州长大，滑雪板是那儿的主要交通工具之一。他对能够熔化鞋底的高温有什么概念？就连恶水超级马拉松的主办人克里斯·科斯特曼都认为斯科特这回越界了。"赛程比他过去跑的最长距离还要长三十五英里，而且全程是坚硬的公路，更不要提他根本没有经历过的高温。"科斯特曼评论道。

但事情不仅如此。斯科特之前一直在备战西部越野赛，甚至没有在公路上连续跑过十英里以上。至于干燥炎热的天气……西雅图尽管不是天天下雨，至少也会隔天下一场。而死亡谷当年碰上了史上最热的夏季，白天气温在五十四度上下，就连夜间最低气温也比西雅图的夏季最高气温高不少。

参加恶水超级马拉松的选手要想活着跑完全程，必须有人帮忙在补给点递上合适的食物和电解质饮料，定时为他们测量生命体征。那一年，斯科特的主要竞争对手专门请来营养学家，雇了四辆装满仪器的医疗车，全程轮流监测他的身体状况。而斯科特身边只有妻子、两个来自西雅图的朋友，以及达斯迪——前提是达斯迪能从比赛前一夜的宿醉中清醒过来。

斯科特面临的竞争和高温一样残酷。他的对手包括两度获得夏威夷一百英里耐力赛冠军的迈克·斯威尼、前一年在恶水错失冠军的加拿大选手弗格斯·霍克、两次获得恶水超级马拉松冠军的帕姆·里德，以及曾经为跑步专门动手术摘除脚指甲、有"恶水先生"之称的马歇尔·乌尔里克。马歇尔不仅在恶水四度夺冠，还曾在这段路上一连往返四次，其中一回是推着装满食物和水的改装购物车，独自跑完死亡谷全程。除此之外，马歇尔颇有计谋，最常用的诡计是在天黑后让开车跟随他的助手逐渐降低尾灯亮度，造成他正在远去的假象，让那些试图追赶他的选手垂头丧气地放弃，但事实上他们仅仅落后几百米。

上午 10 点，有人按下大喇叭的开关，起跑线上顿时响起美国国歌的旋律。头顶上烈日炎炎，几乎所有人都不堪忍受，除了真正的专业选手——帕姆、弗格斯、马歇尔和迈克，这几个人通通一副胸有成竹的样子，仿佛完全不在乎阳光的炙烤。再看看斯科特，一副马上要进入核辐射地带的样子：穿着从下巴覆盖到脚尖的连体防晒服，就像明尼苏达乡下的庄稼汉，一头长发勉强塞进一顶可笑的法国外籍军团便帽下。

"跑!"斯科特立刻像《勇敢的心》里的威廉·华莱士那样爆发出一声怒吼。但这一次,他的吼叫声听起来有气无力,瞬间消失在空旷的莫哈维沙漠中,仿佛从井底发出的微弱回声。迈克·斯威尼也没有给他机会:为了避免斯科特紧跟其后,到冲刺阶段突然加速赶超,他一起跑就把其他人远远甩在身后。他也的确有这样做的资本:在超长距离耐力跑这项比拼耐力的运动里,斯威尼是少数富有攻击性的选手之一。他年轻时曾在阿卡普尔科尝试悬崖跳水,"我会头朝下地跳,让我的头更加坚韧";后来又在旧金山湾担任领航员,指挥巨型货轮修正航道。当斯科特在明尼苏达吹着凉爽的山风度夏时,斯威尼在猛烈的海风中跟船轮搏斗,在蒸笼一般的天气里来回奔跑。

正午前,斯威尼一直领跑,经过火炉溪的时候,气温已经上升到五十二度,但他毫不在意,甚至还加快了速度。到第七十二英里处,他已经比当时排在第二的弗格斯·霍克领先十英里。斯威尼的后勤队伍也配合得天衣无缝:三名优秀的耐力跑选手轮流陪跑,其中一位是曾经赢得夏威夷耐力赛冠军的路易斯·埃斯科瓦尔。他身边还有一位美女营养学家萨妮·布兰德,她是耐力运动专家,时刻监控他的能量消耗,每当她觉得斯威尼需要动力的时候,就会拉起上衣,朝他晃荡丰满的乳房。

斯科特的后勤队伍则是一团糟。一名陪跑员一直用运动衫为他扇风,根本不知道斯科特已经累到无法出声抱怨运动衫拉链打疼了他的后背。他的妻子跟他最好的朋友更是闹起别扭:达斯迪对利娅非常不满,因为她为了鼓励斯科特而虚报里程数字,而她也不喜欢达斯迪总是把丈夫称为"那个死娘娘腔"。

到第六十英里处，斯科特开始呕吐。他跟跟跄跄地停在路边，两手扶着膝盖，身体剧烈颤抖着，忽然一头栽倒在地，跌进自己的呕吐物中。利娅和朋友甚至没有伸手去扶，他们知道，任何鼓励的话语都胜不过斯科特自己内心的力量。

斯科特躺在那里，思考他的处境究竟有多么令人绝望。他还没有跑到一半，已经连斯威尼的背影都看不见了。弗格斯·霍克已经爬到通往克劳利神父瞭望台的半山腰，而他还没有到山脚。沙漠吹来的热风像是喷气式飞机引擎的尾焰，无情地炙烤着他。十几分钟之前，斯科特才把头和上身浸在车上的冰水里，直到实在憋不住呼吸才起身。但他一离开车厢，立刻又被灼热包围。

根本没戏，斯科特告诉自己，你已经完了。要想赢得这场比赛，非得做点什么超乎寻常的事情不可。

怎么个超乎寻常法？

比如从头再来。假装你刚刚睡完一觉醒来，比赛还没有开始。你只需要跑完剩下的八十英里，用这辈子最快的速度。

不可能的，蠢雷克。

哦。我知道了。

斯科特在那里足足躺了十分钟。然后他站起身，跑完余下的赛程，超过了所有人，以二十四小时三十六分的成绩打破恶水超级马拉松纪录。

越野跑之王，公路跑之王。2005 年，这两项头衔全都落到斯科特身上，这可以说是超长距离耐力跑史上最伟大的成绩之一。而他出名的时机恰到好处：超长距离耐力跑正在变成一项时尚的运动。此间，迪安·卡纳泽斯拍摄裸露上身的杂志封面，出席大卫·莱特曼主持的节目，大谈如何在二百五十英里耐力赛进行到一半时边跑边打电话订购比萨。而当迪安宣布打算挑战极限，连续奔跑三百英里的时候，帕姆·里德马上先行一步。她连续跑完三百零一英里，赢得出席莱特曼节目的机会，还签下出版自传的合同。媒体也大做文章，刊出一则令人叫绝的头条，"死亡竞赛：绝望主妇狂追超级男模"。

那么，斯科特·尤雷克的自传和媒体曝光呢？裸胸跑步秀呢？"在一百英里以上的越野耐力赛中，从没有人取得哪怕跟他接近的成绩。如果要评选历史上最伟大的超长距离耐力跑选手，他恐怕当之无愧，"《超跑杂志》编辑唐·艾利森评论道，"他的天赋足以让他跟任何人抗衡。"

那他人在哪儿？

早就消失了。那个荣耀的夏天过后，斯科特没有就此踏进公众的视线，而是跟利娅一起消失在密林深处，抛下他人去庆功。斯科特根本不在乎电视节目，反正他家里也没有电视。他读过迪安和帕姆的传记以及相关报道，觉得很倒胃口。"作秀。"他咕哝着。跑步本来是一项美好的运动，是人类与生俱来的能力，却在这些人手中沦为怪诞的表演。

等他俩回到公寓，斯科特发现邮箱里又多了封邮件。这两年来，他陆陆续续收到类似的邮件。发件人总是不停更换署名：卡巴洛·罗科、卡巴洛·坎费索 ❶、卡巴洛·布兰科……这人邀请他参加一场比赛，说他的到来可以给人们力量……通常斯科特只扫一眼就随手移入垃圾箱。但这一次，有一个词吸引了他的注意，"钦贡"。

---

❶ 卡巴洛·罗科（Caballo Loco）、卡巴洛·坎费索（Caballo Confuso）在西班牙语中分别意为"疯狂的马"和"困惑的马"。

等一下……在西班牙语里，这不是句粗话吗？斯科特只懂一点西班牙语，但他知道哪些话是骂人的。这个名叫"卡巴洛"的疯子是在骂他吗？斯科特又把邮件仔细读了一遍。

> 我一直告诉拉拉穆里人，我的阿帕奇族朋友拉蒙·钦贡说他跑得比所有人都快。跟阿帕奇人相比，塔拉乌马拉人的速度可算略胜一筹，奎马尔一家跑得尤其快。但问题是，谁能比拉蒙更"钦贡"呢？

要理解卡巴洛的意思不是一件容易的事，但斯科特最终还是琢磨出来了——他就是卡巴洛所说的"拉蒙·钦贡"，在他眼中能击败所有塔拉乌马拉人的家伙。换句话说，这个他从来没见过的卡巴洛，打算在塔拉乌马拉人跟阿帕奇人这对世仇之间挑起一场"复仇之战"，还要他扮演蒙面恶棍？真是个疯子……

斯科特把鼠标挪到"删除"键上，但是没有点下去。换个角度想想……这难道不是他一直在做的事情吗？寻找世界各地最棒的跑者和最艰苦的比赛，然后通通征服？总有一天，所有人都会忘记帕姆·里德和迪安·卡纳泽斯，圈内的人也不例外。如果斯科特真的像他自己想象的那么优秀——真的像他敢于想象的那么优秀——那他就应该是自古以来跑得最快的。斯科特不满足于"世界第一"的头衔，他要追求的是"空前绝后"。

但跟所有冠军一样，他需要面对"阿里的诅咒"：就算他能战胜所有活着的人，也会在死人（或是早已退休的选手）面前败下阵来。每个重量级拳王都听过这样的话："没错，你的确很棒，但你不可能打过巅峰时期的阿里。"斯科特也是一样，无论他打破多少项纪录，都没法回答一个问题：假如 1994 年的莱德维尔越野赛他也在场，会怎么样？究竟是他会击败胡安·埃雷拉和塔拉乌马拉代表队，还是他们会像追杀奔跑的鹿一样超越他——就像追上那个"女巫"？

过往的英雄已被牢牢地锁在时间这扇厚重的大门之后，无从触及——除非哪个神秘的陌生人找到钥匙。或许这个叫卡巴洛的人可以打开这扇门，让斯科特沿着历史长河回到过去，跟那些不朽的英雄较量一番。

谁能比拉蒙更"钦贡"呢？

20

九个月后，我又掐着表回到墨西哥边境。这是 2006 年 2 月 25 日的傍晚，我必须在二十四小时之内找到卡巴洛。

卡巴洛一得到斯科特的答复，就开始筹备比赛的具体事项。比赛时间不能选在秋收季节，不能选在多雨的冬季，也不能选在酷热的夏季，那时很多塔拉乌马拉家庭都会迁到峡谷深处比较凉爽的岩洞里。此外，卡巴洛还要避开圣诞节、复活节、瓜达卢佩圣母节和墨西哥传统中的几个婚嫁吉日。

最后，他把比赛定在 3 月 5 日，星期日。接下来的任务非常艰巨：他得一个村子一个村子地通知比赛事宜；得敲定时间地点，保证参加比赛的塔拉乌马拉选手能跟我们碰面，一起前往赛场。一旦他的计算出差错，事情就会彻底乱套：塔拉乌马拉人答应比赛已经很勉强，万一到预定的地点却发现我们不在，一定会悄然消失。

卡巴洛计算出尽可能准确的会面时间后就出发了。几周后他给我发了封邮件：

今天在塔拉乌马拉人的村落之间跑了近三十英里，传达比赛的消息。运气不错，我居然在同一天里见到曼努埃尔·卢纳和费利佩·奎马尔。当我告诉他们比赛计划时，两个人一脸兴奋，包括那个向来严肃的曼努埃尔。

卡巴洛那边进展不错，但我这边的安排却问题不断。斯科特·尤雷克同塔拉乌马拉人比赛的消息一传出去，立刻引起其他高手的浓厚兴趣。然而，我弄不清楚究竟有多少人是认真的，甚至没把握斯科特本人究竟会不会来。

斯科特保持一贯的低调，没向几个人透露他的打算，直到赛前一个月才有些动静。他前后给我发了几封邮件，询问沿途的交通状况，但比赛日渐临近，他反而没了消息。2月下旬，我忽然在《跑者世界》杂志网站上看见一个得克萨斯州耐力跑选手的留言，说他当天早晨踏上得州奥斯汀马拉松的起跑线时，惊讶地发现斯科特就站在他旁边。

奥斯汀？我原本以为斯科特这时候应该在两千英里以外的墨西哥，和妻子等候驶向克里尔镇的"奇瓦瓦－太平洋"专列。再说，作为超长距离耐力跑强手，他为什么要去参加一场平淡无奇的常规马拉松？毫无疑问，他有自己的打算，只不过跟以往一样，他选择默默行动，没告诉任何人——包括我。

所以，在那个周末抵达得克萨斯州的埃尔帕索之前，我根本不知道自己是会领着一群超马高手跨越国境，还是只能孤身一人前往比赛。我在机场旁边的希尔顿酒店开了个房间，订好第二天清晨5点出发去墨西哥的车票，然后又回到机场。我知道这可能是在浪费时间，但也不是没可能接到"笨瓜"珍·谢尔顿和"呆瓜"比利·巴内特,两名在美国东海岸耐力跑界声誉卓著的年轻选手。他们都是二十一岁,不参加比赛的时候要么在冲浪,要么在开派对,要么因为人身攻击(珍)、举止不端(比利)或是在公共场合行为不检点(两人共犯,典型例子是光天化日之下在大路旁做爱),正在蹲拘留所。

珍和比利两年前才开始跑步,但比利已经在东海岸赢得好几场五十公里越野耐力赛的冠军,"年轻貌美的珍·谢尔顿"(这是耐力跑爱好者乔伊·安德森在博客上对她的称呼)则刚刚在一场一百英里耐力赛上取得接近全美女子最佳纪录的成绩。"假如她打起网球也和跑步一样,"安德森写道,"那肯定能成为最有钱的女运动员,因为所有赞助商都会被她吸引。"

我和珍通过一次电话。她和比利都很愿意去铜峡谷参加比赛,只是我想象不出他们如何成行。他们俩既没有钱,没有信用卡,也没有时间:两人都还在读大学,而比赛时间刚好和期中考试冲突,假如他们逃课参赛,这一学期就算挂了。但就在动身去埃尔帕索的两天前,我收到这样一封邮件:

等等我们!晚上 8 点 10 分到。
埃尔帕索是在得克萨斯,对吧?

那以后就没了消息。不管怎样,我还是准时回到机场。尽管从没见过他们俩,但我可以通过他们的名声判断出他们的模样。在机场行李大厅,我看到一对看上去像是离家出走的青年男女,立即断定他们就是我在等的人。

"珍?"我问。

"没错！"

珍穿着棉 T 恤和冲浪短裤，趿着一双拖鞋，麦黄色的长发扎成两条辫子，看上去就像金发的长袜了皮皮。她的美貌和身材像极了花样滑冰选手，但为了避免这种误解，她曾剃寸头，在右前臂上文了只黑色的吸血蝙蝠。后来她发现那图案正好跟百加得朗姆酒的商标如出一辙。"没啥，"珍耸了耸肩，"就算是免费广告吧。"

比利，相貌跟珍一样出众，着装风格也同她差不多。后颈文着部落图腾的花纹，脸颊两侧蓄着胡子，跟金发连成一片。他身穿紧身冲浪上衣，配着花朵图案的冲浪短裤，用珍的话来说，"就像是个刚刚洗劫过内衣柜的小野孩儿"。

"我真不敢相信，你们居然找到了这里，"我说，"但是计划有变：斯科特·尤雷克不能在墨西哥跟我们会合了。"

"妈的，真不走运，"珍说，"我就知道这么好的事情不可能成真。"

"因为他直接来了这里。"在刚才返回机场的路上，我看到有两个人正绕着停车场跑步，虽然距离太远看不清他们的脸，但从跑姿可以判断出他们都是不错的耐力跑选手。简单的相互介绍之后，他们去了酒店旁边的酒吧，而我继续前往机场。

"斯科特已经到了？"

"嗯。我在来的路上碰到了他。他跟路易斯·埃斯科瓦尔一起去酒吧了。"

"斯科特喝酒吗？"

"应该是吧。"

"太——棒了！"

珍和比利抓起行李——一个破旧的耐克提包和一个拉链拖包，还有半截睡袋的尾巴卡在拉链那里——跟着我朝停车场走去。

　　"斯科特长什么样子？"珍问我。超长距离耐力跑跟说唱音乐一样，地域隔阂相当严重，珍和比利作为东海岸地区的选手，还从没跟西海岸的精英同场竞技过。对他们（其实是绝大多数人）来说，斯科特几乎同塔拉乌马拉人一样神秘。

　　"我也只见了一眼，"我说，"看上去不是容易打交道的人。"

　　我当时怎么就没管住我该死的嘴？但是谁能预见微不足道的小事引发的悲剧呢？我怎么知道一次普普通通的友好行为，比如把备用跑鞋送给卡巴洛，会导致他差点丢掉性命？同样，这一次我也没有想到，我接下来说出的那句话会成为一场祸事的导火索：

　　"或许你们可以试着把他灌醉，让他放松一些。"

21

"看，这就是你们心目中的神，"我一踏进酒吧大门便说道，"正在那里自斟自酌呢。"

斯科特坐在凳子上，手里端着一杯啤酒。比利扔下拖包，伸出了手，珍则躲到我身后。在穿过停车场的路上，她几乎没给比利插嘴的机会，但是真到斯科特面前，却有点不好意思了。至少我最初是这么以为的，直到我瞥见她的眼神，才发现她并不是害羞，而是在仔细打量。斯科特或许正在追猎塔拉乌马拉人，但他最好注意一下自己正被谁追猎。

"所有人都到齐了吧？"斯科特问。

我环视酒吧。珍和比利正在叫啤酒。旁边是埃里克·奥顿，来自怀俄明州的探险运动教练、塔拉乌马拉人的忠实信徒，就是他在过去九个月坚持每周指导我训练，试图把我从一跑步就会受伤的菜鸟变成真正的超级马拉松跑者。我从一开始就知道他一定会来，他绝不会错过检验我的机会，尽管这意味着他要把妻子和刚出生不久的女儿留在冰天雪地的怀俄明。刚开始训练的时候我曾告诉他，我无论如何都不可能像他期待的那样连续跑完五十英里。

而现在，我们都想知道究竟谁是对的。

斯科特两侧是路易斯·埃斯科瓦尔及其父亲乔·拉米雷斯。路易斯不仅是夺得过夏威夷耐力赛冠军、参加过恶水超级马拉松的耐力跑选手，还是优秀的耐力跑摄影师（当然得益于他的双腿可以载着他到达别的摄影师无法到达的地方）。不久前，路易斯给斯科特打了个电话，约他在郊狼四日赛上见面。那是一场半封闭性质的比赛，只有接到邀请的人才能参加，比赛内容是"连续四天的狂欢，活动中将出现郊狼的头骨、有毒的点心、挂在树上的内裤，以及你绝不想跑第二遍的一百二十英里山路"。

郊狼四日赛每年2月底在加州奥克斯纳德的树林里举行，目的是为少数耐力跑选手提供一次白天对决、晚上狂欢的机会。每天的赛程从三十到五十英里不等，路标是制成标本的郊狼头骨和挂在树上的女性内衣裤。晚上，选手会比拼保龄球，进行才艺表演，或是戏弄彼此，例如把别人的蛋白棒换成冷冻猫粮，重新封好包装袋。这样的比赛是为那些不担心时间安排、没有赞助协议牵绊的业余选手准备，其实并不适合专业选手参加。但是，斯科特当然从未错过一届。

直到2006年。"对不起，我有其他事。"斯科特告诉路易斯。当后者了解原委之后，顿时兴奋起来。还没有人拍下过塔拉乌马拉人在自己土地上奔跑的照片，原因非常简单：他们奔跑是为了消遣，"白鬼"一来就不好玩了。他们的比赛总是秘密举行，从不让外人知晓。但如果卡巴洛的比赛如期举办，就意味着少数几个幸运的"白鬼"可以加入到塔拉乌马拉人中间，跟他们一起自由地狂奔。

路易斯的父亲乔满脸皱纹，一头灰发扎成马尾，手上戴着绿松石戒指，乍看就像个印第安巫师，但他其实是个新移民，在加州当过高速公路巡逻员，后来改行做大厨，最后摇身成为艺术家，用色彩和线条展现故乡墨西哥的本土文化。当听说儿子打算回墨西哥挑战最优秀的土著跑者，他就坚持要同行。徒步进入铜峡谷的漫漫长路可能会要了他的命，但他毫不担心。阅历丰富的他同周围的耐力跑选手相比，生存能力更强。

"那个光脚的家伙呢？"我问，"他还会来吗？"

几个月前，一个自称"光脚泰德"的人给卡巴洛发了一连串邮件。从他的自我介绍来看，他简直就是耐力跑界的蝙蝠侠：继承巨额家产（加州的一座游乐场）后就致力于打击犯罪，只不过受害者是人类的双脚，罪行则是发明跑鞋。光脚泰德深信，要想避免双脚在跑步时受伤，只需要扔掉昂贵的耐克跑鞋。他本人也在身体力行地证明这一点。他光脚跑完洛杉矶马拉松和圣克拉丽塔马拉松，并且成绩不俗，获得只允许专业选手报名的波士顿马拉松的参赛资格。据说，他的训练方式包括光脚在圣盖博山上奔跑，以及用人力车拉着妻女招摇过市。现在，他打算到墨西哥跟塔拉乌马拉人切磋一番，看看他们穿着简陋拖鞋跑得又快又远的秘诀是什么。

"他留了言，说要晚点到。"路易斯说。

"那就是到齐了。卡巴洛肯定要乐坏了。"

"那家伙究竟什么来路？"斯科特问。

我耸了耸肩。"其实我也不太清楚。我只见过他一次。"

斯科特眯起眼睛。比利和珍转过头，朝我投来询问的目光。酒吧里的气氛陡转：几秒钟之前大家都在喝酒聊天，现在则是一片紧张的沉默。

"怎么了？"我问。

"我还以为你跟他是好朋友。"斯科特说。

"朋友？完全不是，"我说，"他是个谜。我甚至不知道他住在哪里，也不知道他的真名。"

"那你怎么知道他是认真的？"乔·拉米雷斯问，"他可能连一个塔拉乌马拉人都不认识。"

"他们认识他，"我说，"我已经把我知道的情况写在报道里了。他有点古怪，跑得飞快，在那边待了很长时间。除此之外我就不知道了。"

所有人陷入沉默，思考这番话的意义，也包括我自己。我们为什么会相信卡巴洛？我太着迷于比赛的训练过程，居然忘记了最大的挑战：如何安全到达比赛地点，然后安全返回。我根本不知道卡巴洛究竟是谁，也不知道比赛会安排在哪里。他可能根本就是个疯子，或是有认知障碍。不管哪样，后果都明摆着：在茫茫的马德雷山脉中，我们全都会完蛋。

"好吧！"珍忽然开口，"你们今晚打算搞点什么？我跟比利想来几杯玛格丽特鸡尾酒。"

就算有人有顾忌，也被珍的话打消了。斯科特、路易斯、乔、埃里克同珍和比利一起挤进酒店提供的面包车，朝市中心驶去。我留了下来，因为同这些无忧无虑的顶尖选手不同，我知道前方的旅程有多艰苦，知道自己需要养精蓄锐。

夜里不知什么时候，我忽然被喊声惊醒。声音离我非常近，好像就在我的房间里。然后，浴室传来砰的一声。

"比利，起来！"有人喊。

"别管我。我没事。"

"你得站起来！"

我伸手开灯，看见埃里克·奥顿正站在门口。"这些年轻人，"他摇着头说，"真是不好说。"

"大家都没事吧？"

"不知道。"

我睡眼惺忪地下床，走到浴室门口。比利闭着眼睛趴在浴缸里，衣服上沾满粉红色的呕吐物。珍只穿着短裤和粉红色的胸罩，左眼肿了。她正挽着比利的胳膊，试图把他扶起来。

"你能帮我一把吗？"珍问我。

"你的眼睛怎么了？"

"你说什么？"

"别管我！"比利大吼一声，然后像电影反派人物似的嘿嘿笑了一阵，就不省人事了。

天哪。我跨进浴缸，想找块没有沾到呕吐物的地方抓住他。最后我扶住他的胳膊却使不上力，因为他的肌肉实在太结头，就像一整扇瘦牛肉，完全找不到施力点。最后我终于把他从浴缸弄到客厅。这间房原本是我和埃里克订的，当发现珍和比利既没有钱，也没有预订房间时，我们同意让他们同住。

他们可一点都没客气。埃里克刚把沙发收拾出来，珍就像一袋面粉般瘫在上面。我把比利拖到她身边，让他的头靠着沙发沿。我刚找来垃圾桶，他又呕吐起来，到我关灯的时候都没吐完。

回到卧室，埃里克告诉我事情的经过。他们去了一家墨西哥餐馆吃饭，其间珍和比利展开了喝酒大赛，大杯大杯地灌鸡尾酒。不知什么时候，比利出门去找厕所一直没有回来。就在斯科特跟电话那头的妻子道晚安时，珍突然抢过他的手机朝里面大喊："救命啊！我被流氓包围了！"

幸运的是，光脚泰德刚好在这时候赶到。他在酒店听说别的选手外出喝酒去了，于是说服面包车司机将他载到墨西哥餐馆，刚好看见比利躺在停车场睡大觉。司机把比利拖进面包车，光脚泰德去叫其余的人。返回酒店的路上，珍不停地在面包车后座上后空翻，直到司机一脚踩下刹车，威胁说再不老实就把她扔下车。

然而，司机的威力只维持到珍下车前的那一刻。面包车一停在酒店门口，珍就冲出去，一头撞在大厅中央种满水生植物的大理石喷泉池上，撞得眼眶出现瘀青。当她像落汤鸡一样从池里爬出来时，双手又握着枝叶在头顶上胡乱挥舞，一副刚刚在大奖赛上赢了一笔钱的模样。

"小姐！小姐！"前台服务员大惊失色地恳求道，但紧接着意识到这对醉酒的人来说毫无用处。"把她管好，"她警告还清醒的同行者，"要不然就请你们全体离开。"

没问题。路易斯和光脚泰德揪住珍，硬把她塞进电梯。珍一直在挣扎，试图从正把比利拖进电梯的斯科特和埃里克身边溜出去。"放我出去！"电梯门关上的时候，酒店服务员都听见了她的叫喊。"我会乖乖的！我保证……"

"妈的，"我看了看表，"我们得在五个小时之内出发。"

"我负责背比利，"埃里克说，"珍就归你了。"

凌晨 3 点多，我的手机响了。

"麦克道格先生？"

"嗯？"

"我是前台服务员特莉。您得找个人把那个小朋友扶上楼。"

"是吗？不对，这次不会是她，"我伸手开灯，"她就在——"我朝沙发上看去。珍不在那里。"没问题，我马上下去。"

我在大厅里找到珍。她还只穿着短裤和胸罩，朝我甜甜地笑了笑，仿佛在说："碰上你真是太巧了！"她身边站着一个五大三粗的男人，脚上穿着马靴，腰间系着牛仔腰带。他看了我一眼，又看了看珍肿起来的眼眶，似乎在考虑应不应该跟我打一架。

情况似乎是这样：珍醒来去找厕所，却从厕所门口晃到走廊里。她在自动售货机旁边解决了问题，又听到音乐声，于是去寻找声音的来源。在走廊另一端的房间里，有人正在举办婚礼。

"嘿！"当珍探头进去的时候，所有人都喊了起来。

"嘿！"珍一边喊着，一边挤进去找酒喝。她拥抱了一下新郎，喝了一杯啤酒，赶跑好几个试图占她便宜的男人，最后不知怎的又出了房间，来到大厅。

"亲爱的，你到目的地以后最好别再喝成这样，"当珍跟跟跄跄走向电梯门时，前台服务员朝她喊道，"他们会把你先奸后杀的。"她说得没错：我们的下一站是华雷斯，一座无法无天的边境城镇。在过去几年间，那里先后有几百个年龄跟珍差不多的女孩被杀后弃尸荒漠。试图调查案情的警官不是被迫辞职，就是被毒贩杀害。

"没问题，"珍朝服务员挥着手，"真是不好意思。"

我让她回到沙发躺下，然后反锁上门，免得再发生意外。我又看了一次表，已经凌晨3点半。我们在一个半小时之内就得出门，要不然会错过跟卡巴洛碰面的机会。这时候，他应该正在朝克里尔镇的方向奔跑，等我们到达那里，他会带领我们进入马德雷山脉。两天后，我们会在巴托皮拉斯附近的一条小道上跟塔拉乌马拉人会面。问题在于，去往克里尔的长途客车没有准确的时刻表，如果出发得太晚，难保什么时候才能抵达。我知道卡巴洛不会等太久，因为那意味着他要对塔拉乌马拉人食言。

"你们必须先走一步，"回到卧室后，我告诉埃里克，"路易斯的父亲会讲西班牙语，他可以带着你们去克里尔。我得留下来陪这两位，等他们醒过来。"

"我们怎么去找卡巴洛？"

"你们一见面就会认出他，这世上再没有第二个人像他那样。"

埃里克考虑了一下。"你确定不需要我搬桶凉水来泼醒他们？"

"是有点动心，"我说，"不过现在，我宁愿他们睡着。"

大约一小时之后，浴室里传来响动。"真是没救了。"我咕哝着起身去看又是谁在呕吐，结果发现比利在冲澡，珍则在刷牙。

"早上好，"她含着牙刷说，"我眼睛怎么了？"

半小时之后，我们六个人又挤进酒店的面包车，沿着被露水打湿的街道朝墨西哥边境驶去。我们要先到边境那头的华雷斯，之后在奇瓦瓦州的荒漠上转好几次车，才能到达马德雷山脚的克里尔镇。就算路上十分顺利，我们也得在嘎吱作响的墨西哥长途汽车上颠簸十五个小时。

"谁给我找瓶啤酒，谁就可以拥有我的身体，"珍闭着眼睛咕哝，脸贴在冰凉的车窗玻璃上，"还有比利的。"

"要是他们俩跑起来也是这副劲头，那塔拉乌马拉人根本就没机会，"埃里克说，"你是在哪儿找到这两个家伙的？"

22

珍和比利是在 2002 年夏天认识的,当时比利刚在弗吉尼亚联邦大学读完一年级,暑假回到弗吉尼亚比奇担任海滩救生员。一天早晨,他来到救生站,发现"傻人有傻福"的老话再度应验。他的新搭档活脱脱就是从科罗娜啤酒广告上走出来的,并且和他一拍即合:她也爱冲浪,私下里是个书虫,并且特别喜欢聚会。她那辆破旧的三菱摩托引擎盖上有一副蜡笔画——怪诞作家亨特·汤普森正举着一把点四四口径的麦格农,黑洞洞的枪口直指看画人。

但几乎是立刻,珍就缠上了他。她非要拿走他那顶带有北卡罗来纳大学校徽的棒球帽。"哥们儿!"珍说,"我需要那顶帽子!"她也在这个大学读过一年,之后退学搬到旧金山写诗,所以如果天理尚存的话,她才是那顶帽子的合法拥有者,而不是哪个漂亮的冲浪小生,戴帽子只为不让刘海遮住眼睛。

"没问题,"比利被逼急了,"帽子归你。"

"太棒了!"

"前提是,"比利继续说,"你得在海滩上裸奔一圈。"

珍居然笑了,"老兄,还真有你的。下班后吧。"

比利摇摇头,"不行,就现在。"

几分钟之后,海滩上响起一片叫好声和欢呼声,因为珍光着身子从附近的移动厕所里冲出来,将救生员制服丢在厕所门口。耶,好家伙!她一直跑到几百米外的下一处救生站,又转身从海滩上玩耍的亲子中间跑回来(而作为一名救生员,她的职责之一就是保护这些孩子免受裸奔者的打搅)。令人惊讶的是,珍居然没有因此被开除(她是后来才被开除的,原因是她把一只活螃蟹塞进救生队队长的卡车引擎盖,导致引擎出了故障)。

不那么疯狂的时候,珍和比利会聊聊冲浪和读书。珍非常崇尚五六十年代的"垮掉派诗人",正计划到杰克·凯鲁亚克虚体诗歌学院攻读诗歌创作,不过在这之前她得回到大学里拿到本科文凭。后来她读了兰斯·阿姆斯特朗的《重返艳阳下》,顿时爱上另一种类型的勇士诗人。

她发现,阿姆斯特朗并不是一个只会骑车的无脑壮汉,而是一个哲学家,一个当代的垮掉派诗人,一个在漫长赛道上寻找灵感与纯粹体验的达摩流浪者。她知道阿姆斯特朗战胜过癌症,却不清楚他曾经命悬一线。在接受手术治疗前,肿瘤细胞已经扩散到大脑、肺部和睾丸。在化疗令他虚弱得几乎站不起身的时候,他还要作一个紧迫的抉择:接受运动生涯已经结束的事实,领取一百五十万美元的保险金,还是拒绝失败,尝试重返赛场。如果是前者,这辈子就跟比赛无缘了。如果选后者,他没有退路:万一复发,没有钱也没有健康保险的他,没有希望活到三十岁。

"去他妈的冲浪。"比利忽然说。他意识到所谓"挑战极限"并不在于你做的事情有多么危险,而在于你拥有多少好奇心和勇气。

阿姆斯特朗之所以做出如此勇敢的决定，是因为他很好奇，好奇自己究竟能不能以饱受癌症折磨的孱弱躯体重新挑战世界冠军。杰克·凯鲁亚克当年也是这样，当他出发去流浪，用毫无拘束的疯狂文字描述流浪之旅时，从来没有想过它们有一天能变成铅字。在珍和比利看来，从凯鲁亚克到阿姆斯特朗，再到他们这对每天晚上酩酊大醉的弗吉尼亚比奇救生员，都是一脉相承。他们不指望做出任何成就，所以可以尝试任何事情。这就是勇气。

"你听说过'山路自虐狂'吗？"比利问珍。

"没有。那是什么人？"

"你这笨瓜，是一场赛跑。五十英里的山路赛。"

在那之前，两个人甚至没有跑过全程马拉松。他们在海边长大，几乎没有见过山，更别说在山路上奔跑。他们也没有机会进行针对性训练，因为弗吉尼亚比奇附近的最高峰就是一座沙丘。五十英里的山路离他们实在太遥远了。

"老兄，这才对路，"珍说，"算我一个。"

他们知道自己需要专业帮助，所以珍一头扎进书堆。跟往常一样，她心目中的偶像为她提供了答案。她跟比利首先仔细读了一遍凯鲁亚克的《达摩流浪者》，他在其中描述了自己徒步喀斯喀特山脉的经历。

"尝试在路上冥想，一边往前走，一边看着脚下的路，不要看别的东西，让自己逐渐陷入出神状态。"凯鲁亚克接着写道："山路就是那样：你飘浮在莎士比亚笔下的阿尔丁森林的天堂美景中，期待看到白衣仙女和长笛少年，突然间又在黄昏烈日的炙烤下挣扎于荨麻和毒栎丛中……就像生活一样。"

"我们的耐力跑是从《达摩流浪者》入门的。"比利后来告诉我。

至于动力，则来源于"酒鬼诗人"查尔斯·布考斯基："如果你要试，就一直走到底／再没有别的感觉能如此／你会独自跟诸神同在／夜晚将被火点燃……你会驰骋人生，爆发／完美的笑声，这是／唯一有意义的奋战。"

不久之后，海湾边的渔夫注意到，每天日落时分都会发生怪事。先是沙滩上传来阵阵呼号："梦——境！凶——兆！幻——影！"然后就有东西现形，那玩意儿四条腿，沿着沙滩笨拙地奔跑，既像人又像野兽。等到跑近了，大家才发现那是两个并肩奔跑的人，一个是头上系着手帕、胳膊文着吸血蝙蝠的女孩，另一个看上去像是满月时分变身的狼人。

每次出门奔跑前，珍和比利都会往随身听里塞上一盘艾伦·金斯堡朗诵《嚎叫》的磁带。两人约定，一旦发现跑步还不如冲浪有意思，就立刻放弃。为了在跑步中寻找冲浪的感觉，他们选择边跑边听垮掉派的诗。

"奇迹！狂喜！没入美国的河流！"他们一边喊，一边在海滩上奔跑。

"新欢！疯狂的一代！撞上时光的岩石！"

几个月后，在老自治州阵亡将士纪念日一百英里耐力赛上，五十英里补给点的志愿者忽然听见树林里传来一阵号叫声。几分钟后，一个扎马尾辫的女孩冲出树林，在他们面前做了个倒立，接着一个后空翻，然后朝空气挥起拳来。

"就这点能耐吗，老自治州？"她一边挥拳一边喊着。作为珍的后勤部队唯一成员，比利给她准备好了路餐：奶酪比萨配一瓶啤酒。珍停止挥拳，一口气吞下整块比萨。

志愿者都目瞪口呆地看着她。"现在最好别太兴奋，"其中一名志愿者提醒道，"只剩下最后二十英里时，你才算完成赛程的一半。"

"好吧。"珍用运动背心擦了擦嘴，灌了一肚子啤酒，然后又出发了。

"你得让她慢点，"另一个志愿者告诉比利，"她已经比半程纪录快了三个小时。"在山路上连续奔跑一百英里，跟在城市里跑马拉松根本不是一个概念：假如你在夜里遇上什么麻烦，要解决可不是那么容易。

比利耸了耸肩。跟珍恋爱这一年来，他已经发现她什么都能做到，除了克制。即使她试图控制自己的冲动，那些被压抑的激情、灵感、焦虑、欢乐，也总会换个方式爆发。毕竟，她在北卡大学读书时有过前科。身为校橄榄球队队员，珍创下了一百七十年橄榄球运动史上空前的纪录：被裁定为"太过野蛮，不适合参加赛后庆功。""她太过疯狂，只好被男球员按住，抬回房间里锁起来。"她当年的室友杰西·波利尼回忆道。珍总是在全速冲刺，只有在撞上墙的时候才考虑该怎么办。

这一次，她在七十五英里处撞上了墙。时间是傍晚 6 点，她已经连续奔跑十三个小时，前面还有一个全程马拉松。这一次，她垂着头慢慢蹭进补给点，根本没有力气再去挥拳。她站在摆满食品的桌前，累得吃不下一点东西，头脑混沌得不知该做什么。她只知道如果一屁股坐下去，就站不起来了。

"笨瓜，咱们走吧！"有人朝她喊。

比利刚刚抵达补给点，还没来得及脱掉外套。他贴身穿着扯掉袖子的摇滚 T 恤和冲浪短裤。最后二三英里能有朋友陪跑，有的马拉松选手就已经感激不已，而比利的陪跑路程相当于一整个马拉松。珍一下子有了劲头。呆瓜。傻小伙儿。

"再来块比萨？"比利问。

"嗯……没门。"

"好吧。准备好了？"

"没问题。"

两个人朝前跑去。珍跑得异常安静，因为她仍旧感觉很糟糕，不知道是不是应该返回补给点宣布放弃。幸好比利陪在身边，她才打消这个念头。她硬撑着跑完一英里、两英里，忽然意识到自己身上发生了神奇的变化：绝望被一种莫名的快感取代。妈的，在这么美的山野中奔跑，欣赏落日的余晖，迎着清凉的山风，感受自由、赤裸、速度，真是惬意。

夜里10点半，珍和比利已经超过大部分选手，居于第二。珍不仅完成比赛，夺得总亚军，还把本项比赛的女子纪录缩短了三个小时。（直到今天，她十七小时三十四分的成绩仍然没有被超越。）几个月后，全美超长距离耐力跑选手排名出炉，珍发现自己在一百英里跑者中居于前三。不久，她又创下一项世界纪录：十四小时五十七分跑完"落基浣熊"一百英里越野赛，这是全球女子一百英里越野赛最佳成绩。

那年秋天，《超跑杂志》刊载了一张珍的照片，上面的她正在弗吉尼亚州的一片树林里奔跑。那场比赛全程只有三十英里，她的成绩只排在第三名。她当时的着装毫无特点（黑色短裤，黑色运动背心），照片的拍摄水平也很一般（曝光不足，角度不算理想）。珍不是在跟旗鼓相当的对手拼死竞争，脸上也没有坚毅的神情。她只不过是在……跑。一边跑着，一边微笑。

她的微笑中包含一种另类的振奋。你一眼就可以看出来，她确实在享受奔跑，在那一刻，除了在荒郊野外的山路上奔跑，她别无所求。尽管刚刚跑完二十五英里，她的神态和动作全无一丝疲劳，目光灼灼，马尾辫在脑后像胜利的旗帜一样摆动。她的微笑完全是自然的、由衷的，是她沉浸在艺术灵感之中的完美体现。

所有的艺术都是这样：当它逐渐丧失生命力的时候，当它因为成规旧俗而陷入死寂的时候，总会有某种光芒焕发出来，把原有的一切炸得粉碎，让新生艺术在废墟上发芽滋长。年轻一代的耐力跑者就像 20 年代"迷惘的一代"、50 年代"垮掉的一代"，以及 60 年代的摇滚乐手：他们同样贫穷，同样落寞，没有背负任何期待，以及由期待所生的各种限制。他们是用身体进行创作的艺术家，而他们创作的，是人类耐力的极限。

"那为什么不去跑标准马拉松呢？"我有一次在电话里问珍，"你觉得自己能跑进奥运会选拔赛吗？"

"老兄，说实话，"她告诉我，"预选赛门槛是两小时四十八分。随便什么人都能进。"她后来用行动证明，就算只穿着比基尼，就算在半程补给点喝光一整瓶啤酒，就算五天前刚参加过蓝岭山五十英里越野赛，她也能在三个小时之内跑完一场马拉松。

"但是那又怎么样？"她继续说，"人们太把马拉松当回事儿了。那样还有什么神秘感？我认识一个女孩，她就在为奥运会选拔赛训练，未来三年里每一天的具体训练内容都安排好了！差不多每隔一天就要在操场上练习速度。我可受不了。有一次，我答应早晨 6 点陪她一起训练，结果又在深夜 2 点给她打电话，告诉她我喝醉了，恐怕不能陪她了。"

珍没有教练，没有训练计划，甚至没有手表。她每天早晨起来，吃下一个素馅汉堡，然后愿意跑多远就跑多远，通常是二十英里左右，跑完踩着滑板去上课——她已经回到校园，并且门门功课都是A。

"我从来没跟别人说过，因为我觉得听起来会有点假，不过，我去参加耐力赛为的是变成一个更好的人，"珍告诉我，"我想，假如我能跑完一百英里，肯定能达到不一样的境界，甚至变成一尊佛，给世界带来和平与微笑。结果我发现，我并没有达到什么境界，还是跟以前一样堕落，但是我也没有放弃呢。或许有一天，我真的能变成一个更好、更安静的人。"

"当我参加长距离比赛的时候，"她接着说，"我脑海里就只剩下一件事情：完成比赛。只有在这种时候，我才能心无杂念，完全沉浸在奔跑的节奏中。我喜欢像个野人一样在树林里跑，就这么简单。"

珍的话让我想起卡巴洛。"你跟我在墨西哥遇到的一个家伙简直一模一样，"我告诉她，"再过几个星期，我得到他那儿去，参加他跟塔拉乌马拉人之间的一场比赛。"

"怎么可能！"

"斯科特·尤雷克也会去。"

"你、绝对是、骗我！"珍一下子拔高了嗓门，"真的吗？我能带一个朋友一起去吗？噢，不行。妈的！我们得参加期中考试。我得赶快跟他商量一下。明天给你答复，好吧？"

第二天上午，我果然收到了珍的邮件：

> 我妈觉得你是个连环杀手，会在沙漠里把我们干掉。这个险值得一冒。我们在哪里碰面？

23

　　我们直到深夜才抵达克里尔镇。透过车窗，我看见卡巴洛的旧草帽在黑暗中朝我们飘来。

　　我几乎不敢相信，穿越奇瓦瓦荒漠居然如此顺利。通常情况下，在这里连续转四趟长途客车而没有一趟车出故障的概率，几乎等同于在老虎机上赢钱。在奇瓦瓦州旅行的人总会听到这样的劝告："没有什么事情能按计划进行，不过一般倒是都能进行下去。"然而我们的计划到现在为止一直进行得很顺利。

　　当然，那是在卡巴洛跟光脚泰德见面之前。

　　"卡巴洛·布兰科！你就是，对吧？"

　　我还没来得及下车，就听到泰德的大嗓门在车门外响起。"你就是卡巴洛！真是太棒了！你可以叫我莫诺！意思是'猴子'！对，我就是猴子，那是我的灵兽——"

　　迈出车门时，我发现卡巴洛正惊讶地瞪着光脚泰德。我们一行人早就发现，光脚泰德说话就跟查理·帕克吹萨克斯一样：随便抓到什么就能开始即兴吹奏，想到哪儿吹到哪儿，从来都不会中断。所以我们到达克里尔的头三十秒里，卡巴洛听到的话比他过去一年听到的都多。我不禁同情起他来，但也仅仅是一丝而已。我们已经忍受光脚泰德足足十五个小时，现在该轮到他了。

"……塔拉乌马拉人的确给了我不少灵感。我第一次读到他们可以穿着拖鞋跑完一百英里时，很受触动，它完全颠覆了我对超长距离耐力跑的认识。我当时只有一个想法，怎么会有这样的事？这怎么可能？那是我第一次意识到，或许跑鞋公司并没有垄断所有的答案……"

要见识光脚泰德的思维有多么跳跃，你都用不着听他讲话，只要看他的样子就够了。他的着装介于西藏喇嘛和滑板男孩之间：白色的紧身上衣、用抽绳做腰带的牛仔长裤、日本浴池里穿的那种拖鞋，胸前挂着骷髅形状的护身符，脖子上系着红色的头巾。这样一身行头配上他的大光头、粗壮的身躯和溜溜转的黑眼睛，活像从电影里走出来的秃头大叔。

"嗯，好，哥们儿。"卡巴洛一边随口应付泰德，一边前来迎接剩下的人。我们背上背包，跟着卡巴洛穿过克里尔镇的主街，来到他找好的旅馆。经过漫长的跋涉，我们又饿又累，在早春的寒风里瑟瑟发抖，唯一的愿望就是饱饱吃一顿，美美睡一觉——除了泰德，他非要为卡巴洛讲完他的人生故事不可。

尽管卡巴洛已经忍无可忍，但他没有打断。因为他带来的消息并不乐观，正在考虑怎样措辞才能避免我们跳上下一趟班车打道回府。

"我的生活完全是受控的爆炸。"光脚泰德总喜欢这样说。他住在加州伯班克小城的一幢私宅里，院子内外停满夺目的跑车和

166

越野车，堆满旋转木马和仿古制式的自行车，墙上贴满了马戏团海报。他拥有一个海水游泳池，还在一个昼夜恒温的小池子里养了一只濒危的加州沙漠陆龟。车库被两顶巨大的马戏团帐篷占据。住宅只有一层，已经完全成了一大群猫狗、一只鹅、一只驯养的麻雀、三十六只鸽子和几只爪子上覆盖着毛皮般的羽毛的怪异亚洲鸡。

"我忘了海德格尔那句话具体怎么说，但记得大概意思：我是这个地方的一种表现。"泰德会这样说，尽管那地方根本不属于他，而是他表哥丹的私产。丹是自学成才的天才机械师，白手起家，创立了全世界最成功的旋转木马设计公司。"蒂塔·万提斯曾经骑着我们的木马表演脱衣舞，"泰德说，"歌手克里斯蒂娜·阿奎莱拉也买过一匹。"几年前，丹因离婚陷入痛苦，泰德认为表哥最需要他的陪伴，于是带着妻女搬过去，从此再也没离开。"丹整天都在跟那些冰冷的机械搏斗，指尖滴着润滑油，就像猛禽的爪子在滴血，"泰德说，"所以我们必须陪着他。假如没有我三天两头跟他吵一吵，他肯定会堕落成一个反社会分子。"

泰德住在丹的一间备用卧室里，通过一台苹果电脑开了家网店，销售丹设计的产品。网店的生意很惨淡，泰德于是有大把时间用来练习骑院子里那些两米高的仿古自行车，或是用人力车拉着妻女招摇过市。卡巴洛一直把泰德当成一个阔佬，因为他在邮件里提到的都是微软大股东才会做的事情。当我们正在苦苦寻找去往埃尔帕索的打折机票时，泰德却在邮件里询问墨西哥哪里有可供私人飞机起降的机场。其实他不仅没有私人飞机，就连车也只是一辆1966年版的大众甲壳虫，每次出门开不到二十五英里就得修理。然而在泰德看来，这简直是完美。"这让我用不着经常出远门，"他解释道，"我是自愿选择贫穷，因为我发现这样过得很潇洒。"

泰德在加州帕萨迪纳艺术中心设计学院就读期间喜欢上了同班的日裔同学清水珍妮。一天晚上，他又在珍妮宿舍认识了她的两个新朋友，华裔青年艺术家陈川和他的妹妹陈冲。陈氏兄妹当时不太会说英语，于是泰德自告奋勇当起他们的家庭教师。这样的安排皆大欢喜：泰德终于有了不会抱怨的倾诉对象，陈氏兄妹学到许多新词，珍妮也从泰德那张嘴的狂轰滥炸中解脱出来。几年后，这四个人中有三个都出了名：陈冲成了好莱坞明星，被《人物》杂志评选为"世界最美五十人"之一；陈川作为肖像画家成绩斐然，身价超过同时代所有亚裔艺术家；清水珍妮则成了超模，同时是全世界最著名的女同性恋者之一（按照 LGBT 报刊《粉红报》的说法，"所有同性恋者都应该知道她的名字"），因为她跟麦当娜和安吉丽娜·朱莉都有过感情纠葛。

至于泰德么，嗯……

他的确也混出了些名气——在"世界憋气时间纪录榜"上打进前三十名。"我当时可以一口气憋五分十五秒，"泰德后来说，"那一年的整个夏天，我都泡在游泳池里练习。"然而，随着更多偏执者的加入，泰德很快就被超越。想到他在游泳池里刻苦憋气的样子，你不能不对他感到同情：当年的朋友全都成了世界名流，而他靠憋气出名的梦想这么快就破灭了。

然而，泰德恰恰是在憋气的时候最讨人喜欢，他的妻子莉莎也正是看上了他这一点。他们曾经是集体宿舍的室友，莉莎当时在一家重金属酒吧兼职当保安，总是凌晨 3 点钟回家。每次回到宿舍，都看见泰德正安静坐在厨房餐桌前，一边吃夜宵，一边阅读法国哲学家的著作。室友们早就知道泰德的精力出了名的旺盛，他可以在画布前站一整个上午，踩着滑板跑一整个下午，再通宵背诵日语动词。只有凌晨时分，他才会安静下来。泰德会给莉莎炒一盘热气腾腾的豆子，一边看着她吃一边听她讲话，偶尔插进一两句话以示关怀，然后鼓励她继续说下去。很少有人能见到他的这一面，这既是大家的遗憾，也是泰德的遗憾。

然而陈川了解泰德的这一面，作为一名敏锐的画家，他能看出泰德即使在外表安静的时候，内心依然激烈。毕竟，陈川最擅长捕捉"光与影之间戏剧性的舞蹈"，而戏剧性正是泰德擅长的。令陈川入迷的，倒不是肢体动作，而是酝酿中的爆发力；不是芭蕾舞者跳跃的瞬间，而是腾空前汇聚力量、凝合一切可能的瞬间。陈川可以在安静的泰德身上看到同样的东西：正在汇聚和酝酿的力量，以及随之而来的无尽可能性。每到这时，陈川就会伸手拿写生板。多年来，他一直把泰德当成模特，他的作品中最成功的就有泰德、莉莎和他们可爱女儿奥娜的画像。陈川十分着迷于泰德身上潜在的东西，专门出版了一本呈现泰德一家人的生活的画册：泰德跟奥娜挤在破旧的甲壳虫汽车里……奥娜埋头看书……莉莎扭头看着奥娜，这个泰德光影舞蹈的鲜活产物……

然而直到四十岁，泰德半辈子的戏剧化人生都只是作为别人画作中的角色，最后住在表哥私宅里的一间备用卧室。就在他似乎要从"潜力巨大"踏入"虚掷才华"时，一件神奇的事情发生了：

他的腰疼了起来。

2003 年，泰德决定举办一场耐力赛庆祝他四十岁的生日。他将这场比赛命名为"过时的铁人"，比赛项目是标准铁人三项：三点三公里海游、一百八十公里自行车骑行，以及四十二公里的马拉松。唯一不"标准"的地方在于，所有的比赛装备都必须采用1890年以前的式样。泰德已经可以穿着连体羊毛衫游完三点八公里，可以骑着两米高的仿古自行车穿越一百八十公里，但是马拉松——马拉松能要他命。

"每次跑步超过一个小时，我的腰就疼得直不起来，"泰德说，"这让我万分沮丧，跑完一整个马拉松对我来说是痴心妄想。"穿着弹性良好的现代跑鞋都跑不完六英里，更别指望穿着一百年前的粗劣跑鞋完成马拉松了。事实上，现代意义上的跑鞋几乎是跟航天飞机同时发明的；在那以前，你的父亲穿着平底胶鞋跑步，祖父则穿着皮底便鞋跑步。泰德有些纳闷，在足弓支撑技术、内旋控制技术和凝胶减震技术发明之前的几百万年里，人类究竟是怎么奔跑的。先不管这些了，再过六个月就是生日，必须想点办法，管他呢，只要能让他穿着平底鞋跑完四十二公里。等找到合适的方法，再考虑背后的哲学问题也不迟。

"只要下定决心，就一定能找到办法，"泰德说，"我开始研究。"首先，他找按摩医生和骨科医生为他诊断，二者都说他的身体没有问题，只不过跑步本来就是一项危险的运动，会通过双腿对脊椎造成冲击。不过两位医生也告诉他一个好消息：如果一定要坚持跑步，不妨花点钱。他们一致认为，穿上具有良好支撑的顶级跑鞋，或许能撑过一场马拉松。

泰德借钱买了他能找到的最昂贵的跑鞋，却失望地发现没有用。不过，他没有怀疑医生的话，而是怀疑耐克公司开发了三十年的气垫技术还不够成熟。于是他下定决心，花三百美元从瑞士邮购一双弹簧鞋，那是当时全球支撑性和弹性最好的鞋子，鞋底架在钢质弹簧上，可以让你像在月球上一样大步跳着前进。

六个星期之后，弹簧鞋终于寄到，泰德激动得几乎颤抖起来。他穿上弹簧鞋，试着跳了几步……真是不错！感觉就像踩在蹦床上。这就是我一直在找的，泰德想着便迈步跑出家门。但跑到下一个路口，他便扶着腰骂起来。"穿跑鞋要过一个小时才能感觉到疼痛，穿弹簧鞋居然只要几分钟，"他说，"我发现自己原来的认识是大错特错。"

他生气地甩掉脚上的弹簧鞋，打算立刻把它们寄回瑞士退掉。他拎着弹簧鞋光脚走回家。一路上闷闷不乐，直到站在家门口他才意识到，腰居然不疼了。一点都不疼。

咦……泰德想，或许我可以光着脚慢慢跑完马拉松。"光脚跑步"肯定是 1890 年以前的事情吧。

于是他每天穿着跑鞋走到郊外，在那里脱下鞋，沿着山路健走。"那种舒适感让我惊讶不已，"他回忆道，"跑鞋对我造成了太大的痛苦，一脱下鞋，双脚就好像得到解放。最后，我干脆出门都不穿鞋。"

但为什么这样就能不腰疼呢？他上网搜索答案，结果有了意想不到的发现，好比在亚马逊雨林里游荡时拨开面前的树叶，意外发现一个原始部落。泰德在网上找到一个国际光脚跑者组织，成员以原始部落风格的绰号相称，"酋长"是一个网名叫"光脚肯·鲍勃·萨克斯顿"的人。幸运的是，这个"部落"的成员都是懂得上网发帖的现代人。

泰德浏览着光脚肯·鲍勃的帖子。他这才知道，达·芬奇把人的双脚称为"工程学上的杰作和艺术品"，因为它拥有精巧的天然减震系统，内含的骨骼数量居然占人体骨骼总数的四分之一。此外他还发现了阿贝贝·比基拉——光脚夺得 1960 年罗马奥运会马拉松冠军的埃塞俄比亚选手，以及查理·罗宾斯医学博士，他不顾同行质疑，坚持光脚跑步，并且宣称马拉松不会对人造成损伤，跑鞋才会。

不过，最让泰德印象深刻的还是光脚肯·鲍勃发布的"光脚宣言"。泰德感觉这段话简直是对他说的，仿佛光脚肯·鲍勃就站在他面前。"你们中的很多人可能都经常在跑步过程中受伤。"光脚肯·鲍勃这样宣称：

> 跑鞋只能阻挡疼痛，不能阻挡冲击力！
> 疼痛会教我们如何舒服地奔跑！
> 从光脚跑步的那一刻起，彻底改变跑步的方式。

"那一刻，我彻底开窍了。"泰德回忆道。忽然间，他发现一切都可以解释清楚了。难怪弹簧鞋会让他的腰疼得更快！有了弹簧的缓冲，他毫无顾忌地迈大步，让脚跟着地，结果只会给腰部带来更大的冲击。而当他脱掉鞋子，立刻就改变了姿势，后背挺直，双腿一直落在臀部正下方。

"难怪我们的脚底这么敏感，"泰德说，"它们天生具有自动修正跑步姿势的机制。穿上厚底跑鞋，等于关掉这种机制。"

第一次尝试光脚，泰德就跑了五英里，腰一点都没疼。后来他把每次的跑步时间增加到一个小时，然后两个小时。没过几个月，他已经可以光脚跑完全程马拉松，并且速度惊人，达到百分之九十九点九的跑者一辈子都无缘的境界：获得波士顿马拉松的参赛资格。

泰德不满足于跑完马拉松全程，转而追求新的挑战。他光着脚完成"母亲之路"一百英里公路赛，穿着薄底的五趾鞋完成洛杉矶一百英里耐力赛。没过多久，他就跻身美国最优秀的光脚跑者之列，引得人们纷纷向他请教跑步的合理姿势和装备。一份报纸甚至给讨论足部健康的专题文章起这样的标题："光脚泰德会怎么做？"

泰德终于进化完毕。他从水下来到陆上，学会了奔跑，抓住了他渴求的猎物——不是财富，而是单纯的名誉。

"停下！"

卡巴洛不是在对泰德说，而是对我们所有人说。在一座横跨臭水渠的窄桥上，他忽然命令我们所有人停下来。

"我需要你们所有人发下血誓，"他说，"举起右手跟着我念。"

埃里克看了我一眼。"这是什么意思？"

"我也不知道。"

"在跨越到那一头之前你们必须发誓，"卡巴洛坚持道，"回头就只能退出，往前则继续。如果想继续前进，必须发誓。"

我们耸了耸肩，扔掉背包举起右手。

"如果我受伤，迷路，或是丧命……"卡巴洛开始念道。

"如果我受伤，迷路，或是丧命……"我们跟着念。

"那他妈完全是我自己的错。"

"那他妈完全是我自己的错！"

"嗯……阿门。"

"阿门！"

卡巴洛领着我们过桥，来到先前我们俩吃过饭的那户人家。我们挤进阿妈家的客厅，她的女儿把两张桌子拼在一起。路易斯父子去街对面的小店拎回两扎啤酒。珍和比利喝了几口酒又不安分起来。我们举起酒杯，跟卡巴洛碰杯。然后他转向我。忽然间，小桥上的"血誓"有了实际意义。

"你还记得曼努埃尔·卢纳的儿子吧？"

"马塞利诺？"我当然记得那孩子。自从我在穆内拉契村的学校门口见过他跑步的样子，就一直想象着他跟耐克公司签订赞助协议的场景。"他会来吗？"

"不会，"卡巴洛说，"他死了，被人杀死的。就在路上。他的脖子和腋下都被捅了刀，脑壳也被砸破了。"

"谁……究竟为什么……"我一时说不出话来。

"这段时间毒贩的动静不小，"卡巴洛说，"或许马塞利诺看见了什么不该看见的东西。或许他们想让他把毒品夹带到峡谷外面去，被他拒绝了。没人知道究竟是怎么回事。曼努埃尔的心都碎了。他去报警时还在我这儿住了一晚。但是警察也无能为力。这地方根本就没有王法。"

我目瞪口呆地坐在那里，脑海中又浮现萨尔瓦多·奥尔古因载我去找奎马尔那晚遇到的红色卡车。我想象着塔拉乌马拉人如何在夜里把那辆车悄悄推下悬崖，车上的毒贩紧紧抓住安全带，卡车摔到谷底化作一团火球。我不知道那天坐在卡车上的人有没有参与这场谋杀。我只知道自己想杀人。

卡巴洛还在说。他已经接受了马塞利诺的死亡，现在开始说比赛的事。"我知道曼努埃尔·卢纳不能来，但我期待看见阿努尔福，或许还有他的妹夫西尔维诺。"整整一个冬天，卡巴洛都在为比赛准备丰富的奖品：他本人拿出积蓄，还意外收到得州铁人三项选手迈克尔·弗伦奇的赞助。弗伦奇是一家电子企业的老板，读了我发表在《跑者世界》上的文章后深受触动，写邮件说他不能来墨西哥参加比赛，但要为优胜选手提供奖金和食物作为奖品。

"不好意思，"我打断了他的话头，"你说阿努尔福会来？"

"是呀。"卡巴洛点点头。

他肯定是在开玩笑。阿努尔福？他甚至都不愿意跟我说话，怎么会跟我一起跑步？如果他不愿意跟一个找上家门的人说话，怎么可能跟一群素不相识的外人跑步穿越整个峡谷？还有西尔维诺，上次来克里尔镇的时候我见过他，就在我跟卡巴洛跑过步之后。他开着小货车，穿着牛仔裤，那都是他用加州马拉松冠军的奖金买的。卡巴洛怎么会以为西尔维诺会来参加他的比赛？他甚至不愿意再跑一次马拉松，赢得那些丰厚的奖金。我觉得自己对塔拉乌马拉人足够了解，特别是阿努尔福和西尔维诺，我知道他们不可能来。

"维多利亚时代的运动员真是太棒了！"泰德根本没有意识到情况的严重性，还在喋喋不休，"那是人类第一次游过英吉利海峡的时代。你骑过那时候的自行车吗？真是天才的设计……"

天哪，真是一场灾难。卡巴洛用手揉着额头：大半夜的，跟我们在一起让他头疼。珍和比利面前排满空啤酒瓶，两人趴在桌子上酣睡。我的心情非常糟糕，我看得出来埃里克和路易斯也一样。但是斯科特似乎对一切都满不在乎，尽管他一直在听我和卡巴洛的谈话。

"我得睡了。"卡巴洛说。他把我们领回镇边的旅馆。所有房间都很小，但好在非常干净，又生着炉火。卡巴洛咕哝一句就消失了。剩下的人开始分配房间。我和埃里克一间，珍和比利一间。

"好了！"泰德拍了拍手，"谁跟我一间？"

一片沉默。

"好吧，"斯科特叹道，"但你得让我睡觉。"

我们关上房门，盖上厚厚的羊毛毯子。整个克里尔镇一片沉寂，只有斯科特听到泰德的声音从黑暗中传来。

"好了，我的脑子，"泰德咕哝着，"放松。该安静下来了。"

24

砰，砰，砰。

天刚蒙蒙亮，窗玻璃上还结着霜花，我们的房门就被敲响了。

"喂，"门外有个声音轻轻说，"你们起床了吗？"

我打着冷战走到门口，纳闷又怎么了。门外站着路易斯和斯科特，两人正朝手心里呵气取暖。时候还很早，天空像是混了牛奶的咖啡，镇上的鸡还没开始打鸣。

"出去跑一圈如何？"斯科特问我，"卡巴洛说我们8点钟出发，所以要晨跑就得趁现在了。"

"嗯，好吧，"我说，"卡巴洛上次带我跑过镇子后面的山路。我看看能不能找到他——"

旁边的房间窗户被推开，珍的脑袋探了出来。"你们打算去晨跑？算上我一个！比利！"她扭头朝房间里喊，"赶快起来，呆瓜！"

我随手抓来外套和短裤穿上。埃里克一边打呵欠，一边伸手拿跑鞋。"这对家伙真是够可以的，"他说，"卡巴洛在哪儿？"

"不知道。我正打算去找他。"

我沿着一排房间走到最远的房门口，因为直觉卡巴洛会尽可能离我们远点。我敲了敲门，没有动静。这里的门都很厚实，所以我又用拳头使劲敲了几下。

"怎么了！"一个声音吼道。窗帘被拉开，卡巴洛的脸出现在窗口，眼里布满血丝。

"对不起，"我说，"你感冒了吗？"

"没有，"他的声音带着疲惫，"我才睡下。"跟我们会面还不到十二个小时，卡巴洛已经紧张到睡不着。就算在平时，他也很难在克里尔镇上放松下来。其实这座小镇很舒服，只不过它的名字代表了卡巴洛最仇恨的两类人：黑心财主和暴徒。镇子得名于恩里克·克里尔，他在剥夺农民土地方面颇有"建树"，后面成为墨西哥革命要打倒的对象。恩里克不仅主导了奇瓦瓦州的土地掠夺行动，让成千上万农民流离失所，还把所有敢于反抗的农民关进监狱，因为他是大独裁者波菲里奥·迪亚斯手下的特务头子。

当潘乔·比利亚的造反武装打到奇瓦瓦时，恩里克闻风逃亡到埃尔帕索（革命军只抓住了他的儿子，耗费一百万美元才赎出来），当墨西哥政局稳定，重新陷入腐败无能之中时，恩里克又一次回到舞台中心。今天的克里尔镇跟恩里克·克里尔这个人一样，已经成了铜峡谷一切罪恶的发源地：掠夺性的矿产开采和林木砍伐、毒品种植和提炼，以及大规模的组团旅游。对于卡巴洛来说，在这样一座镇子里过夜，就好像在仍然保留黑奴劳工的农场投宿。

不过，让他紧张的主要还是一种为别人负责的压力。他终于看到我们这帮人的样子，紧张也随之达到顶点。过去十年里，他一直在努力赢得塔拉乌马拉人的信任，而现在，我们可能会在十分钟内让他的努力付诸东流。卡巴洛可以想象光脚泰德和珍如何对着塔拉乌马拉人喋喋不休、路易斯父子如何冲着他们按快门、我和埃里克如何噼里啪啦向他们提问……真是一场噩梦。

"我就不去跑步了。"他呻吟着拉上窗帘。

片刻之后，我们七个人，斯科特、路易斯、埃里克、珍、比利、光脚泰德和我，踏上那条卡巴洛带我跑过的山间小径。等钻出林子，太阳恰好从岩壁背后升起，整个世界顿时一片金色，我们不禁眯起眼睛。

"太美了。"路易斯说。

"我从来没见过这样的地方，"比利说，"卡巴洛是对的。我也很愿意搬到这里来，每天过简单的生活，到山上去跑步。"

"你已经被他洗脑了！"路易斯吹了声口哨，"'白马'邪教。"

"不是因为他，"比利争辩，"这地方确实不错。"

"我的小马呀，"珍俏皮地笑了，"你的样子已经跟卡巴洛差不多了。"

这几位你一言我一语的时候，斯科特一直在注意观察光脚泰德。这一段路面非常崎岖，我们需要在大大小小的石块上跳来跳去，但是泰德没有放慢速度。

"老兄，你脚上穿的什么？"珍问道。

"五趾鞋，"泰德回答，"很不错，对吧？我是他们赞助的第一个运动员！"

没错，泰德的确是美国第一个专业光脚跑者。"五趾鞋"原本是意大利 Vibram 公司专为帆船运动员设计的甲板鞋，它兼顾光脚的灵敏度和胶底在光滑表面上的摩擦力。穿着这样的鞋子跑步，看上去几乎像是光着脚，只在脚底涂了一层绿色颜料。泰德在出发前不久碰巧在网上看到这款鞋的介绍，立刻给生产厂商打电话。越过层层接线员和秘书，他居然幸运地直接同 Vibram 公司美国分公司总经理取得联系，结果发现那人正是……

托尼·波斯特！当年在莱德维尔代表乐步鞋业赞助塔拉乌马拉代表队的那个托尼·波斯特！

托尼听泰德讲完，心怀疑虑。倒不是因为他不赞同泰德的说法——靠脚部力量跑步的确比依赖超级鞋垫更吸引人。事实上，托尼自己就曾穿着一双乐步休闲鞋跑完波士顿马拉松，为的是证明跑鞋只要舒适就够了，用不着非得具备那些减震缓冲、内旋控制之类的技术支撑。不过，他穿的休闲鞋至少也具有基本的足弓支撑结构，而五趾鞋只是一层薄薄的胶皮加一个粘扣。托尼决定亲自尝试一下。"我穿上五趾鞋，打算出门慢跑一英里，"他说，"结果我一连跑了七英里。之前，我从来没想过把五趾鞋当作跑鞋推向市场，但在那次尝试以后，我觉得最理想的跑鞋就应该是五趾鞋的样子。"回到家以后，他立刻签了一张支票，包下泰德参加波士顿马拉松的全部费用。

我们沿着台地的顶部跑了六英里，正打算掉头跑回克里尔，忽然一个细长的黑影从树林中冲出，朝我们的方向移动。

"那是卡巴洛吗？"斯科特问道。

珍和比利朝山下望了一眼，就加速冲下去，光脚泰德和路易斯紧紧跟上。斯科特一开始没有加速，但很明显在心痒。他朝我和埃里克投来抱歉的眼神。"你们不介意我……"他问。

"没问题，"我说，"去追上他们吧。"

"好——呀。""呀"字还没出口，他人已经弹射出几十米远，一头长发在脑后高高飘扬。

"妈的。"我咕哝了一句。斯科特奔跑的样子让我忽然想起马塞利诺。要是他能看见那孩子跑步就好了。还有珍和比利，他们肯定也会喜欢那个塔拉乌马拉小伙子。我几乎可以想象曼努埃尔·卢纳的感受。不行，我不能往那个方面想。邪恶已经入侵这片本属于塔拉乌马拉人的土地，渗透到峡谷的最深处，让他们无路可逃。在为马塞利诺痛悼的同时，曼努埃尔肯定也害怕剩下的孩子会遭遇相同的命运。

"需要休息吗？"埃里克问我，"你怎么样？"

"我没问题，只是在想事情。"

卡巴洛同斯科特他们打过招呼后，径直朝我和埃里克跑来，脸上带着笑。这是自我们在克里尔下车以来，第一次见他露出笑容。闪耀的日出和身体从内而外温暖起来的熟悉的愉悦感，似乎缓解了他的不安。单是看他奔跑，就令人振奋：我可以感到自己挺直了后背，脚步也越来越快，好像有人调快了背景音乐的节奏一样。

很明显，卡巴洛的感觉和我差不多。"看你的样子！"他朝我喊道，"你这头大熊已经彻底变样了。"不久之前，卡巴洛替我选了一种动物作为灵兽：他自己是奔驰的白马，而我是"奥索"——笨头笨脑的熊。但这次他至少没有嘲笑我的意思，因为在这一年里，我的确有了不小的进步。

"你和上次来的时候完全不一样了。"他说。

"多亏了旁边这位。"我用拇指指着埃里克。九个月的塔拉乌马拉式训练让我彻底改变：体重减了十二公斤，可以轻松跑完过去会要了我的命的路程。尽管我每周的训练量超过八十英里，但我仍然精力旺盛，总期待着下一次训练。最重要的是，十年来第一次，我没有因为高强度的跑步受伤。"他绝对是个奇迹创造者。"

"肯定是这样，"卡巴洛露出笑容，"我还记得你当初那副熊样。他的秘密武器是什么？"

"说来话长——"我正要开口，发现已经追上在听光脚泰德"讲课"的斯科特一行。"以后再告诉你。"我向卡巴洛保证。

光脚泰德已经脱下五趾鞋，演示光脚跑步的姿势有多美。"光脚跑步真的很有艺术感，"他说，"就是'信手拈来'的理念——越简约越强大。最理想的解决方案总是最简单的。既然你生来就拥有跑步需要的一切，为什么还要再加别的东西呢？"

"穿越峡谷时，你最好在自己脚上加点什么，"卡巴洛说，"带了其他鞋吧？"

"当然啦，"泰德回答，"我带着拖鞋呢。"

卡巴洛朝泰德笑着，等待对方也露出开玩笑的笑容。然而泰德一直维持着严肃的表情。

"你真的没带其他鞋？"卡巴洛说，"你打算穿着拖鞋进入马德雷山脉？"

"用不着担心。我经常光脚在加州的圣盖博山健走。路过的人总是盯着我，好像在说'这人是不是疯了'，而我会说——"

"这里不是圣什么山！"卡巴洛吐了口唾沫，"这里的仙人掌刺跟剃刀一样锋利。只要你脚底扎上一根，我们就都完了。我们都自身难保，更别说还要背你。"

"喂，喂，别吵了，"斯科特站到两人中间，"卡巴洛，泰德这么多年来可能天天都在听别人说'穿上鞋子吧'，但如果他知道自己在做什么，他就能照顾好自己。"

"他根本不了解马德雷山脉。"

"我只知道，"泰德反驳道，"假如到时有人出了问题，那肯定不是我！"

"是吗？"卡巴洛龇牙咧嘴地说，"咱们走着瞧。"他转过身，朝山下跑去。

"哇，妈呀！"珍叫了出来，"现在是谁在制造麻烦，泰德？"

我们跟着卡巴洛回到旅馆，一路上光脚泰德抱怨个不停，也不管卡巴洛有没有听见。我本打算偷偷叫泰德闭上嘴巴，随便买双运动鞋，但是看一眼表发现没有时间了。从克里尔镇去往铜峡谷的车每天只有一班，早晨八点发车，这时候镇上的商店都还没开门呢。

在旅馆房间，大家胡乱把衣服塞进背包。在告诉他们该去哪里吃早餐后，我去了卡巴洛的房间。他不在，背包也消失了。

"或许他只是想一个人冷静一下。"我告诉自己。但愿如此。但我不得不怀疑他是受够了我们，悄悄离开了。辗转反侧一整夜之后，我肯定他已经对我们下了定论。

我决定不把这样的猜测告诉任何人。无论如何，半个小时内见分晓。我背上包，跨过臭水渠上的便桥回到镇上，那是我们前一天晚上起誓的地方。我在汽车站边的一家小饭店里找到其他人，他们正大口吃着鸡肉豆子玉米饼。进站的时候，班车已经发动引擎，司机正在车顶上整理行李，打手势示意我们也把背包丢上去。

"稍等。"我用西班牙语说。卡巴洛还没有出现。我把头探进车厢，扫视一排排座位，还是没看见卡巴洛。真糟糕。我下了车，打算跟其余的人坦言，却发现他们都消失了。等转到车子后面，才看见斯科特正沿着扶梯往车顶上爬。

"快来呀，大熊！"卡巴洛正站在车顶上，帮司机整理行李。珍和比利已经爬上车，在行李堆里找舒服的位置。"你这辈子再不会有机会坐这么刺激的车了。"

难怪连塔拉乌马拉人都认为卡巴洛是个幽灵，根本没人能揣测这家伙的打算。"算了吧，"我说，"我见识过这条路。我要在车厢里找个最安全的位置，最好能夹在两个胖子中间。"

光脚泰德跟着斯科特朝车顶爬去。

"喂，"我说，"干吗不到车里陪我一起坐？"

"不用了，谢谢。我觉得车顶上比较好。"

"听我说，"看来我非得把话说明白了，"我觉你应该跟卡巴洛保持距离。要是把他惹火了，这场比赛就完蛋了。"

"没问题，我们之间没什么矛盾，"泰德说，"只要他习惯了我就好。"

我还能说什么呢？司机已经上了驾驶座，我和埃里克赶紧在最后一排找两个座位坐下。车子刚发动就熄了火，紧接着引擎又轰鸣起来。不久之后，我们已经开上林间公路，前方是旧日的矿山小镇拉布法。到公路尽头的巴托皮拉斯小镇，我们就得徒步前进了。

"我在等着光脚泰德从车顶被推下来的号叫声。"埃里克说。

"别乱开玩笑。"卡巴洛的话还在我的脑海里回荡：咱们走着瞧！

卡巴洛的确已经决定，趁光脚泰德这个不知天高地厚的家伙让我们陷入麻烦之前，给他点颜色看看。不幸的是，我们所有人都不得不用自己的生命作陪。

25

当然，光脚泰德是对的。

泰德跟卡巴洛之间的争论中遗漏了一项事实：跑鞋或许是人类对自己双脚最大的摧残。迈入21世纪以来，耐力跑运动正在发生一场革命，而光脚泰德用自己的方式担任这场革命的急先锋。和首次登月的宇航员尼尔·阿姆斯特朗一样，泰德的一小步，很有可能是全人类的一大步。哈佛大学人类生理学教授丹尼尔·利伯曼博士如是说：

> 今天我们足部和膝关节受到的损伤，很大一部分是跑鞋导致的。穿着跑鞋跑步会让足部肌腱逐渐变弱，造成过度内旋，导致膝盖受伤。在耐克公司1972年发明现代跑鞋之前，人们一直穿着薄底鞋跑步，足部和膝关节受伤的概率低得多。

而如果我们因为害怕受伤而不去跑步，又会导致更严重的问题。"人类要保持健康就必须经常做有氧运动，这是我们的进化史决定的，"利伯曼博士说，"如果说有什么灵丹妙药能让全人类保持健康，那就是跑步。"

灵丹妙药？这个词最近一次从像利伯曼博士这样德高望重的科学家嘴里说出来，还是因为抗生素的发明。利伯曼博士当然清楚自己在说什么。如果所谓的跑鞋未被发明，就会有更多人去跑步。而如果有更多人去跑步，死于心脏病、心肌梗死、高血压、脑血栓、糖尿病等种种"现代病"的人就会少得多。

这样的指控让人惊愕。然而，最令人骇然的是耐克公司其实早就清楚这一点。

2001 年 4 月，两名耐克销售代表前往观看斯坦福大学径赛队的训练，他们的任务之一是从赞助运动员那里收集反馈信息，了解他们最喜欢的跑鞋款式。但这一次，这项任务似乎很难完成，因为斯坦福运动员最喜欢……光着脚跑步。

"维恩，他们为什么要光脚训练？"两名销售代表问径赛队主教练维恩·拉南纳，"我们提供的跑鞋不够吗？"

拉南纳教练走过来解释。"尽管我还没有收集到足够的科学依据，但我认为他们光脚训练的时候速度更快，而且不容易受伤。"

速度更快，而且不容易受伤？假如这话从别人嘴里说出来，销售代表肯定置若罔闻。但拉南纳教练的话不能不当真。他和乔伊·维吉尔一样，是一名充满创新精神的高水平教练，在斯坦福执教的十年里，他手下的运动员已经拿下五项 NCAA 锦标赛团体冠军和二十五项个人冠军，拉南纳本人则被评为 NCAA 最佳越野跑教练。耐克赞助的是他麾下的"农场队"，一支专门训练顶尖选手的队伍，其中有三名队员跑进过奥运会。可以想象，当听到拉南纳教练说训练穿着耐克跑鞋还不如光脚时，销售代表有多吃惊。

"我们一直在设计支撑性更好的跑鞋，结果却让双脚天然的保护机制无法发挥作用。"拉南纳教练强调。为了避免发生这种情况，他坚持让运动员光脚完成部分训练。"我知道，作为一家跑鞋生产商，你们不愿意看到赞助的运动员光脚上阵，但人类在过去千万年里一直是这样奔跑的。我认为，你们在跑鞋的功能性设计方面做过了头，甚至画蛇添足。通过光脚训练来加强双脚的肌腱，可以减少跟腱、膝盖和足底筋膜受伤的风险。"

　　其实，"风险"这个说法并不准确，因为跑鞋导致的损伤更像是"确凿的事实"。每年都有百分之六十五到百分之八十的跑者遭遇不同程度的损伤。换句话说，绝大多数跑步的人几乎每年都会受伤。无论是男是女，无论运动量和运动强度有多大，你的脚都有可能受伤。

　　或许可以通过拉伸韧带来避免受伤？徒劳。1993年，《美国运动医学期刊》发表了一份针对此问题的研究报告，研究者选择两组荷兰运动员作为受试者，其中一组在每次跑步之前先拉伸韧带作为热身，另一组直接开跑。实验结果是，两组运动员的受伤概率完全一致。次年在夏威夷大学进行的进一步研究表明，拉伸韧带甚至会起到反效果，让受伤概率提高百分之三十三。

　　我们不是生活在高科技的黄金时代吗？从1993年到现在，跑鞋生产商有近二十年的时间可以改进产品设计，那么到了今天，跑者受伤的概率应该有所下降吧？毕竟，阿迪达斯推出了一款售价二百五十美元的跑鞋，鞋底内部装有微电子芯片，可以自动调整每一步的缓冲率。亚瑟士花了三百万美元和八年时间——比研发原子弹的曼哈顿计划还多三年——发明了传奇的金星系列跑鞋，号称能够提供"多角度前脚掌支撑""脚底助推机制"和"具有无限适应性的足跟支撑结构，在吸收冲击力的同时减少足内旋，增强推力"。对于一双穿三个月就报废的跑鞋而言，这样的高科技成本实在有些高，但你至少用不着再一瘸一拐。

是吗？

很抱歉。

"自 70 年代末到现在，跑者跟腱损伤的概率上升了百分之十，足底筋膜损伤的概率没有改变。"美国运动足科医学院前主席、跑步损伤专家斯蒂芬·普利布特博士总结道。特拉华大学跑步损伤诊所主任艾琳·戴维斯博士也同意这一观点："过去三十年里，跑鞋设计制造技术的飞跃令人惊叹，在运动控制和缓冲方面有巨大创新。然而，跑者的受伤概率依然居高不下。"

事实上，根本没有任何证据表明跑鞋能够起到预防损伤的作用。在 2008 年发表于《英国运动医学期刊》的一篇研究报告中，澳大利亚纽卡斯尔大学研究员克雷格·理查兹博士提出，历史上从未有任何一项基于事实依据的研究能够证明，穿跑鞋跑步会降低受伤概率。

这一点其实显而易见，但在过去三十五年里被人们有意无意地忽视了。理查兹博士的发现意味着总价值达两百亿美元的跑鞋产业，完全是缺乏事实基础的空中楼阁。他为自己的发现震惊，乃至发出这样的挑战：

> 全世界有哪一家跑鞋厂商敢于宣称，他们的跑鞋能降低跑步过程中骨骼与肌肉损伤的概率？
>
> 全世界有哪一家跑鞋厂商敢于宣称，他们的跑鞋能让你跑得更快？

如果你敢这样宣称，那么能否提供客观数据作为依据？

理查兹博士等待着回答，甚至试图主动联系各大跑鞋厂商，但没有任何人回应他的挑战。

那么，既然跑鞋不能提高速度，又不能避免受伤，那为什么还要花大价钱购买它们呢？那些微电子芯片、"助推机制"、气垫、矫正器和滚轴，究竟有什么实际作用？假如你已经买了一双金星跑鞋，那就请做好准备，因为迎接你的将是一个坏消息。所谓祸不单行，这坏消息也有三点。

痛苦的事实一：最高端的跑鞋最糟糕。

穿顶级跑鞋跑步的人，受伤概率比穿便宜鞋子跑步的人要高百分之一百二十三，这是瑞士伯尔尼大学预防医学专家伯纳德·马蒂博士主持的一项研究得出的结论。马蒂博士的研究小组跟踪分析了参加伯尔尼十五公里赛跑的四千三百五十八名参赛选手，这些选手需要填写一份问卷调查，内容包括他们的训练习惯和近一年穿的跑鞋款式。统计表明，有百分之四十五的参赛选手在近一年内因跑步受伤。

然而最令马蒂博士惊讶的是，和受伤概率最为相关的因素并非训练时的路面类型、跑步速度、每周训练量或是训练中的竞技性因素，甚至不是体重与过往受伤史，而是跑鞋价格。那些近一年里穿着九十五美元以上的跑鞋训练的选手，受伤概率比穿着低于四十美元的鞋子训练的选手要高出一倍多。之后的类似研究也得出相同的结论，例如1991年发表在《运动训练医学科学》上的一份报告指出，"穿着据称有某些特殊保护功能（例如更强的支撑性、缓冲性与'内旋矫正'）的鞋子跑步的人，在跑步时受伤的概率比穿着便宜鞋子（价格低于四十美元）的人要高得多。"

真是个残酷的笑话：你付双倍的钱，得到双倍的受伤概率。

维恩·拉南纳教练早在20世纪80年代初就发现这一现象。"有一次，我为径赛队订购了一批顶级跑鞋，结果在半个月内，运动员的筋膜炎和跟腱损伤发作率一下子上升。于是我退掉那批跑鞋，告诉他们'寄一批便宜鞋子来'，"他回忆道，"自那时起，我一直为队伍订购低端跑鞋，这并不是为了省钱，而是为了让他们跑得快又少受伤。"

痛苦的事实二：旧鞋对脚更友好。

早在1988年，俄勒冈大学运动生物力学实验室主任巴里·贝茨博士做过统计，发现穿旧跑鞋比新跑鞋更安全。贝茨博士和同仁在《骨科与运动物理治疗杂志》上发表的报告指出，跑鞋变旧之后，缓冲性随之下降，使跑者更容易控制双脚的动作。

那么，旧鞋底和对双脚动作的控制为何能避免受伤呢？因为一个神奇的因素：恐惧。无论跑鞋的缓冲性与支撑性宣称有多好，实际上减少不了一丝一毫的冲击力。这一点很容易理解：跑步时，你双腿受到的最大冲击力是体重的十二倍还要多，你怎么能指望它被一两厘米厚的鞋底吸收？不妨试试用被子盖住鸡蛋，再抡起大锤砸上去，看看鸡蛋能不能安然无恙。

1986年，当时的耐克运动研究实验室主任弗雷德里克在美国生物力学学会的年度会议上抛出一枚重磅炸弹。"我们对穿硬底鞋与软底鞋的选手进行测试，发现二者双腿受到的冲击力并没有任何不同，"他说——并没有任何不同！"并且奇怪的是，鞋底越软，冲击力的峰值就越高。"

换句话说，结论是：鞋底的缓冲性越好，实际为双脚提供的保护反而越差。

俄勒冈大学运动生物力学实验室的研究也印证了这一结论。研究报告指出，跑鞋缓冲性逐渐下降后，跑者的落脚会越来越稳定，不容易晃动。十年后，加拿大蒙特利尔州麦吉尔大学的两位博士史蒂文·罗宾斯与爱德华·瓦克德进行了一项针对体操运动员的实验。他们发现，运动员着地时脚下的垫子越厚，着地冲击越大。因为体操运动员会本能地保持身体平衡，当他们感觉双脚接触到柔软的表面时，就会整个脚掌拍下去，以确保身体不会失衡。

罗宾斯与瓦克德还发现，跑者的着地姿势也遵循同样的原理：就像你踩到冰面时双臂会不由自主地挥舞以维持平衡一样，当脚踩的是柔软的表面时，腿和脚会自动增加下踩的力度。穿着具有良好缓冲性的厚底跑鞋奔跑时，双脚会本能地试图踩穿鞋底，寻找下面坚实的地面。

"我们的结论是，着地冲击力与平衡感之间联系密切，"麦吉尔大学的两位博士总结道，"我们发现，目前市面上的运动鞋……鞋底过于厚实柔软，如果要为运动员提供有效的保护，就必须对鞋底进行颠覆性的设计。"

读到这篇研究报告之前，我一直没法理解自己在跑步损伤诊所的表现。当时我被要求反复在冲击力测量器上跑，首先光脚，然后穿上薄底便鞋，最后换上缓冲性很好的耐克厚底跑鞋。每次换鞋后，显示的冲击力都会发生变化，但和我预想的大相径庭——光脚时脚底受到的冲击力最低，穿薄底鞋时也很低，换上厚底跑鞋后则很高。我的跑步姿势也在发生变化：每次换鞋，我都会本能地改变姿势。"你只有在穿厚底跑鞋时才有很明显的足跟着地现象。"艾琳·戴维斯博士告诉我。

一个叫大卫·斯明特克的人决定亲自试验这一理论的正确性。他是一名运动损伤康复治疗专家，同时也是跑步爱好者，他很早就注意到，那些推荐他购买新跑鞋的人往往是相关销售人员。《跑者世界》和他家附近的跑步装备店老板都建议他每跑三百到五百英里就更换一双跑鞋，但为什么顶尖耐力跑选手阿瑟·牛顿可以穿着薄底胶鞋跑上至少四千英里？牛顿不仅在20世纪30年代前后五次夺得赛程达五十五英里的同盟耐力赛冠军，还在五十一岁时打破"巴斯－伦敦"一百英里耐力赛纪录。

斯明特克想知道自己能否做得比牛顿还出格。"当我的跑鞋磨穿一侧鞋底时，"他想，"把左右脚的鞋子换过来会怎样？"于是他开展了一场疯狂的实验：每当鞋底外缘磨薄，他就把左右脚的鞋子换过来继续跑步。"你必须去理解大卫，"他的同事肯·里尔曼说，"他不是个普通人。他好奇又聪明，很难被蒙骗。他会说：'喂，如果事情是这样，就让我们一探究竟。'"

之后的十年里，大卫每天都要跑五英里。当他发现鞋子换了左右脚后仍能跑得很舒服，就开始质疑跑鞋的必要性。既然他没有按照设计使用跑鞋，却仍能跑得很舒服，那就说明跑鞋的设计根本无关紧要。从那以后，他就只买路边便利店里的便宜薄底鞋。

"他跑步的量和强度比多数人要大，并且总是穿反鞋，却没有出任何问题，"肯·里尔曼说，"他的实验告诉我们，就跑鞋而言，发光的并不一定是金子。"

痛苦的事实三：就连亚伦·韦布都说"人类天生就不适合穿着鞋跑"。

亚伦·韦布是美国当今最伟大的中距离跑者，然而早前他是一个先天性平足的孩子，跑步姿势十分难看。但高中的体育教练看出他的潜力，于是开始从头指导他训练。

"一开始，我很容易受伤，原因明显跟我的跑步姿势有关，"韦布告诉我，"于是教练让我做足部强化练习，包括光脚跑步和行走。"就这样，韦布的双脚发生了巨大变化。"过去我平足的时候，要穿四十八码的大鞋，现在只要四十四码就可以。随着双腿肌腱逐渐加强，足弓也慢慢拱起来。"光脚训练让韦布不再容易受伤，并可以承受高强度的专项训练，最终打破全美男子一英里跑的纪录，又于 2007 年打破男子一千五百米的世界纪录。

"多年来，光脚跑步一直是我惯用的训练手段之一。"爱尔兰耐力跑教练兼运动医生杰勒德·哈特曼博士说。他是全球首屈一指的超长距离耐力跑教练，葆拉·拉德克里夫每次参加马拉松之前都要去找他，海勒·格布雷西拉西耶和哈立德·哈诺奇这样的巨星也经常接受他的指导。过去几十年里，哈特曼博士对跑鞋结构的发展一直持批判的态度。

"双脚的天然结构是避免运动损伤的最佳机制，而过去的二十五年，我们一直在人为限制这种机制，"哈特曼博士说，"'足内旋'在大家心中已经成了一个贬义词，然而它本就是双脚适应地形的自然机制。你的双脚就应该出现内旋。"

要想见识自然的足内旋过程，只需要脱下鞋子，光脚在硬地上跑一段。双脚会自动放弃长期穿着跑鞋养成的习惯，本能地适应硬地的冲击：你会自然而然地用前脚掌外侧着地，让重心从小脚趾过渡到大脚趾，直至脚掌平贴在地面上。这就是足内旋——你的足弓顺畅吸收冲击力的自然过程。

然而在 20 世纪 70 年代，跑界最权威的声音却对这种天然机制发出质疑。心脏疾病专家乔治·席恩博士曾因发表一系列有关跑步之美的文章，被公认为马拉松运动界的哲学王。他提出，过度足内旋或许是跑者膝盖受伤的根源。这可以说是既正确又错得离谱：你得足跟先着地才会过度足内旋，而你之所以会足跟先着地，肯定是穿了具有良好缓冲性能的跑鞋。然而，跑鞋厂商迅速利用席恩博士的观点，设计出具有"足内旋矫正功能"的跑鞋推向市场。

"当你阻止双脚做出自然反应时，"哈特曼博士说，"其他正常动作也会受到影响。我们做过相关统计，发现只有百分之二到三的人具有先天性运动生理问题。那么，市面上那些矫正鞋垫究竟卖给了谁？让原本正常的人穿上矫正装备，这其实是在解决子虚乌有的问题，从而制造出新的问题。"2008 年，《跑者世界》杂志发表一项声明，承认其过去若干年推荐患有足底筋膜炎的跑者使用矫正类跑鞋的做法具有误导性，"近来的研究表明，矫正类跑鞋不仅无助于缓解筋膜炎，而且可能导致症状恶化。"（这确实是我的亲身体会。）

"看脚掌的结构就一目了然了。"哈特曼博士解释道。几个世纪以来，工程师都没能复制出人类脚掌的精密结构。脚掌的核心部件是呈拱形的足弓，而拱形正是承重的最理想结构。受压时，拱形结构会更强固：压力越大，各部分之间的配合就越紧密。任何有点头脑的石匠都不会在拱形结构下添加承重立柱，因为自下方传来的托力只会削弱其整体性。足弓周围分布着由二十六块骨骼、三十三个关节、十二根韧带和十八块肌肉组成的弹性网络，类似桥梁周边的抗震结构。

"穿上厚底跑鞋，跟在脚掌外打上石膏没有本质区别，"哈特曼博士说，"如果我把你的整条腿用石膏封住，六个星期内就会有百分之四十到百分之六十的肌肉组织发生退化。当你穿上厚底鞋时，脚掌也会出现同样的情况。"跑鞋提供外来的缓冲，足弓周围的韧带就会硬化，肌肉则会萎缩。正如亚伦·韦布发现的那样，我们的双脚只有在承受压力时才能保持健康状态，足弓才会像彩虹般拱起。

"我研究过一百多名来自肯尼亚的顶尖跑者，他们之间最大的共同点就是双脚具有绝佳的弹性，"哈特曼博士继续说，"这是因为他们在十七岁以前从来不穿鞋跑步。"直到今天，他还在推崇一位跑步教练提出的建议："每周在草地上练习光脚跑步三次，是预防跑步损伤的最佳方式。"

哈特曼博士并不是唯一提倡光脚跑步的医学专家。路易斯安那州卡维尔国立公众健康服务医院的康复诊室主任、路易斯安那州立大学医学院的外科手术专家保罗·布兰德博士也说，只要扔掉脚上的跑鞋，我们就可以在一代人的时间里彻底消除目前最常见的各种足部创伤。早在1976年，布兰德博士就已经发现，患者遇到的鸡眼、拇指外翻、脚趾畸形、扁平足、足弓塌陷等问题，在那些成人习惯光脚的国家里几乎不存在。

"光脚走路的人随时都要通过脚底接收大量信息：地面的状况，脚面与地面的关系，"布兰德博士说，"如果穿上鞋子，双脚就陷入了一成不变的环境之中。"

"光脚革命"正在开始席卷跑步界，然而主流医疗专家不仅没有引领这场革命，反倒站到它的对立面。像布兰德博士和哈特曼博士这样提倡光脚跑步的人可以说是凤毛麟角，绝大多数专家仍然认为人类的双脚具有太大的先天局限性，需要借助鞋子乃至矫正鞋垫才能保持健康。

这种强调"先天局限性"的观点，在运动足科专家默里·韦森菲尔德的著作《跑步矫正手册》里得到集中体现。这本圈内畅销书开篇就写道：

> 人类的双脚天生不适合行走，更不要说长距离奔跑。

那么，我们的双脚进化至此究竟是为了什么？按照《手册》的说法，先是适应游泳（"现代人的脚最早由远古鱼类的腹鳍发展而来"），然后是攀爬（"具有抓握功能的脚，可以让动物在树枝间保持稳定，不至于掉下去"）。

再然后呢？

若按足科医学界对人类进化史的看法，我们就此陷入了死胡同。我们身体的其他部件都完美适应了地面生活，唯独随时接触地面的双脚例外。我们进化出了发达的大脑和灵巧的双手，足以完成精深的外科手术，却让双脚仍然停留在旧石器时代。"人类的双脚还没有完全适应地面生活，"《跑步矫正手册》叹息道，"只有很少一部分人天生适合行走。"

那么，这"很少一部分人"究竟是谁？仔细想想，其实根本没有这样的人。韦森菲尔德博士写道："大自然还没有创造出完美适应跑步要求的双脚。我自己的经验表明，人类尚未进化到这一步，因此很容易因为跑步而受伤。"大自然或许还没有公布它的设计蓝图，但是某些足科专家已经先行一步，试图替它提出完美的解决方案。正是这种不切实际的自信——相信四年的足部矫正研究能够击败两百万年的自然选择——才导致20世纪70年代的跑者纷纷接受手术治疗。

"几年前，跑者的膝部损伤是通过手术治疗的，"韦森菲尔德博士承认，"疗效并不好，因为跑步时你需要膝关节的缓冲。"所谓的手术治疗即移除膝关节内部的软骨，这使接受过手术的人跑步时永远要承受痛苦。尽管足科专家在挑战自然时受到重挫，但《跑步矫正手册》丝毫没有提及锻炼足部的建议，反而提倡借助厚底跑鞋、矫正鞋垫乃至足部手术来改变双脚的受力特性。

就连一向以思想开放著称的艾琳·戴维斯博士，也是在2007年才开始接受"光脚跑步"的理念，这源自她跟一名患者的冲突。后者对自己常年不愈的筋膜炎非常不满，干脆开始穿薄底胶鞋跑步，让足底爱怎么痛就怎么痛。戴维斯博士告诉他，这样做无异于自暴自弃，但他还是这么做了。

《生物力学》后来发表的一份报告称，"让戴维斯博士惊讶的是，该患者的筋膜炎症状自动消失，可以穿着薄底鞋进行短距离奔跑。"

"有时患者不听从我们的建议，反倒能让我们学到新东西，"戴维斯博士说，"我想，足底筋膜炎之所以在美国如此普遍，或许正是因为我们平时没让足部肌肉发挥它应有的作用。"那位患者的康复让她无比振奋，她索性也开始尝试光脚行走。

耐克公司每年有一百七十亿美元的利润，绝不会允许光脚泰德这样的人搅和。两名销售代表从斯坦福返回总部之后不久，耐克就展开行动，试图从它制造的问题中再发一笔横财。

把问题归咎于耐克公司，仿佛有点太过草率，但别有顾虑，因为他们确实是罪魁祸首。耐克公司的创建者是俄勒冈大学的跑步运动员菲尔·奈特和他的教练比尔·鲍尔曼。奈特有能耐把任何东西推销出去，而鲍尔曼自以为了解所有跟跑步有关的事情。这两个人碰面之前，没有现代跑鞋这种东西，绝大多数跑者也还没有像今天这样经常受伤。

作为一名跑步教练，鲍尔曼自己几乎不跑步。只是五十岁以后，他才开始偶尔慢跑一小段，也是因为他在新西兰受"健身跑之父"阿瑟·利迪亚德的影响。利迪亚德或许是有史以来影响力最大的耐力跑教练，他于20世纪50年代创立奥克兰慢跑俱乐部，尝试让心脏病患者通过慢跑康复。当时的医学专家都对他的做法嗤之以鼻，认为这无异于鼓动患者自杀。然而，几个星期的慢跑练习后，患者感觉良好，还纷纷邀请妻儿、父母和朋友参加俱乐部每次两个小时的慢跑运动。

1962年比尔·鲍尔曼来到新西兰，当时利迪亚德每周日上午组织的跑步已经成了奥克兰最大规模的公众活动。鲍尔曼试图参与，但他的状态实在太差，不得不由一个三度接受冠状动脉手术的七十三岁老人一路照顾。"天哪，当时支撑我活下来的唯一动力，就是希望自己死掉。"鲍尔曼后来这样形容。

但他还是受到利迪亚德的感召，不久之后就写出畅销书《慢跑》，至今仍为美国大众推崇。除了写作和执教外，鲍尔曼整天在地下室用橡胶做实验，最后发明了一种全新结构的跑鞋，缓冲性能比过去所有鞋子都强。讽刺的是，鲍尔曼把这款跑鞋命名为"科尔特斯"——当年到新大陆掠夺黄金，导致天花在土著中横行的西班牙侵略者。

鲍尔曼最老谋深算的做法是提倡一种新的跑步方式，而这只有穿着他发明的跑鞋才能进行。科尔特斯跑鞋让人们做到了过去根本无法做到的事情：跑步时脚后跟先着地。在厚底缓冲跑鞋发明出来之前，世界各地各个年代的跑者的跑姿都一样：无论是杰西·欧文斯、罗杰·班尼斯特、弗兰克·肖特还是埃米尔·扎托佩克，个个都是挺直后背，弯曲膝盖，着地时先下前脚掌，抬脚时足跟几乎触到臀部。他们别无选择，因为只有双腿和足弓的弯曲形变才能提供足够的缓冲。弗雷德·威尔特在1959年出版的径赛专著《他们如何训练》中描述了当时八十多位世界顶尖跑步选手的奔跑姿势。"前脚下落时脚尖朝下，向后下方移动，轻轻'抚摸'地面（不是用力拍打），前脚掌外侧最先着地，"威尔特写道，"脚掌触地点位于身体重心靠后的位置，由此产生前进的推力……"

事实上，1984年生物医学设计师范菲利普斯发明了为截肢患者设计的跑步假肢，根本没有配备足跟。范菲利普斯本人因一次滑水事故截掉了左小腿，并为自己跑步设计了假肢。他知道脚后跟只在静止站立时有用，跑步过程中没有用处。他设计的"猎豹脚"整体呈弓形，能够很好地模拟腿部的机能，双腿截肢的南非运动员奥斯卡·皮斯托留斯安上这种假肢后，甚至可以跟世界顶尖的短跑选手同场竞技。

然而，鲍尔曼有了一个想法：或许当脚掌触地点位于身体重心之前时，每一步可以迈得更大。他认为，只要在足跟下面垫一层具有缓冲性的橡胶，就可以在迈出步子时伸直膝关节，足跟先着地，从而加大步伐。在《慢跑》这本书里，他对比了两种跑步方式，不得不承认传统的"前脚掌着地"在缓解冲击力方面更有作为，但他相信"足跟着地"的方式在长距离耐力跑中更加省力，前提是你穿着合适的跑鞋。

鲍尔曼的营销策略大获成功。"他先是为一种新产品创造出市场，又自己发明了这种新产品，"俄勒冈州一名财经专栏作家评论道，"这真是天才之举，足以写进经济学教材的经典案例。"鲍尔曼的合作伙伴、退役跑步运动员菲尔·奈特在日本成立了一家工厂，生产的跑鞋几乎一上市就脱销。"科尔特斯跑鞋的缓冲性能让我们得以占据垄断地位，一直持续到1972年奥运会。"奈特吹嘘道。后来跑鞋厂商纷纷效仿，足跟着地的慢跑方式随之成了世界潮流。

鲍尔曼对自己的成功颇为得意，开始进一步发挥想象力。他首先构思了一款用鱼皮做的防水鞋，但没有投入生产。不过他的确设计出了第一款宽底训练鞋，穿着它就像是在馅饼盘上跑步。鲍尔曼认为这样可以防止足内旋，却没有意识到跑者不得不保持腿部正确的力线，才能避免喇叭形状的鞋底扭伤他的腿。"那款鞋子不但无法稳定步伐，还会加剧足内旋，导致脚掌和脚踝受损。"俄勒冈大学径赛队退役选手肯尼·莫尔如此评价鲍尔曼的发明。换句话说，鲍尔曼新鞋的设计本意是矫正跑步姿势，但除非你的姿势已经达到完美，否则它一定会让你受伤。后来鲍尔曼自己也意识到这点，日后在改进版中缩减了鞋后跟的宽度。

与此同时，在遥远的新西兰，阿瑟·利迪亚德目睹俄勒冈涌现各种古怪的"新发明"，纳闷他的美国朋友究竟在想什么。跟鲍尔曼相比，利迪亚德绝对算是径赛界的专家，指导过不少奥运冠军和世界纪录保持者，直到今天，他开创的训练方法仍被同行奉为圭臬。利迪亚德喜欢比尔·鲍尔曼，也尊重他作为一名教练的才华，但他推向市场的究竟是什么垃圾玩意？

利迪亚德很清楚，那些所谓足内旋的说法完全是天花乱坠的宣传花招。"你在大街上随便找一个人，要他（她）脱掉鞋子沿着过道跑，你会发现几乎没有人有任何过度内旋或内旋不足的倾向，"利迪亚德抱怨道，"只有穿上厚底跑鞋时，才会有这样的倾向，因为跑鞋的设计改变了双脚自然运动的姿态。"

"我们小时候穿着帆布鞋跑步，"利迪亚德接着说，"从来不会患筋膜炎，也没有过度内旋或内旋不足。跑马拉松的时候或许会多磨掉一点皮，但总的来说，我们的脚并没有问题。花好几百美元买回最先进的高科技跑鞋，不能保证你远离受伤，只会保证你因此承受不必要的痛苦。"

最后，就连鲍尔曼自己也开始怀疑。随着耐克公司的规模不断扩大，他发现自己的初衷已经悄然被另一种目标腐化——从"设计出更好的跑鞋"变成"赚更多的钱"。他在写给一个同事的信中指出："耐克的许多产品都是垃圾。"社会批评家埃里克·霍弗的论断又一次得到证实："所有伟大的事业都是从一场运动开始，变成一桩生意，最后沦为一场喧嚣。"

"光脚革命"直到 2002 年才初具规模，此时鲍尔曼已经去世，耐克公司只能去找鲍尔曼曾经的好友兼导师阿瑟·利迪亚德，询问新的风潮究竟是否合理。"当然啦！"他告诉他们，"你给身体某一部位增加外援，就会导致这一部位变弱。这是用进废退的道理……只要光脚跑步，就不会出现这些问题。"

最后，他总结道："对我来说，最理想的跑鞋就是能让你找到光脚感觉的鞋子。"

耐克公司也做了相关实验。他们的运动研究实验室资深研究员杰夫·皮肖塔找来二十名跑者，用摄像机录下他们光脚在草地上奔跑的过程。慢速播放这些视频时，他不禁惊讶万分：他们的脚步完全不像穿着跑鞋时那样沉重，似乎双脚有了灵性——打开脚趾，感受地表的形状和质地，像着陆的天鹅一样轻轻拂过地面。

"那种姿势的确很美，"皮肖塔后来告诉我，"我们开始意识到，穿上跑鞋后，你就丧失了对双脚的一部分控制权。"他立刻让手下的研究人员分头出动，收集一切跟光脚跑步有关的信息。"我们发现，许多地区的原住民至今仍然保留着光脚跑步的习惯，他们的双脚在奔跑时有更大的活动范围，脚趾的作用更为重要。他们的脚会以最理想的姿态着地，再紧紧抓住地面，这样不仅可以减少内旋，还能让压力分布得更均匀。"

耐克公司不得不承认，之前信奉的一套简直是大错特错。杰夫·皮肖塔和研究小组接下了一项看似不可能完成的任务：想办法从光脚跑步的人身上赚钱。

两年后，皮肖塔终于推出他的方案。耐克开始在世界各地播放电视广告，内容一概是运动员的光脚表演——肯尼亚的马拉松选手沿着小径光脚奔跑，游泳选手在起点处蜷曲脚趾，体操选手、舞蹈家、攀岩者、摔跤选手、空手道大师和沙滩足球选手……看久了，你会忘记世界上还有人穿鞋，会怀疑人为什么要穿鞋。

画面上闪烁着激动人心的广告词："双脚是你的根基。让它们觉醒！让它们变强！触摸大地……天然的科技允许我们天然自在地运动……赋予双脚力量。"伴随着《从郁金香花园中悄悄走过》的音乐，屏幕上出现一只没穿鞋的脚，脚底写着"精彩从这里开始"。最后是华丽的大收尾：镜头切回肯尼亚马拉松选手，这次他们脚上套着薄薄的鞋子。那就是耐克公司新推出的"自由"跑鞋，比当年的科尔特斯还要薄。

那么这款跑鞋的宣传口号呢？

"光脚奔跑吧。"

26

宝贝，这镇子将你的脊梁撕离 / 它是死亡的陷阱，它是自
杀的饶舌乐……

——布鲁斯·斯普林斯汀《为跑而生》歌词

卡巴洛·布兰科骄傲得满脸绯红。我搜肠刮肚地寻找合适的赞
美之词。

我们刚刚抵达巴托皮拉斯，这是一座古老的矿山城镇，位于
峡谷入口外两千四百米的低处。这座镇子最初由西班牙殖民者建
立，目的是在附近的河边开采银矿，如今过去四百年，但这里的
变化一直不大。镇子的规模很小，只有沿河排开的一小溜房屋，
街上的驴比汽车还多。世界各地流行 iPod 的时候，这里才刚通上
电话。

要想到达这里，必须对班车司机怀有绝对的信心。通行的土
路沿悬崖侧壁蜿蜒而下，在十英里的距离内海拔就下降了两千多
米。车子拐弯的时候，我们可以透过窗户看到悬崖下面的车辆残
骸。两年后，卡巴洛驾驶的小货车在这里翻下悬崖，化作一团火

球，幸运的是他及时跳了出来。在那以后，不少当地人都去收集这辆小货车的残骸作为护身符。

班车停在镇边，我们筋疲力尽地下了车，脸上满是尘土和汗渍，就像卡巴洛第一次跟我见面时的样子。"它就在那儿！"卡巴洛叫道，"我的地盘！"

我们四处张望，却只能看见河对岸一幢房子的残骸。没有房顶，外墙坍了大半，就像是被海水浸过的沙滩城堡。真是太完美了，简直是理想的幽灵居所。我不由地想象，假如有人在夜里路过，看见卡巴洛如同卡西莫多般的怪异身影在营火边时隐时现，会是怎样的反应。

"嗯，的确很……不一般。"我终于挤出一句。

"不是那边，"卡巴洛说，"这里。"他指着我们身后，那是条羊肠小道，只短短一截就消失在仙人掌丛中。卡巴洛朝小道上跑去，我们紧跟着，在布满碎石的上坡路上艰难地维持平衡。

"见鬼，卡巴洛，"路易斯说，"世上还真有赛道是一开始就需要设立路标和补给点的。"

我们跟着卡巴洛跑了一百多米，钻过一片青柠檬树后，一座用石块和黏土修砌的小屋出现在眼前。石块是卡巴洛从河里拖上来的，为了修建这座小屋，他不知在羊肠小道上往返了几百次。作为家，这里确实比河对岸的那片废墟更合适：从这里可以俯瞰河谷的一切，却不会被人发现。

走进门，屋里铺着一张狭小的行军床，旁边是堆破烂的运动拖鞋，墙上的架子放着几本书和一盏煤油灯。没有电，没有自来水，没有厕所。卡巴洛在屋后的仙人掌丛中清出一块空地，供他跑步回来小憩，凝视周围的荒野。不管光脚泰德没想全的那句海德格尔引言究竟怎么说的，再没有人比卡巴洛更像是他住所的"一种表现"。

卡巴洛急着安顿我们，好让自己睡上一觉。随后几天将非常艰苦，更何况我们离开埃尔帕索后就没有好好休息过。他领着我们回到巴托皮拉斯镇，找了一家小店，店老板马里奥把楼上的几个房间租给我们。这里除了休息，还可以在走廊另一边淋浴。

卡巴洛催促我们放下行李去吃饭，但光脚泰德非要先冲个澡。他刚钻进淋浴间，就哀号着冲出来。

"天哪！淋浴器短路了。我刚才差点被电死！"

埃里克扫了我一眼："你觉得是卡巴洛干的？"

"可以理解，"我说。"没有人会怪罪他。"我们离开克里尔镇之后，光脚泰德和卡巴洛的矛盾一点都没有缓和。一次中途停车休息时，卡巴洛从车顶爬下来钻进车厢，只为了躲开泰德。"那家伙根本不知道'安静'是什么，"他说，"他是从洛杉矶来的，以为所有空间都应该用噪音填满。"

在马里奥的店里安顿下来之后，我们跟着卡巴洛去另一个阿妈家里吃饭。根本用不着点餐，刚一坐下，阿妈就把冰箱里所有的食物都翻了出来。没过多久，我们面前的盘子里盛满了牛油果沙拉酱、炒豆子、用醋浸过的番茄和仙人掌、米饭，以及加了鸡肝的牛肉羹。

"打包带走吧，"卡巴洛告诉我们，"明天路上吃。"他打算明天先带我们去附近的山上跑一小段，适应一下路况。他反复说明天的跑步没什么强度，但又催促我们赶快吃完去睡觉。这时候，一个满头白发的美国老头凑了过来。

"喂，这帮家伙怎么样？"他朝卡巴洛打招呼。他叫鲍勃·弗朗西斯，早在 20 世纪 60 年代来过巴托皮拉斯，之后一直对这里念念不忘。尽管鲍勃的儿孙住在圣迭戈，但他大部分时间还是在这附近度过，有时为徒步者担任向导，有时跟他的塔拉乌马拉朋友帕特里西奥·卢纳泡在一起。帕特里西奥是曼努埃尔·卢纳的叔叔，在三十年前认识鲍勃。当时鲍勃在峡谷里迷了路，被他带回山洞的家里过夜。

鲍勃跟帕特里西奥建立了深厚的友情，因此有幸参加过塔拉乌马拉人的"特斯圭纳达"——每次赛跑前进行的喝酒比赛，有时参赛者实在喝得太醉，连赛跑都被取消。卡巴洛没参加过特斯圭纳达，在听鲍勃描述后，决定以后也绝不参加。

"突然间，那些跟我认识多年的塔拉乌马拉朋友就像是换了一群人，他们不再温和羞涩，而是用胸膛挤撞我，冲我说脏话，好像准备跟我打一架，"鲍勃说，"而他们的妻子跟别的男人钻进树丛，他们成年的女儿赤裸着身体在摔跤。他们不让小孩子参加这样的活动，原因显而易见。"

鲍勃说，在特斯圭纳达上发生的任何事情都会得到原谅，因为全是月亮和啤酒的错。尽管场景一片混乱，但它能够起到非常重要的作用：让人心中积蓄的负面情绪得到发泄。跟世界上的其他人一样，塔拉乌马拉人也有埋藏在心底的欲望和仇恨，在一个人际关系如此紧密又没有警察的社会，他们需要另一种方式来解决争端。还有什么比得上喝酒比赛呢？所有人都会喝醉，彻底释放心底积压的一切，然后从宿醉中恢复过来，继续正常的生活。

"要是喝一整晚的酒，我可能当晚步入婚姻殿堂或被谋杀二十次，"鲍勃说，"还好我及时放下酒葫芦，在真正的混乱发生之前悄悄溜走。"鲍勃对马德雷山脉的了解几乎能和卡巴洛比肩，因此我专注地倾听他跟泰德的对话。

"你脚上那双垃圾玩意儿明天一点用都没有。"鲍勃伸手指着泰德脚上的五趾鞋。

"我明天不穿这双鞋。"泰德回答。

"这还差不多。"鲍勃说。

"因为我打算光脚。"泰德说。

鲍勃扫了卡巴洛一眼:"这家伙是在开玩笑吗?"

卡巴洛只是笑了笑。

***

第二天一大早,卡巴洛就来找我们了。"那边就是我们明天要出发的方向。"他伸手指着窗外远处的一座高山。镇子和山峰之间是大片的丘陵,植被葱郁,根本看不见道路的痕迹。"今天上午,我们就在镇边的小山上跑跑吧。"

"我们需要随身带多少水?"斯科特问。

"我只带这个,"卡巴洛挥了挥手里的五百毫升塑料瓶,"路上有泉水可以补充。"

"食物呢?"

"不用,"卡巴洛耸了耸肩,"午饭前我们就回来了。"

"我打算多带点水,"埃里克灌满了背包里的三升水袋,"我觉得你也应该这么做。"

"用得着吗?卡巴洛说我们只要跑十英里。"

"去野外的时候,准备充分永远没错,"埃里克说,"就算绝大多数时候不需要,也总会有需要的时候——万一发生什么意外,你可能会在野外耗上很长时间。"

我放下水壶，伸手去够大容量的水袋包。"带上几粒净水片，再揣几包能量胶，"埃里克补充道，"比赛期间，你需要每小时补充两百千卡的能量。关键在于频繁补充碳水化合物，每次一点点，这样才能让胃有时间吸收。"

我们步行穿过巴托皮拉斯。街道两边的店主纷纷往路面上泼水，以免尘土飞扬。小学生穿着洁白的校服，在路边用西班牙语向我们问好。

"今天肯定很热。"我们拐进一家没有招牌的商店时，卡巴洛说。"电话能用吗？"他问商店的老板娘克拉丽塔。

"还不行。"克拉丽塔摇了摇头。整个巴托皮拉斯只有两部公用电话，都安装在她的店里，线路三天前出了故障，人们只能用短波无线电跟外界联络。直到这时，我才意识到自己距离外面的世界有多遥远：既没法了解外界，也没法把自己的境遇传递出去。一切希望都寄托在卡巴洛身上，而我实在不知道这究竟是否合适：尽管卡巴洛对这一带的情况了如指掌，但他那么不在乎自己的性命，我们真能把性命托付给他吗？

克拉丽塔端上来香喷喷的煎蛋玉米饼，让已饥肠辘辘的我抛开脑海里的质疑。玉米饼实在美味，我们细细咀嚼，续了好几次咖啡才起身离开。我和埃里克学斯科特的做法，包起一份玉米饼揣进口袋里以防万一。

吃完早饭出门，我才意识到比利和珍还没有出现。我看了看表，已经10点钟。

"出发吧，别管他们了。"卡巴洛说。

"我跑回去找他们。"路易斯说。

"不用了，他们可能还在睡呢。要避开下午最炎热的时候，就得赶快。"卡巴洛说。

或许这的确是最好的安排：他们两人可以利用这一天好好休息，为之后的长途跋涉积蓄体力。路易斯的父亲也决定留下，卡巴洛叮嘱他："无论如何都不要让他们出来找我们。假如在外面迷路，就再也回不来了。这不是在开玩笑。"

和埃里克背上沉甸甸的水袋包后，我又在头上扎了一条头巾。天已经热得像蒸笼一样。卡巴洛从两幢房子之间的缝隙里钻出去，穿过乱石堆跑向河边。光脚泰德加速跟上，尽管光着脚，他还是在乱石间敏捷地跳跃着。卡巴洛即使感到惊讶，也完全没有表现出来。

"喂！等等！"比利和珍穿过街道朝我们跑来。比利的上衣还拿在手里，珍连鞋带都没系。

"你们真的想去吗？"当他们气喘吁吁跑到我们面前，斯科特问，"还没吃东西呢。"

珍掰开一条能量棒，递给比利一半。两个人手里都拿着水壶，不过容量有限，只有三四百毫升。"没问题。"比利说。

我们沿着河岸跑了一英里，就拐进一条干涸的溪谷，然后不约而同地加快速度。溪谷底部是平坦的沙地，宽度足够斯科特、卡巴洛和光脚泰德并排跑。

"注意看他们的脚。"埃里克说。尽管斯科特穿着他自己参与设计的布鲁克斯跑鞋，卡巴洛穿着拖鞋，泰德光着脚，但是三个人的跑姿和节奏完全一样。看着他们跑步，就像看着一群训练有素的纯种赛马在场地上奔驰。

又跑了一英里，卡巴洛拐上旁边的小路，朝陡峭的山坡盘旋爬升。我和埃里克放慢速度，由奔跑变成快走，这是超长距离耐力跑选手的日常信条：如果一眼望不到坡顶，就走吧。当你需要连续奔跑五十英里时，在上坡路上走几步并不是什么丢人的事。损失的这一点点时间，完全可以通过下坡加速弥补回来。埃里克认为这是超长距离耐力跑选手很少受伤的原因之一，因为他们"知道适可而止，知道如何避免疲劳过度"。

我们逐渐追上光脚泰德。小路上散布着尖锐的石头，大小跟拳头差不多，逼得他不得不放慢速度。我朝坡上望去：至少还要爬近一英里的上坡路，才能走上平道。

"泰德，你的五趾鞋呢？"我问。

"没用了，"他说，"我已经跟卡巴洛商量好，如果我今天能光脚跑完，他就不再对我的光脚跑法说三道四。"

"那他就是故意选了这样的路线，"我说，"这一段简直就像是跑在砂石堆上。"

"粗糙的地面不是人类的发明，"泰德说，"光滑的才是。你完全能够适应地上的石块，只需要放松下来，让双脚自己做出反应，就像是脚底按摩。喂！"我和埃里克超过他的时候，他喊了起来，"告诉你们一条秘诀。下次脚底板疼的时候，光脚去小溪里蹚水，在光滑的石头上踩一踩，绝对有好处！"

离开唱着歌在石块间跳来跳去的泰德，我和埃里克继续往上攀登。岩石表面反射的阳光非常刺眼，气温不断上升，仿佛我们离太阳越来越近。事实确实是这样：两英里之后，我看了看手表上的海拔计，发现我们已经爬升三百多米。不久之后，小路开始平缓起来，石块变成柔软的泥土。

我们已经被卡巴洛三人甩下几百米，于是开始加速。没过多久，光脚泰德先从后面追上来。"该打水了，"他朝我们晃了晃手里空空的水壶，"我到泉水那儿去等你们。"

小路很快又陡峭起来，在山壁上呈之字形上升。四百五十米……六百米……我们弯着腰，艰难地挪动脚步，似乎每一步只能向上升几厘米。过了三个小时，我们爬完六英里的上坡路，却还是没有见到泉水的影子。自打离开溪谷，连一丝荫凉都没见到。

"看见了吧？"埃里克拨弄着水袋的管口。"那些家伙肯定渴坏了。"

"并且也饿坏了。"我撕开一条能量棒。

海拔爬升了一千米的时候，我们发现卡巴洛他们都聚在一棵树的阴影里。"有人要净水片吗？"我问。

"用不着了，"路易斯说，"过来看吧。"

树下的岩石围成一口天然的小池，那是不知几百年来水流冲刷的结果。然而池底是干涸的，没有水。

"之前我忘了，这地方正在闹旱灾。"卡巴洛说。

再往上一两百米还有一处泉眼，可能还没有干涸。卡巴洛主动提出跑上去看看。珍、比利和路易斯实在等不及，就跟着他去了。泰德把水壶交给路易斯，坐在树荫下跟我们一起等待。我让他从我的水袋喝了几口水，斯科特则把之前揣进口袋的玉米饼分给我们。

"你不用能量胶吗？"埃里克问。

"我喜欢真正的食物，"斯科特回答，"便携性不差并且可以得到真正的热量补充，而不是三分钟饱度。"作为一名拥有众多赞助商支持的顶尖选手，斯科特完全可以从世界各地的营养品厂商那里得到他想要的任何能量食品，但在试验各种食物之后——从鹿肉到儿童套餐再到有机谷物能量棒——他最终的选择跟塔拉乌马拉人非常相似。

"我是在明尼苏达长大的，从小就吃垃圾食品，"他说，"午餐通常是双份麦香鸡汉堡，配大份薯条。"他在高中越野滑雪队和径赛队训练的时候，总是被教练要求多吃瘦肉，好让肌肉在高强度运动之后充分恢复。然而，斯科特研究了顶尖耐力跑选手的食谱，发现他们大都以素食为主。

日本的"马拉松僧侣"就是这样：每天都要跑相当于一个超级马拉松的路程，连续七年未曾间断，总里程约两万五千英里，但他们的食谱只有味噌汤、豆腐和蔬菜。澳大利亚的天才教练珀西·赛鲁迪指导过不少世界知名的中短跑选手，他坚定地认为运动员不仅不应该吃肉，甚至不应该吃熟食：他要求受训的选手以生燕麦、水果、果仁和奶酪作为主食。克利夫·杨，一位在1983年的悉尼－墨尔本超级马拉松上跑完五百零七英里、击败所有专业选手夺得冠军的六十三岁农民[1]，也是靠扁豆、啤酒和燕麦完成了全程。"我过去经常亲自喂养新生的小牛，和它们亲近得就像家人，"杨后来说，"有段日子，我晚上总是睡不踏实，因为知道那些小牛长大后要被送到屠宰场。"于是他决定只吃素食，包括谷物和马铃薯，结果不仅睡得香，跑得也更快了。

斯科特不知道素食究竟对耐力跑选手有什么作用，但他决定尝试一下。他不再食用任何动物制品，包括鸡蛋、奶酪甚至冰淇淋，同时减少白面粉和糖的摄入，跑步时不再随身携带能量棒和士力架，而是自己准备玉米饼、鹰嘴豆泥和粗粮面包。偶尔扭伤脚踝，也不服止痛药，而是用狼毒、大蒜和生姜治疗。

---

[1] 一说赛程达五百四十四英里，克利夫·杨时年六十一岁。

"我当然也怀疑过，"斯科特说，"所有人都说这样身体没法充分恢复，骨骼和关节强度会受到影响。但渐渐地，我感觉越来越好，素食为我提供了更高质量的营养。赢得西部越野赛冠军之后，我就再也没有任何怀疑。"

只食用水果、蔬菜和粗粮，斯科特在摄入最低热量的同时获得最丰富的营养，身材也几近完美，没有丝毫赘肉。因为碳水化合物的消化速率远远超过蛋白质，所以饭后他用不着等待就可以投入训练。蔬菜、谷物和豆类含有肌肉恢复所需的全部氨基酸。像塔拉乌马拉人一样，他随时都能出发，不管路途有多遥远。

除非他没有水喝。

"情况不妙呀，"路易斯跑回来告诉我们，"前面的泉眼也干了。"他的声音中有一丝担心：他刚刚撒尿的时候发现尿液颜色跟速溶咖啡一样。"我觉得我们得赶紧回去。"

斯科特和卡巴洛也都同意。"放开速度的话，一个小时就能回到镇上，"卡巴洛说，"大熊，你没问题吧？"

"我很好，"我说，"我们的水袋里还有水。"

"好，那就回去吧。"光脚泰德说。

我们排成一列朝山下跑去，卡巴洛和斯科特在最前面。光脚泰德居然能紧跟在顶尖下坡高手斯科特和路易斯身后。队伍的行进速度随着他们彼此的追逐变得越来越快。"爽——啊，宝贝！"珍和比利尖叫着。

"我们还是慢一点吧，"埃里克对我说，"要是跟着他们这样跑，很快就会筋疲力尽。"

于是我们放慢速度，离卡巴洛越来越远。跑步下山很容易导致脚底和脚踝受伤，而避免受伤的窍门是假装你在上山，双脚着地点保持在重心正下方，步幅缩短，上身后倾，以此来控制速度。

下午 3 点钟，峡谷里的气温已经超过三十八度。我和埃里克看不见前面的人影，就按自己的节奏慢慢跑，不时从水袋里喝几口水，仔细分辨正确的路线。我们完全不知道，早在一小时之前，珍和比利就迷了路。

"山羊的血很可口，"比利反复念叨着，"我们可以先喝血再吃肉。山羊肉也很好吃。"他读过一本介绍如何在亚利桑那大沙漠求生的书，上面说你可以用石块打死沙漠里的野马，咬破它的喉咙喝血。杰罗尼莫也那么做过，比利想，不对，可能是基特·卡森……

喝血？珍的嗓子已经干得说不出话来，她只能惊恐地瞪着比利。他已经神志不清，她想，我们现在连走都走不动，他却想着打死一只山羊。他的状态比我还差。他——

突然间，她的胃剧烈地抽了一下。她意识到，比利并不是被炎热和干渴逼疯了。他会这样反复念叨，完全是为了避免说出那个显而易见的事实：他们已经走投无路。

在正常情况下，珍和比利无论如何都不可能被区区六英里的山路难倒，但目前的情况明显超出了正常范围。酷热、宿醉和饥渴让他们体力不支，在一处弯道错失卡巴洛的身影后，又在下一个岔路口拐错方向。等到他们意识到自己迷路时，已经太晚了。

珍和比利情绪低落地下山，钻进岩石迷宫。周围的岩壁反射着强烈的日光，让他们难以忍受。珍感到头晕目眩，几乎没法静下心来思考。自从六个小时前分享那条能量棒之后，他们没吃过东西，水也是自打中午后就再没喝过。就算他们逃过中暑昏厥，前景也同样绝望：傍晚过后，峡谷里的气温会降到零度以下，只穿着 T 恤衫和冲浪短裤，饿着肚子，不可能撑过一晚。

当人们找到他们的尸体时，将会多么惊讶啊，珍一边艰难地挪动脚步一边想，人们一定弄不明白，两个穿着冲浪短裤的美国年轻人是怎么死在墨西哥这个如此偏远的峡谷里，仿佛是一个大浪直接将他们甩了过来。珍从来没这么口渴过，尽管她曾经在一场一百英里耐力赛上流失五公斤的体重，但那一次都没有这么绝望。

"看哪！"

"傻人有傻福！"珍赞叹道。比利在旁边的岩壁下发现了一潭水。他们立刻跑过去，拧开水壶盖子，忽然又停住。

潭里的东西根本称不上是水，满是乌黑的淤泥和绿色的藻类，苍蝇纷飞，布满驴和山羊的蹄印。珍弯下腰，闻到一阵扑面而来的臭气。他们知道喝下一口这样的东西可能会有什么后果：或许撑不到晚上就会发烧腹泻，寸步难移，更可怕的是那难以治疗的疟疾和贾第鞭毛虫病，甚至可怕的麦地那龙线虫病——一种无药可医的疾病，会在皮肤和眼窝里滋生长达一米的线虫，唯一的应付办法是用镊子一条条慢慢拽出来。

但他们也知道不喝的后果。珍刚刚读过一本书，讲了两个好朋友在新墨西哥州的峡谷里迷路，经过一整天的炎热和干渴之后，其中一人用匕首捅死同伴。她也见过死亡谷那些徒步者的尸体照片，尸体的口腔里塞满泥巴，因为他们临死前还在拼命从泥土里吸吮宝贵的水分。她和比利如果不喝潭里的脏水，就有可能直接渴死，如果喝了，则有可能死于其他原因。

"先忍一忍吧，"比利说，"要是再过一个小时还找不到路，就回到这儿。"

"好。往这边吗？"她随手指了一个方向。其实，那正好跟巴托皮拉斯的方向相反，前方是四百英里的荒野，一直延伸到波涛汹涌的大西洋。

比利耸了耸肩。他们上午来的时候根本没有注意路线，就算注意了也记不住，因为周围的一切看上去都是一个样子。珍一边走，一边回忆着出发去埃尔帕索前的那个晚上她和母亲的对话。"珍，你根本不认识那些人，你怎么知道万一出了事，他们能不能把你照顾好？"

该死的，珍想，被老妈说中了。

"有多久了？"她问比利。

"十分钟吧。"

"我受不了了。回去吧。"

"好。"

回到泥潭边时，珍恨不得立刻趴下去，把脸埋在肮脏的泥水里畅饮一番，但是被比利制止了。他伸手拂去泥潭表面的绿藻，用另一只手捂住壶嘴，把水壶按到潭底才放开手，因为底下的水可能比表面的干净一些。他把水壶递给珍，又用同样的方法把她的也灌满了。

"我早就知道你会杀了我。"珍说。两个人举起水壶碰了一下，说了声"干杯"，就开始往肚子里灌水。

他们喝光壶里的泥水，重新灌满水壶，继续朝之前的方向走去。没走多远，就注意到岩壁上的影子已经拉得很长。

"我们得再去打点水才行。"比利说。他不喜欢原路返回，但是要想熬过这一夜，唯一的选择就是守在泥潭旁边。再多喝些泥水，或许能积攒足够的体力，趁天还没黑爬到山坡上张望一下。

他们转过身，又一次走进岩石迷宫里。

"比利，"珍开口说，"我们真的有麻烦了。"

比利没有回答。他的头疼得厉害，脑海里回荡着《嚎叫》中的一段：

> ……他们消逝在墨西哥的火山丛中无所牵挂只留下粗布工装的阴影而壁炉芝加哥便散满诗的熔岩和灰烬……

消逝在墨西哥，比利想，无所牵挂。

"比利。"珍又重复了一遍。她跟比利起过冲突，但两人总能找到方法化解矛盾，重新变成最好的朋友。这一次，是她把比利拖下了水，想到他可能面临的结局，她不禁感到心碎。

"这一次是真的了，比利，"珍终于忍不住流下眼泪，"我们会死在这里。撑不过今天了。"

"闭嘴！"比利大叫一声，珍的眼泪终于冲破他原本就岌岌可危的精神防线。"别说了！"

他突如其来的大叫让两个人都陷入沉默。就在这片沉默中，身后的山坡上忽然传来石块滚落的声响。

"喂！"珍和比利一起喊道，"喂！喂！喂！"

他们开始朝声音的方向跑去，但又停住脚步。卡巴洛警告过他们，比迷路更危险的事，就是被坏人发现。

珍和比利眯起眼睛，打量着山坡上的动静。那会是塔拉乌马拉人吗？卡巴洛告诉过他们，塔拉乌马拉猎手绝不会轻易被人发现：他会从远处窥探陌生人的行踪，如果不想上前，就会悄无声息地消失在丛林之中。难道是毒贩的手下？不管怎么样，他们都豁出去了。

"喂！"他们一起喊道，"上面是谁呀？"

他们侧耳聆听，直到峡谷间的回音渐渐消失。一片阴影从山坡上飘下来，朝他们的方向移动。

"你听见了吗？"埃里克问我。

我们花了两个小时才从山上下来。不停地迷路，不断地原路返回，竭力搜索记忆中的路标。山坡上纵横交错着山羊踩出来的小径，随着太阳渐渐西沉，分辨方向愈发困难。

最后，我们终于看见下方横亘着一条干涸的溪谷，我敢肯定它一直延伸到河边。真是救命稻草，我想。我的水袋在半个小时前就空了，自那时起就口干舌燥。我朝山下跑去，但是埃里克喊了起来："最好先确定方向。"他转身朝视野开阔的山崖爬去。

"看上去没错。"他一边喊，一边爬下山崖，就在这时，他听到另一个方向传来的声音。他叫我跟上，一起搜寻声音的来路。没过多久，我们就找到了珍和比利。珍脸上还残留着泪痕。埃里克把水袋里剩下的水给了他们，我则掏出最后几包能量胶。

"你们真的喝了那东西？"我打量着泥潭里的驴粪，真心希望他们是在开玩笑。

"是啊，"珍回答，"我们回来就是为了再喝点儿。"

我掏出相机拍下泥潭的照片——或许治疗传染病的医生会需要。不过，这潭脏水毕竟救了他们的命：假如没有回头，而是一直向前，他们就会错过与我们碰面的机会，在茫茫荒野越走越远。

"你们还能跑吗？"我问珍，"我觉得镇子应该不远了。"

"可以。"珍说。

我们慢跑起来。喝过水、吃过能量胶之后，珍和比利立刻恢复活力，我几乎跟不上他们行进的速度。我又一次为这两人的恢复能力感到惊讶。埃里克带着我们下到溪谷中间，然后朝左转去。即使在暗淡的暮光中，我仍然能看出沙地上有新近留下的脚印。跑了不到二英里，就看见斯科特和路易斯，他们正在巴托皮拉斯镇边紧张地等着我们。

我们在一家杂货店买了四升饮用水，又在里面加了几片净水片。"我不知道这样有没有用，但或许可以杀死你们肠胃里的细菌。"埃里克对珍和比利说。当他们两个坐在路边大口灌水的时候，斯科特告诉我们，直到接近镇子，他们才发现珍和比利不见了。当时所有人都严重脱水，如果回头找，只会陷入危险。卡巴洛于是抓起一瓶水，独自回到山上，离开前嘱咐剩下的人待在原地：要是所有人都在夜幕降临后走散，那他的麻烦可就大了。

大约半个小时之后，卡巴洛大汗淋漓地跑进巴托皮拉斯。他在分岔的溪谷里错过了我们，当他意识到独自找下去毫无意义时，就决定回到镇上求助。他看着埃里克和我——尽管很疲惫，但我们都还站着——又看着已经瘫倒在路边的珍和比利。没等他开口，我就猜出他要说的话。

"老兄，你的秘诀是什么？"他问埃里克，一边冲我点着头，"你是怎么训练这家伙的？"

27

我是在一年前遇见埃里克的，就在我又一次跑步受伤、跌倒在冰冷的溪水里之后。那是我最后一次因跑步受伤。

从马德雷山脉回到家，我立刻开始实践卡巴洛的训练。每天下午，我都迫不及待地系上鞋带，尝试重温当初在克里尔后山上奔跑的感觉。每次跑步，我的脑海里不停回放卡巴洛的动作，轻盈的步伐、挺拔的后背和前后挥舞的双臂。尽管卡巴洛身材瘦长，但他奔跑的样子让我想起拳击场上的穆罕默德·阿里：全身像波涛中的海草一样放松，又蕴藏着随时可以爆发的巨大力量。

两个月后，我每天的运动量增加到六英里，周末增加到十英里。我的动作还没有达到流畅的程度，但已经算是介于轻松和轻盈之间。即便如此，我心中还是萌生一丝焦虑：不管我跑得多么放松，都无法完全消除右脚的疼痛和小腿的颤抖，仿佛跟腱成了被拉紧的琴弦。我读了不少关于拉伸练习的书，每次跑步之前都要花半个小时放松，但托格医生的可的松注射器似乎仍然高悬在我头顶。

到春末，我决定检验一下训练成果。在一个巡林员朋友的帮助下，我得到一次完美的机会：在爱达荷州的不归河边花三天时间奔跑五十英里。所有行李由骡子驮运，我和另外四名跑者只需每天奔跑十五英里，从一个营地移至下一个营地。

"来到爱达荷之前，我根本不知道森林是什么概念，"巡林员热尼·布莱克一边说，一边带我们跑上树丛间的狭窄小径。看着她动作轻快得像是少年，很难相信她来这里已经二十年。此外，尽管她已经三十八岁，却仍然拥有柔顺的鬈发、俏皮的蓝眼睛和修长瘦削的四肢，就像是还在读大学的年轻女孩。的确，现在的她比过去任何时候都更像个孩子。

"我年轻时患过暴食症，有点厌恶自己，直到来了这里，才找到自我。"热尼说。她在暑假担任志愿者的时候误打误撞来到爱达荷，立刻就被派到森林里清理小径。背包里装着伐木锯和两个星期的给养，沉甸甸地压得她几乎抬不起头。但她还是一个人朝林子出发了。

每天清晨，她会赤裸着身体，只穿着运动鞋，在林子里跑很长一段距离，享受阳光的抚摸。"我经常一待就是好几个星期，"热尼解释道，"没人会看见我，我想跑去哪儿都可以。那种感觉真是令人难以置信。"她不需要手表和地图，只靠风吹过身体的感觉来控制速度，在铺满松针的小径上不停奔跑，直到疲惫的双腿和火辣辣的肺逼她返回。

热尼成了一个坚定的跑者，就连爱达荷森林被积雪覆盖的时候，她都要在里面长跑。或许她是在借助奔跑解决那些根深蒂固的问题，不过也有可能（套用比尔·克林顿的说法），她完全有能力自己解救自己。

＊＊＊

三天后，当我跑完最后一段下坡时，几乎已经走不动了。我挣扎着来到小溪边，一屁股坐在冰冷的溪水里闷闷不乐。我花了三天才跑完五十英里，也就是卡巴洛比赛的全程，并且能感觉到两侧跟腱已经拉伤，足跟也隐隐作痛，就像是患了所有跑者的噩梦：足底筋膜炎。

如果患上足底筋膜炎，有可能一辈子都不会痊愈。点开任何与跑步有关的论坛，里面有一大堆筋膜炎患者寻求治疗方法的帖子。回帖总是那些老生常谈的建议——夜里给脚底打上夹板、换上高弹性袜、超声治疗、电击理疗、可的松注射、矫正鞋垫，然而这些方法都不能真正解决问题。

但是，为什么卡巴洛就能穿着破破烂烂的拖鞋，连续跑完落差一两千米的下坡路？为什么我每天只跑六七英里，坚持不了几个月就会受伤？再看看威尔特·张伯伦，尽管身高两米一六，体重一百二十五公斤，又打了大半辈子对膝盖损伤很大的职业篮球，却能以六十岁高龄跑完五十英里的耐力赛。1832 年，一个名叫孟森·恩斯特的挪威水手上岸时几乎已经不记得脚踏实地的感觉，却能为了赢得一场赌局，从巴黎一路跑到莫斯科，连续十四天每天跑一百三十英里，鬼知道他脚上穿着什么样的破鞋，跑在什么样的破路上。

但这些对孟森来说不过是热身，他动起真格来更了不得。他从君士坦丁堡一路跑到加尔各答，连续两个月平均每天跑九十英里。当然，他也不是不知疲倦：从加尔各答踏上将近五千四百英里的返乡之旅前，他不得不休息了三天。那么，孟森为什么没有

223

患筋膜炎呢？他肯定没有患，因为一年后他在跑向尼罗河源头的途中死于痢疾，尸检结果显示他的双腿和双脚都处于良好状态。

具有超常奔跑能力的人似乎比比皆是。就在离我家不远的马里兰州，十三岁的麦肯齐·里弗德已经可以跟母亲一起跑完五十英里的肯尼迪耐力赛（"真是太好玩了！"）。"迪普西魔鬼"杰克·柯克，到了九十六岁高龄还能参加可怕的迪普西越野赛。赛程一开始就是六百七十一级台阶的上坡路，之后才转为越野赛道，换句话说，杰克这个年纪几乎有美国历史一半长的老爷子在跑上平路之前，要先爬五十层楼高的坡道。"你不是因为变老而停止跑步，"他经常说，"你是因为停止跑步才变老。"

那我缺的究竟是什么？我的状态似乎在倒退：不仅没法和塔拉乌马拉人同场竞技，还严重怀疑饱受筋膜炎折磨的双脚能不能让我踏上起跑线。

"你跟所有人一样，"埃里克·奥顿告诉我，"根本不知道自己在做什么。"他是怀俄明州杰克逊霍尔的一名探险运动教练，曾是科罗拉多州立大学健康科学中心健身部主任，擅长分析各种耐力运动，找出每种运动涉及的基本动作和其他各项运动的相通之处。他曾为了改善皮艇选手的肩部动作研究攀岩运动，也曾把越野滑雪中的平滑推进技术引入山地徒步当中。他寻找的是人体最基本的生物力学规律，他相信，引领下一次人类运动水平重大突破的不会是训练方法或者外围科技，而是运动技巧——能够永远避免受伤的运动员，必然能把伤病缠身的对手甩在身后。

他读过我有关卡巴洛与塔拉乌马拉人的文章，对其中的内容很感兴趣。"塔拉乌马拉人演绎的是纯粹的身体艺术，"他说，"世上再没有任何人能把身体的自我推进发展到如此境界。"他指导的一名运动员参加完莱德维尔越野赛回来，向他讲述了塔拉乌马拉代表队穿着拖鞋飞奔的精彩表现后，埃里克就开始关注他们。他花了不少时间寻找相关资料，但只搜集到20世纪50年代的几篇人类学论文，以及一对夫妻驾驶房车在墨西哥旅游途中随手写下的记录。耐力跑是全世界参与人群最广的运动，然而这项运动最优秀的选手几乎不为人知，这真是不可理喻。

"所有人都自以为知道怎么跑步，但跑步的复杂性其实不亚于任何一项运动，"埃里克告诉我，"绝大多数人都会说'想怎么跑就怎么跑'，真是谬论。人想怎么游泳就可以怎么游泳吗？"在其他体育项目中，培训课程几乎必不可少。你不可能抡起球杆就去打高尔夫，或是踩上滑雪板就从山坡上冲下来，必须有人教。假如你自以为是，不仅无法达到理想的运动水平，还会把自己弄伤。

"跑步也是一样，"埃里克解释道，"假如你没有学会跑步，就永远无法体会跑步有多美好。"他反复询问我在塔拉乌马拉学校门口看见的那场比赛的细节。（"那个小小的木球，还有他们踢着它奔跑的方式，绝对不可能是偶然。"）然后他告诉我，他可以指导我训练，让我能够参加卡巴洛的比赛，而作为回报，我需要把他介绍给卡巴洛。

"如果这场比赛真能办成，我们必须到场，"埃里克催促着我，"那将是史上最伟大的一场赛跑。"

"我就是不相信自己能一口气跑完五十英里。"我说。

"人，天生就适合跑步。"他说。

"我每次增加训练量，后果都是受伤。"

"这一次不会。"

"我需要矫正鞋垫吗？"

"把矫正鞋垫扔了吧。"

我还是心存疑虑，但是被埃里克不容置疑的自信感染了。"或许我得先减减肥，减轻双腿的负担。"

"你会自觉改变食谱的。等着瞧吧。"

"那瑜伽呢？应该有帮助吧？"

"别管瑜伽。我认识的练瑜伽的跑者都受过伤。"

一切听起来比我预期的更美好。"你真的认为我能做到吗？"

"这么说吧，"埃里克说，"你能做到，前提是严格按我说的做。"他要求我忘掉现有对跑步的一切认识，从头开始。

"准备像个原始人一样奔跑吧。"埃里克说。

几个星期后，一个右小腿扭曲的男人跟跟跄跄朝我走来，手里拿着一根绳子。他把绳子系在我腰上，拉紧另一端。"出发！"

我弯着腰，奋力拽着绳子，拖着他前进。忽然他松了手，我立刻冲了出去。"很好，"他说，"跑步的时候，要时刻回想刚才与绳子较劲的感觉。这会促使你将着力点控制在身体下方，脚尖点地，髋关节充分发力。"

是埃里克建议我来弗吉尼亚寻求肯·米尔克的指点。肯是一位运动生理学家，同时也是铁人三项的世界级选手。受肌营养不良症的影响，他在跑步时不得不去追求最有效率的动作。肯总喜欢说："想发现上帝的幽默感，看看我就行。我是个胖小子，患有足下垂❶，老爸却是个运动员。从小参加比赛，我总是落在后面。这

---

❶ 也叫"尖足"，常常表现为患者坐着，双腿自然悬垂时，无法抬起脚面；行走时则仿佛拖着下肢，落地总是足尖触地。

逼迫我学会仔细观察分析各种运动技巧，找出最有效率的方式。"

篮球场上，肯不可能跟人高马大的对手进行身体对抗，于是他苦练三分球和勾手上篮技术。至于身体对抗性更强的橄榄球，他潜心研究发力角度和进攻路线，最后成了一名很有威慑力的左边锋。打网球时，他放弃追赶对角球的截击，练出一手凶残的发球和接发球。"跑不过你，就用头脑打败你，"他说，"找出你的弱点，变成我的优势。"

由于右小腿肌肉萎缩，肯参加铁人三项全能运动时必须穿着一双沉重的跑鞋，是他用旱冰鞋和板簧改造的。这让他的负重比其他运动员大很多，他必须采用最有效率的方式，才能抵消鞋子三点五公斤的重量。

肯买了一大堆肯尼亚长跑选手的录像带，逐帧分析。几个小时之后他意识到，世界顶尖长跑选手的奔跑姿势同幼儿园小孩的一模一样。"孩子奔跑时，双脚着力点位于身体正下方，双腿大幅后摆助推，"肯说，"肯尼亚的长跑选手也是一样。他们从小到大习惯了光脚奔跑，到成年还维持着同小时候差不多的跑步姿势，这与绝大多数美国选手完全不同。"他回放录像带，用纸笔记录下肯尼亚选手跑步动作的细节，开始寻找试验品。

幸运的是，肯在弗吉尼亚理工大学的运动力学研究计划已经推进到铁人三项，可以找来一大群运动员做实验。长跑运动员不喜欢别人对他们的姿势指指点点，而铁人三项选手什么都能接受。"铁人三项是一项历史很短的运动，还没来得及形成一定的传统，选手的思想都非常开放，"肯解释道，"1988 年，铁人三项选手开始在车把上安装可供休息的辅把，结果遭到专业自行车选手的嘲笑，直到格雷格·莱蒙德也试用这样的辅把，并以八秒钟的优势赢得环法自行车赛桂冠。"

肯的第一个试验品是艾伦·梅尔文，一位六十多岁的铁人三项高手。肯首先让他全速冲刺四百米，然后在他的 T 恤衫上装了一个微型电子节拍器。

"干吗？"

"把节拍调为每分钟一百八十下，然后跟着节拍跑。"

"为什么？"

"肯尼亚选手的步频都非常快，"肯解释道，"快速且小幅度的腿部收缩，比大幅而有力的更经济。"

"我还是不明白，"艾伦说，"不是大步幅好吗？"

"问你一个问题，"肯回答，"见过那些参加十公里跑的光脚选手吗？"

"见过。他们跑起来就像是踩在火炭上。"

"你能跑过他们吗？"

艾伦想了一下，"有道理。"

这样训练五个月之后，艾伦回头来找肯。他进行了四组一英里跑，每一组每一圈的速度都比他之前的四百米全速冲刺更快。"别忘了，艾伦已经跑了四十年，在他这个年龄组里已经可以排进世界前十，"肯强调，"这不是新手入门期的进步。事实上，作为一名六十二岁的运动员，他的运动表现本该逐渐退步。"

肯也在用类似的方法训练自己。过去，跑步是他的弱项，他曾在一次铁人三项比赛的自行车项目里领先第二名足足十分钟，但最终没能夺冠。1997 年，距离发明新的跑步技巧还不到一年，他已势不可当，连续两年夺得铁人三项世界锦标赛残疾人组的冠军。当其他运动员听说他发明了一种新跑法，可以在加速的同时减少双腿受到的冲击，纷纷聘他当教练。肯先后指导了一百多名选手，其中包括十一个全国冠军。

肯认为自己只是重新发现了一项古老的艺术，于是把它命名为"进化跑法"。碰巧的是，当时有两种光脚跑步技术在逐渐成形，一种是"太极跑法"，基于太极理论强调的平衡与适度，发源于旧金山，一种是"姿势跑法"，由佛罗里达州的俄裔教练尼古拉斯·罗曼诺夫博士创立。这三种跑步技术不约而同地强调动作本身的简化，绝不是互相模仿，而是基于同样的道理，即光脚泰德所说的"信手拈来"理念：越简约越强大。

但是简单的方法学习起来不一定简单。在接受肯·米尔克的训练指导时，我就意识到这一点。尽管我重复默念"轻松、轻盈、流畅"，但是视频记录显示，我跑步时身体仍然剧烈起伏，腰也依旧弯着，像是顶着台风前进。肯告诉我，我当初模仿卡巴洛跑步时会感觉良好，是因为我的姿势从一开始就错了。

"教给别人这种方法后，我会问他们感觉如何。如果对方说'很好'，我就会说'去他妈的'，因为这意味着他们根本没有改变。改变是艰难的。你会经历一段学步式的过程，丢弃了旧习，但还没有适应新的方式。毕竟，需要适应的不仅仅是动作，还包括身体组织：你需要让一辈子没得到锻炼的肌肉强壮起来。"

埃里克却认为学习的过程没有那么困难。

"想象你的孩子正朝马路中间跑去，你必须光脚冲过去，"当我告别肯回到埃里克那儿时，他告诉我，"这样你就会不由自主地采取最完美的姿势——重心放在前脚掌，后背挺直，头颈保持稳定，肘部带动双臂大幅摆动，双脚着地后立刻朝后发力踢向臀部。"

然后，为了让我充分习惯新的着地方式，埃里克安排我做大量的爬坡练习。"动作不对，就不可能快速冲上山坡，"他解释道，"绝对不可能。如果你试图直着腿用脚跟着地，就会摔个四脚朝天。"

埃里克还让我买了个心率检测器，帮助改善跑步节奏。绝大多数人跑步时不仅姿势不对，节奏也不合理。"几乎所有跑者慢跑时速度都太快了，快跑时则太慢，"肯·米尔克曾说，"结果只是增加了糖分的消耗而已，而这正是长距离耐力跑选手要避免的。你体内的脂肪足够你一路跑到加州，如果能训练身体燃烧脂肪而非糖分，就能坚持更久。"

要想消耗脂肪以提供能量，就必须把运动强度控制在有氧阈之内。在现代跑鞋发明之前，要做到这一点并不难：试试穿着露趾凉鞋在碎石路上跑，你会发现想要加速的冲动很快就会消失。脚趾没有人工保护时，必须细心控制速度，因为假如速度快到无法控制，脚上传来的痛楚会让你慢下来。

我考虑过彻底效仿卡巴洛，用拖鞋取代跑鞋，但埃里克警告我，这种突然的变化可能会导致双脚的骨骼和韧带受损。我当前的首要目标是跑完卡巴洛的五十英里比赛，在大强度的训练之外已经没时间增强双脚的肌肉和肌腱。我必须在有所防护的情况下训练。所以我试了几款薄底跑鞋，最终在易趣上买了一双旧款的耐克 Pegasus 跑鞋 ❶，样式跟当年的科尔特斯差不多。

训练进行到第二周，埃里克开始为我安排连续两个小时的长

---

❶ 耐克有一项营销策略，隔十个月会将最畅销的鞋款下架，这让消费者大为恼火。以这款 Pegasus 跑鞋为例，它在 1981 年首发，到 1983 年已被神化，是史上卖得最好的鞋款之一，但是在 1998 年突然停产，直至 2000 年重新上市。为什么要反复改款？一名参与此款设计的耐克老员工告诉我，其实根本不是为了改良，只是为了提高销量。耐克的目的就是刺激消费者去一双、两双地囤同一款鞋，从而让销量翻番。——原注

跑，而他唯一的建议就是注意姿势和节奏，确保我偶尔可以只用鼻子呼吸。（五十年前，著名田径教练阿瑟·利迪亚德提出的建议则是"要能一边说话一边跑步"。）到第四周，埃里克加入了速度训练："在舒适的状态下，你能保持的速度越快，单位距离消耗的时间和能量就越少。"跟着他训练两个月以后，我每周跑的距离比过去任何时候都要长，速度也前所未有地快。

就在这时，我决定作弊。埃里克曾经向我保证，我的饮食习惯会随着训练量的增加自动调整，但我等不及了。我有个朋友是专业自行车运动员，每次爬坡之前都要先倒空水壶。如果几百毫升的水对速度有那么大影响，假如我能减掉十五公斤体重，又会发生什么呢？但这时候离卡巴洛的比赛只有短短几个月，所以在减轻体重的同时我也要注意维持体能。我决定尝试塔拉乌马拉人的食谱。

我去找了托尼·拉米雷斯，一名居住在墨西哥边境的园艺师。过去三十年里他多次深入铜峡谷，带回那里的玉米种子，种在自己的园子里。"我很喜欢玉米粉，"托尼告诉我，"尽管玉米缺乏几种人体必需的氨基酸，但是配上豆子，营养价值比最好的牛排都高。他们通常会把玉米粉冲成粥喝，但我更喜欢干粉，像是捏碎了的爆米花。"

"你听说过酚类物质吗？"托尼又补充道，"天然植物中的酚具有增强免疫力、抵抗疾病的功效。"康奈尔大学的研究员对小麦、燕麦、玉米和稻米做过比较实验，结果发现玉米中酚的含量最丰富。同时，玉米也是一种低脂肪的谷物，可以降低患糖尿病和消化系统癌症的风险。按照麻省理工学院癌症研究专家罗伯特·温伯格博士的说法，每七名死于癌症的患者中，就有一名是因为体脂含量过高。换句话说，减少体脂可以降低患癌的风险。

这样看来，塔拉乌马拉人几乎不得癌症的原因就很明显了。"只要改变生活方式，就可以让癌症发病率下降百分之六十到七十。"温伯格博士这样说。日本过去鲜有患直肠癌、前列腺癌和乳腺癌的人，直到近几十年来饮食习惯受到美国的影响，这三种癌症发病率直线上升。2003年，美国癌症学会比较了胖人和瘦人的癌症发病率，发现至少在十种癌症上，胖人的发病率要大大高于瘦人。

所以，要想和塔拉乌马拉人一样远离癌症，第一步其实非常简单：少吃东西。第二步理论上也很简单，但实践起来没那么容易：吃优质食物。温伯格博士认为，除了加强锻炼，我们还需要多吃水果蔬菜，少吃红肉和精加工的碳水化合物。最有说服力的证据来自《美国医学会杂志》2007年发表的一份研究报告：在经历手术切除肿瘤组织的患者中，采用典型西式食谱的人的肿瘤复发率，比以果蔬为主食的高百分之三百。为什么？因为手术后残留在体内的癌细胞似乎会受到动物蛋白的刺激。减少动物蛋白的摄入，可能根本就不会长肿瘤。正如乔伊·维吉尔教练所说：吃得像个穷人，你就只会在高尔夫球场上跟医生碰面。

"塔拉乌马拉人吃的东西都很容易买到，"托尼告诉我，"主要是花豆、菠菜、辣椒、野菜、玉米粥和大量的奇亚籽。他们的玉米粥也不难弄到。"网上就有销售和塔拉乌马拉地区相同品种的玉米磨成的玉米粉，还有可供种植的玉米种子。蛋白质同样不是问题：按照《美国临床营养学杂志》1979年发表的一份研究报告，塔拉乌马拉人传统饮食的蛋白质含量比联合国建议标准高出一半多。至于能够强化骨骼的钙质，塔拉乌马拉人同样不缺乏，因为他们用石灰石来软化玉米粉，制作玉米饼和玉米粥。

"那啤酒呢？"我问，"像塔拉乌马拉人那样喝酒有好处吗？"

"有，也没有，"托尼说，"塔拉乌马拉人的特斯圭纳达的发酵程度非常低，所以酒精含量不高，营养价值却很高。"也就是说，塔拉乌马拉人的啤酒其实是一种营养非常丰富的饮品，不像我们的啤酒只有酒精、麦芽糖和水。我想自己在家里酿造塔拉乌马拉风味的啤酒，但是托尼有个更好的主意。"种些野生老鹳草吧，"他建议道，"或是在网上购买它的提取物。"野生老鹳草是塔拉乌马拉人的灵药。按照《农业与食品化学杂志》的说法，它在中和自由基方面的效用与红酒相当。其中一篇论文指出，它"具有抵抗一切的功效，抗炎、抗病毒、抗菌、抗氧化"。

于是我买了不少玉米粉和奇亚籽，还在网上订购了一批塔拉乌马拉品种的玉米种子。然而我深知，过不了多久，我就会对这样的饮食感到厌烦，重新渴望牛肉汉堡。幸运的是，这之前我遇到了露丝·海德里希博士。

"你试过早餐吃沙拉吗？"露丝博士问我。她曾经六次参加铁人三项世界锦标赛，被《健康生活》杂志评选为"全美十大健美女性"。她告诉我，在成为健康教育学博士和耐力运动员之前，她曾经被诊断出乳腺癌，那是二十四年前的事。当时的研究表明，运动训练能让乳腺癌复发的风险下降百分之五十，所以她没等手术刀口拆线，就开始第一个铁人三项赛的训练。她还着手研究癌症发病率很低的民族的文化，特别是饮食，得出的结论是，她需要立刻摆脱美式饮食习惯，像塔拉乌马拉人一样进食。

"当时我确实面临生命威胁，"露丝博士告诉我，"我太害怕了，哪怕跟魔鬼做交易都愿意。相比之下，放弃吃肉简直是小事一桩。"她的食谱非常简单：任何植物性食物都可以吃，任何动物性食物都不行。她简直是孤注一掷，然而几乎是立刻，她感觉到新饮食习惯带来的成效。

她的耐力得到巨大的提升，一年之内，她参加的比赛就从十公里变成马拉松，又变成铁人三项全程。"就连我的胆固醇指数都在三个星期内从两百三十跌到一百六十。"她补充道。她的午餐和晚餐以水果、豆类、芋头、粗粮和蔬菜为主，而早餐通常是沙拉。

"如果早晨起床时吃些绿色蔬菜，可以大大减轻体重。"她告诉我。大份沙拉含有丰富的营养，脂肪含量却很低，既可以饱餐一顿，又不会在训练时感到饥饿。此外，绿色蔬菜还含有大量水分，很适合在一夜的睡眠之后为身体补水。再说，要达到"每天吃五种蔬菜"的目标，最好的办法不就是早餐一顿解决吗?

第二天早晨我就开始尝试。我端着大碗在厨房里转，把女儿吃剩的半个苹果、盘子里放了不知多久的芸豆、大棵的菠菜和花椰菜都放进去。露丝博士喜欢在沙拉里加一些黑糖蜜，可我觉得自己有资格多享受一点脂肪和糖分，于是往里面拌了些沙拉酱。

刚吃了两口，就感到妙不可言。我欣喜地发现，沙拉作为早餐的确很容易饱腹，并且容易消化，就算我吃撑了，也能在一个小时以后冲出门。

"塔拉乌马拉人并不是伟大的跑者，"训练进行到第二周的时候，埃里克给我发了封邮件，"他们是全能运动员。这两者完全不同。"所谓"跑者"或者说专业的跑步运动员，就是生产流水线上的工人，只擅长一项操作——用平稳的速度朝前跑，不断重复，直到过度疲劳，寿终正寝。全能运动员则像是人猿泰山。泰山会游泳，会跟猩猩摔跤，会在树上攀跳，抓着藤条摆荡。他不仅强壮，而且充满爆发力。你永远猜不到泰山接下来要干什么，而他也永远不会受伤。

"身体需要刺激才能产生抵抗力。"埃里克解释道。如果每天的运动方式都一样，骨骼与肌肉系统就会迅速适应，进入不需要思考的自动驾驶模式。但如果你向身体提出新的挑战——跃过一条小溪，在原木下匍匐行进，全速冲刺几十米，你全身的神经和肌肉都会被动员起来。

这正是塔拉乌马拉人的日常生活方式。他们每次离开洞穴，都意味着踏进未知的世界，因为他们永远不知道追赶猎物的时候要跑多快，回家时要背多少木柴，刮风下雪时攀爬岩壁有多艰难。他们生下来面临的第一项挑战就是在悬崖上存活；最初学会的游戏是带球奔跑，这正是全方位的训练方式。只有随时调整姿势、方向和速度，敏捷地在石块和沟壑间蹦跳，才有可能踢着木球跑过错综复杂的山路。

塔拉乌马拉人开始长距离奔跑之前，就已经很强壮。而我如果想保持健康，也必须做同样的事情。所以埃里克建议我每次跑步前不要拉伸韧带，而是做其他热身项目。弓步蹲、俯卧撑、深蹲跳、仰卧起坐……埃里克每天变着花样地训练我各部位的力量，几乎所有项目都要在健身球上进行，以培养平衡感，刺激反射神经和肌肉。等做完这些练习，我才上山跑步。"你不可能像梦游一样随便跑上山坡。"埃里克告诉我。长距离爬坡总是十分艰苦，需要随时注意姿势，调整节奏，就像参加环法大赛的车手。"爬坡和冲刺其实是一样的。"弗兰克·肖特这么说过。

那一年圣诞节，我在家乡宾夕法尼亚迎来一场暖流。元旦那天，我换上短裤和保暖上衣，打算出门跑五英里，算是休息日的放松训练。我在树林里跑了半个小时，然后穿过一片草地往家跑。温暖的阳光和草叶的气味令人心旷神怡，我不禁放慢速度，尽可能享受这段短短的距离。

离家还有不到一百米，我停住脚步，拉开上衣拉链，转过身又朝草地跑去。我跑了一圈又一圈，其间脱掉了外套和T恤衫。到第四圈的时候，袜子和跑鞋被扔到一边，我光着脚踩在柔软的泥土和草叶上。跑到第六圈，我伸手去摸腰带脱裤子，但想了想还是作罢，免得吓到邻家八十二岁的老太太。我终于找回当初跟着卡巴洛奔跑的那种感觉——轻松、轻盈、流畅和快速，仿佛我可以领引着太阳，一直跑到第二天早晨。

像卡巴洛一样，我在不知不觉间体验到塔拉乌马拉人的秘密。因为我吃得清淡，并且一直没有受伤，所以可以跑得更远；因为我跑得更远，所以睡得更好，身体更加轻松，静息心率也在不断下降。连我的性格都发生转变：我一直以为自己的坏脾气是天生的，但现在脾气改善了许多，妻子甚至对我说："喂，假如这是跑步的结果，那我愿意每天替你系鞋带。"我知道有氧训练具有强大的抗抑郁作用，但从没听说居然还能让情绪变得如此平稳，就和——尽管我不喜欢用这个词——冥想的效果一样。如果你经过四个小时的跑步都没有找到某个问题的答案，那你永远别想找到。

我一直在等待过去那些魔鬼再度露面——跟腱剧痛、小腿肌腱撕裂、足底筋膜发炎。我在长距离跑步时总要带着手机，免得受了伤又没人照顾，每当感到腿脚传来轻微不适，总要进行一系列检查：

后背是否挺直？检查一下。

膝盖是否保持弯曲，提供向前的动力？检查一下。

足跟是否在往后甩？……原来是这儿出问题了。调整好姿势以后，不适感立刻消失。赛前最后一个月，埃里克把我的单次训练时间延长到五小时，而我早就忘了伤痛和手机。

这辈子第一次，我对即将来临的五十英里长跑不仅没了恐惧，而且满怀期待。光脚泰德是怎么说的？如鱼得水。没错。我感到自己真的生下来就会跑。

的确，按照三位大胆的科学家的说法，我天生就会跑。

28

二十年前，在一间狭小的地下实验室里，年轻科学家凝视着一具尸体，从中看见了自己的命运。

当时还是犹他大学本科生的大卫·卡里尔，面对着兔子的尸体，琢磨其臀部附近骨骼结构的用处。他很困惑，因为它们本来不应该在那儿。大卫师从丹尼斯·布兰布尔教授学习进化生物学，十分清楚哺乳动物腹腔周边的结构。横膈膜上的大块肌肉固定在强有力的结构上，跟腰椎紧密相连，就像船帆跟桅杆相连那样。从巨大的鲸到袋熊，所有哺乳动物的身体结构都应该是这样——可他面前的这只兔子并非如此：它的腹肌没有连在坚固的腰椎上，而是和臀部附近这些长得像鸡翅膀的结构相连。

大卫伸出手指按了按，感觉像弹簧，按下去再放开，立刻就能弹回来。然而那么多哺乳动物，为什么只有兔子在腹部进化出了这样的弹簧呢？

"这让我开始思考它们奔跑时的动作：每向前跳出一步，都要把后背蜷曲起来，"卡里尔后来告诉我，"当它们蹬直后腿时，背部会彻底舒展，而前腿着地时，背部就立刻蜷成弓形。"许多哺乳动物都以同样的方式折叠自己的身体，就连鲸和海豚也会上下摆动尾鳍，而不像鱼那样左右摆动。"想象猎豹奔驰的样子。这些都是典型。"

不错，大卫的发现看来有点意义。大型猫科动物和小兔子的奔跑方式都差不多，然而兔子的膈肌连接在弹簧一样的结构上，猫科动物的则直接连接在腰椎上。猫科动物跑得很快，但兔子必须跑得更快，至少要能短时间维持更快的速度。为什么？原因很简单：如果美洲狮能够追上所有兔子，那兔子很快就会消失，美洲狮也会随之消失。和其他善跑的哺乳动物不同，兔子还有一项天生的劣势：它们不具备任何自卫武器，没有犄角，没有尖利的蹄子，也不群居。如果没能及时逃脱，就会沦为猫科动物的口中餐。

好吧，大卫想，或许这"弹簧"跟奔跑速度有关。怎样才能跑得快？大卫开始分析相关因素：符合空气动力学的流线型身体、快速的反射神经、强有力的后腿、高密度的毛细血管、收缩自如的肌肉纤维、小而敏捷的脚掌、充满弹性的韧带、脚掌附近精瘦的肌肉、关节旁精壮的肌肉……

该死。大卫很快发现自己走入了死胡同。跟快速奔跑相关的身体特性非常多，兔子和它的捕食者共享其中的大部分。但他要找的不应该是二者的区别，而是共性。于是他想到布兰布尔教授教给他的技巧：没法回答某个问题时，不妨反向思考。怎样才能跑得快——那么什么会让你慢下来？毕竟，兔子不仅需要跑得快，还需要维持疾速直到找到藏身之处。

这个问题就很容易回答了：除了绑缚，能让一只快速奔跑的哺乳动物停下来的最简单方法，就是切断它的呼吸道。没有氧气，就不可能维持奔跑的速度：你不妨试试屏住呼吸冲刺，看能跑多远。肌肉需要氧气制造能量，所以进行气体交换——摄入氧气，排出二氧化碳——的能力越强，就越能长时间维持速度。这正是许多环法车手非法注射红细胞的原因：可以大大增强肌肉的供氧能力。

慢着……这意味着兔子要想跑在捕食者前面，就必须拥有比后者更高效的气体交换机制。大卫想到维多利亚时代科幻小说里的那种喷气式飞行机器，上面布满活塞、蒸汽阀门和杠杆。杠杆！这正是那些骨骼结构的意义：在兔子奔跑时，它们会起到杠杆作用，帮助肺快速吸入和排出气体，就像火炉的鼓风箱。

大卫开始查找相关数据……太棒了！数据完全支持他的推测：北美大野兔的奔跑速度可以达到每小时四十五英里以上，但由于气体交换杠杆的运转需要极大的能量（以及其他一些原因），它们只能连续奔跑八百米左右。美洲狮、郊狼和狐狸可以连续奔跑的距离要长得多，但是最大速度只能达到每小时四十英里。这就显示出气体交换杠杆的关键作用：领先捕食者几十秒，寻找藏身之处。小兔子，赶紧找个洞躲起来，千万别骄傲轻敌，你只有不到一分钟的机会脱离猛爪。

大卫继续思索："拿掉这些杠杆，兔子的身体构造不就与其他哺乳动物的一样了吗？"或许这就是它们的膈肌跟腰椎连接的原因——不在于腰椎的稳固，而在于其伸缩。因为腰椎可以屈伸！

"很明显，动物在奔跑过程中屈伸脊椎的目的，并不仅仅为了增加推力，还有助于气体交换。"大卫解释道。他想象一只羚羊正在尘土弥漫的大草原上拼命奔跑，一团影子迅速移动，紧追不舍。他聚焦到那团影子上，一帧一帧播放它的动作：

啪——猎豹的身体完全舒展，胸腔充分扩张，肺部充满空气……

啪——猎豹的前腿向后甩去，前爪和后爪交叠，脊椎弯曲成弓形，胸腔收缩到最小，排出肺内富含二氧化碳的空气……

这简直就像维多利亚科幻小说里的喷气飞行机器，只不过总体结构要简单得多。

大卫思绪飞转。空气！我们这样的身体结构是为了呼吸更多的空气！再按照布兰布尔教授讲过的方式反过来思考：呼吸需求或许决定了我们的身体结构。

天哪，这发现是如此简单，却又如此重要。如果大卫是对的，那他就解决了人类进化史上最大的谜题。在此之前，没人能够解释原始人为什么要让前肢离开地面，采取跟所有动物都不一样的直立行走姿势。答案很简单：为了呼吸！为了打开呼吸道，让胸腔充分扩张和收缩，达到比其他动物都高的呼吸效率。

大卫很快意识到，如果你特别擅长呼吸，那你肯定也特别擅长——

"奔跑？你是说人类进化出这样的身体结构，就是为了跑得更快吗？"

丹尼斯·布兰布尔博士饶有兴致地听完大卫·卡里尔的话，然后抓住要害，令这推论土崩瓦解。他试图表现得尽量温和，因为大卫是个天资聪颖的学生，具有独特的创造性思维，然而这一次，布兰布尔怀疑他犯了科学家最容易犯的一个错误：所谓"锤子综合征"。当你手里拿着锤子的时候，一切看起来都像钉子。

布兰布尔博士对大卫的课余生活并不是没有了解，在阳光明媚的下午，大卫喜欢冲出实验室，到校园附近的山地去跑步。布兰布尔博士也喜欢跑步，他能够理解大卫的想法，但一名生物学者在提出理论时必须谨慎，因为其职业生涯面临的最大风险除了爱上研究助理，就是爱上业余爱好。否则，他会变成自己的实验对象，把世界看成个人生活状态的投影，将自己的生活视作世界上几乎所有现象的锚点。

"大卫，物种的进化方向在于其优势，而非劣势，"布兰布尔博士说，"人类的奔跑能力跟其他动物相比，简直不值一提。"你甚至用不着分析具体的生理结构，只需看一下汽车和摩托车——四个轮子比两个轮子快。当你开始直立行走，就立刻丧失推进力、稳定性和空气动力学方面的优势。老虎身长三米，身形就像一枚巡航导弹，所以它们能在森林里快速奔跑。相比之下，人类奔跑时只有两条细腿、微不足道的步幅和极大的空气阻力。

"是的，我明白。"大卫说。当人类直立行走，一切就改变了。丧失了绝对的速度，以及上身的辅助作用——

好孩子，布兰布尔想，学得真快。

然而大卫还没说完。既然这样，他接着问，人类为什么要同时放弃力量与速度？既斗不过对手，又没法逃跑，还不能爬到树上躲藏起来，这不是意味着这个物种会灭绝吗——除非直立行走的优势足以抵消这些劣势，对吗？

没错，布兰布尔博士不得不承认，从这个角度提问的确非常聪明。猎豹跑得很快，身体却不结实，它们必须在白天捕猎，躲开狮子、黑豹等夜行性猛兽，就连鬣狗也可以抢走它们到手的猎物。大猩猩身强体壮，可以举起重达两吨的越野车，但是它们的平地奔跑速度顶多每小时二十英里，追不上一挡的越野车。而人类似乎兼具猎豹与大猩猩的缺点——缓慢又脆弱。

"进化为什么会让我们变得更弱，而不是更强，"大卫还在坚持，"人直立行走后很久才学会制造工具和武器，那么直立行走的优势究竟在哪里？"

布兰布尔博士在脑海里构建着一个场景。一群史前人四脚着地，兼具速度和力量，低着头在林间敏捷地奔跑，以保安全。有一天，冒出一个直立行走的怪胎，个头比女性略高，皮包骨头，跑得很慢，又总在旷野上晃，时刻会被其他猛兽盯上。他没有善于搏斗的强壮身躯，也没有摆脱敌人的敏捷速度，根本无法吸引到配偶。按照正常的逻辑，他唯一的下场就是死——然而出于某种原因，这个怪胎不仅没有死，还成了人类的始祖，而那些更强壮、更迅捷的同族消失在进化史的长河之中。

这幅图景其实也反映了进化史上的另一个谜题：尼安德特人灭绝之谜。多数人认为尼安德特人是现代智人的祖先，但事实上他们跟现代智人（如克罗马农人）是两个平行进化的物种（也有人说是亚种），彼此竞争。事实上，"竞争"这个词不是很恰当，因为尼安德特人似乎在各方面的适应能力都比我们强。他们更强壮，更坚韧，很有可能更聪明，化石记录表明，他们拥有更发达的肌肉、更结实的骨架、更适合保暖的毛发，以及更大的脑容量。他们非常擅长狩猎和制作武器，很可能比我们更早创造出语言。在统领世界的竞争中，他们曾遥遥领先：当早期智人到达欧洲时，尼安德特人已经在那里生活了二十几万年。如果让尼安德特人跟早期智人站在进化的角斗场上，所有观众都会把赌注压在尼安德特人身上。

那么——他们今天在哪里？

智人到达欧洲之后的一万年里，尼安德特人消失了。他们究竟是如何消失的，没有任何人能够解释。唯一的说法是，某种神秘因素帮助我们这种更脆弱、愚钝、瘦弱的生物在生存竞争中战胜了活过漫长冰河时代的尼安德特人。这一因素不是武器，也不是智力。

　　那么，会不会是奔跑的速度呢？布兰布尔博士不能不怀疑。大卫真的发现了重要的秘密？

　　要找寻答案只有一个方法：研究化石。

　　"一开始，我对大卫的理论不以为然，绝大多数动物形态学家的反应都会是这样。"布兰布尔博士后来告诉我。动物形态学可以说是生命科学中的逆向工程学：通过研究动物的身体结构来分析它们的生理功能。动物形态学家知道善跑的动物应该有怎样的身体结构，而人类的身体根本不是这样。只要看看人类的臀部就明白了。"在地球脊椎动物的进化史上，人类是唯一一种直立行走又没有尾巴的动物。"布兰布尔又说。奔跑意味着身体需要不停在稳定与不稳定状态之间转换，而如果没有尾巴，怎么能够避免摔倒？

　　"正是考虑到这一点，我起初对奔跑在人类进化中的作用不以为然，"布兰布尔说，"要不是我恰好对古生物学有所涉猎，可能会一直持这样的看法。"

　　布兰布尔博士对化石颇有研究，可以借此追溯人类身体结构在过去千百万年里的演变轨迹，以及这一演变过程中的异常。"我不会像多数动物形态学家一样寻找自己想看到的东西，而是倾向于寻找意外，"他说，"换句话说，寻找人类身上究竟出现了哪些本不该出现的变化。"他把陆生动物分为两大类：跑者和行者。马、狗这类动物属于跑者，猪、黑猩猩则属于行者。如果人类天生将行走作为主要的移动方式，只在紧急时刻才跑几步，那么身体结构就该跟其他行者区别不大。

黑猩猩是最好的参照物。它不仅是行者的典型代表，也是现存动物中与人类亲缘关系最近的物种：在六百多万年彼此独立的进化之后，我们和黑猩猩的基因测序相似度仍能高达百分之九十五。但是布兰布尔注意到，人类有一样东西是黑猩猩没有的，即跟腱，也就是连接小腿肌肉与足跟的肌腱。此外，我们的双脚有足弓，黑猩猩则是平足；我们的脚趾短而直，更适合奔跑，黑猩猩的脚趾长而弯曲，更适合行走；我们的臀大肌非常发达，黑猩猩的则不明显；我们的颈后部有项韧带连接头部与背部，而黑猩猩没有，猪也没有。那么哪些动物拥有项韧带呢？除了人类，还有马和狗。

项韧带的作用是在快速奔跑时维持头部的稳定，行者根本不需要。发达的臀大肌也只对奔跑有用。（你可以自己感受一下：在房间里走几圈，把手放在臀部，你会发现臀大肌始终松弛，只有开始奔跑，臀大肌才会收缩，这是为了防止你一头栽倒。）跟腱在行走时同样没有用，所以黑猩猩不具备这一结构。四百万年前的南方古猿，我们最远古的祖先，同样没有跟腱，只在三百万年前进化到直立人，跟腱才开始出现。

布兰布尔博士又仔细查看人类头骨的演化过程。天哪！他想，变化实在太明显了。南方古猿的头骨后部完全是平滑的，而直立人的出现了一道浅槽，正是项韧带与头骨连接的位置。这样的结构演变只能说明：人类在进化过程中逐渐具备跑者的特性。

真是奇怪，布兰布尔想，为什么偏偏是人类获得了这些特性，其他行者却没有？对于以行走为主要移动方式的动物来说，跟腱只是累赘。两腿直立行走就像是在踩高跷：迈出一只脚，体重就转移到这条腿上，迈出另一只脚，体重则转移到另一条腿上，如此反复。而你最不希望见到的就是重心底部出现一条晃荡、可伸缩的韧带。而跟腱唯一的作用就是像橡皮筋一样伸缩——

像橡皮筋一样！布兰布尔博士感到得意又尴尬。橡皮筋……他刚刚还以为自己跟其他动物形态学者不一样，不会只知道"寻找自己想看到的东西"，然而他的眼睛其实一直被偏见蒙蔽：他从没考虑过"橡皮筋"。听大卫谈论奔跑时，他以为自己的学生只是在说极限奔跑速度，而事实上跑者分为两类：短跑者和长跑者。或许人类进化出这样的身体结构是为了适应长距离跑，而不是短距离冲刺。这就可以解释为什么我们的腿脚有如此多的弹性韧带，因为弹性韧带可以储存和释放奔跑中的能量，就像驱动玩具飞机螺旋桨的橡皮筋一样。你把橡皮筋拉得越紧，飞机就飞得越远；同样地，肌腱越有弹性，腿部在拉伸和回弹时获得的能量就越大。

于是布兰布尔博士想，如果设计一台能够长距离奔跑的机器，我一定要在上面安装大量橡皮筋，以提高耐力。奔跑是一连串双脚交替的跳跃动作。肌腱对行走没有帮助，却能大大提高跳跃时的能量利用率。所以忘了短距离冲刺吧，或许我们生来就是世界上最伟大的长跑选手。

"你得问问自己，还有哪种动物会成千上万地聚在一起，在酷暑中连续奔跑二三十英里，只图个开心，"布兰布尔博士若有所思，"这样的'休闲'方式一定不是偶然。"

布兰布尔博士和大卫·卡里尔开始验证他们的新理论，很快就找到各种各样的证据，许多都是意想不到的。最先的一项重大发现完全出自偶然：大卫找来一匹马，牵着它慢跑了一段。"我们打算拍摄马的奔跑，看它的呼吸如何配合奔跑节奏，"布兰布尔博士说，"为了让速度均等，必须安排人在旁控制，所以大卫负责牵着它跑。"播放视频时，布兰布尔感觉到异样，反复看好几遍后发现，尽管大卫和马以同样的速度奔跑，但他双腿交替的频率明显比马低得多。

"我当时着实吃了一惊，"布兰布尔博士解释道，"虽然马有四条腿，并且它们更长，但步子还是大卫的大。"作为一名科学家，大卫的身体状态算是非常不错，但作为一名跑者，他至多算是平均水准。这就只剩下一种解释：人类的平均步幅比马的大。尽管马奔跑的时候动作幅度很大，但蹄子在着地之前就往后摆了。结果是，人类的腿比较短，跑出的每一步距离却比马的长，效率也更高。理论上，在消耗相同能量的情况下，人比马跑得更远。

那么不妨为这一理论寻找实证。在亚利桑那州的普雷斯科特，每年 10 月都有几十名骑手和跑者参加赛程为五十英里的"人马对抗赛"。1999 年，一位名叫保罗·邦尼特的本地选手在攀爬明格斯山时超过所有骑手，此后一路领先，直到终点。之后，丹尼斯·普尔赫科连续六年战胜所有跑者和赛马，包揽比赛桂冠，2006 年保罗·邦尼特夺回冠军头衔。直到 2007 年，才有一匹赛马超过这两个人，成为冠军。

对于犹他大学的这两名科学家来说，这一发现只是前奏：他们的研究即将迎来重大突破。大卫当初在解剖兔子时就怀疑，呼吸效率是影响动物身体结构进化方向的主要因素，进化得越完善，呼吸效率就应该越高。以爬行动物为例，被大卫放在跑步机上的蜥蜴根本没法在奔跑的同时维持呼吸，快速往前窜一段后，就得停下来喘气。

布兰布尔博士选择了比较高等的大型猫科动物作为研究对象。他发现，不少四足动物在奔跑时体内器官都会前后晃动，就像浴缸里的水。如猎豹每当前爪着地，脏器都会随着惯性向前移动，压迫肺部排出气体，而当它伸展前爪迈出下一步时，脏器又随之后移，使肺部自然吸入气体。不过，这样的呼吸机制并非没有代价：猎豹每跑一步只能呼吸一次。

事实上，布兰布尔博士发现，所有哺乳动物都遵循"一步一呼吸"的循环机制。放眼整个动物界，他和大卫只找到一个例外，那就是：

你。

"四足动物在奔跑时无法冲破一步一呼吸的限制，"布兰布尔博士说，"然而参与实验的人类运动员没有一个如此。他们的呼吸节奏各不相同，但大多数人习惯两步一呼吸。"我们可以自由改变呼吸节奏的原因，跟在夏天需要冲凉的原因一致：我们是唯一一种通过排汗来散热的哺乳动物。所有陆生的毛皮动物的主要散热方式都是呼吸，这使得肺成为体温调节系统的关键。只有人类拥有数以百万计的汗腺，这是陆生动物中最先进的散热机制。

"这就是没有毛皮覆盖、会出汗的优势，"大卫·卡里尔解释道，"只要我们一直出汗，就可以一直跑下去。"哈佛大学一个研究小组用实验证明了这一点，他们给猎豹插上直肠温度计，让它在跑步机上跑。当体内温度上升到四十点五度时，它无论如何都没法跑下去。所有哺乳动物都有一样的反应机制，当体内产生的热量无法通过呼吸完全排散时，就必须停止奔跑或是死去。

真是太完美了！富有弹性的腿脚、纤直的躯干、密布的汗腺、光洁的皮肤、能减少日晒面积的直立姿势，难怪我们会成为世界上最善于长跑的物种。但这又怎么样？自然选择要求我们做到两件事情——寻找食物并避免成为他人的食物。如果鹿可以在二十秒内跑出我们的视线，老虎可以在十秒内追上我们，那我们能连续奔跑几十英里又有什么意义呢？在比拼速度的战场上，耐力有什么作为？

正为这个问题困扰的布兰布尔博士碰巧在哈佛大学访问时遇到丹尼尔·利伯曼博士。后者也在研究"动物赛跑"的相关问题：他把猪放在跑步机上，试图弄清楚为什么它跑得那么糟糕。

"看看猪脑袋的样子吧，"布兰布尔立刻指出，"总是晃来晃去的。猪没有项韧带。"

利伯曼竖起了耳朵。作为一名人类进化学家，他知道人类进化史上变化最大的就是头骨形状。就连早餐吃的玉米煎饼都能对此产生作用：利伯曼的研究表明，在过去几个世纪，随着人类饮食从耐嚼的植物根茎和野味逐渐过渡到意大利面和柔软的炖肉，我们的面部肌肉一直在缩小。本杰明·富兰克林的脸颊远比你的饱满，恺撒的又更饱满。

布兰布尔和利伯曼的合作从一开始就十分顺利。布兰布尔讲述"人类奔跑理论"时，发现他听得十分专注，丝毫没有嘲笑的意味。"在当时的科学界，没有人愿意严肃对待我们的理论，"布兰布尔说，"如果有人发表一篇关于人类奔跑的论文，就会有四千个人发表四千篇关于人类行走的论文。在会议上，每当我提起这一话题，大家都会回应说'嗯，但是我们跑得太慢了'。他们只在乎速度，完全不懂耐力在其中的意义。"

事实上，布兰布尔自己也不懂。作为生物学家，他和大卫·卡里尔可以理解人类身体结构的作用，但它们的意义只有人类学家才能理解。"我对人类进化有一番研究，但对生物力学没什么了解，"利伯曼说，"丹尼斯正好相反，他对生物力学很有研究，对人类进化了解甚少。"

布兰布尔很快发现，他和利伯曼绝对是最好的搭档。利伯曼非常注重实践，每年都在哈佛大学的草坪上举办"原始人烧烤会"，作为人类进化课程的一部分。为了证明双手的敏捷程度对操作简单工具的影响，他会让学生用磨尖的石块宰割一头山羊，然后在炭火上烧烤。当羊肉的香味飘出火坑时，课堂就变成一场宴会。"最后，学生把这堂课当成发酒疯的好机会。"利伯曼告诉《哈佛大学校刊》的编辑。

利伯曼特别适合解开"人类奔跑理论"之谜，因为他还有另一项优势：熟悉人类头骨的演化历程。众所周知，早期人类在某一时期忽然得以摄取大量蛋白质，使得脑容量在短期内极大地扩张：现代人大脑占体重的比例相当于其他哺乳动物的七倍。与此同时，人类摄入的热量也大幅增加：尽管我们大脑只占体重的百分之二左右，它消耗的能量却占全身总消耗量的百分之二十，黑猩猩只有百分之九。

利伯曼博士带着一贯的热情投入"人类奔跑理论"的研究工作。没过多久，学生来到他位于哈佛皮博迪博物馆顶楼的办公室时，都会惊讶地发现有个头上绑着空芝士奶油杯的独臂男人正在跑步机上跑步，满头大汗。"我们人类是一种很奇怪的动物，"利伯曼一边说一边按着跑步机面板上的按钮，"再没有哪种动物拥有跟我们一样的颈部结构。"他扭头问跑步机上的男人："威利，你还能跑得更快吗？"

"再快也没有问题！"威利·斯图尔特喊道，钢制左臂敲着跑步机围栏叮当作响。他十八岁的时候失去了左臂，当时他在建筑工地上工作，肩上扛着的钢缆绞进旁边的涡轮发动机。康复以后，威利成了杰出的铁人三项选手和橄榄球员。他头顶的碗里放着一只陀螺仪，胸部和双腿都接着电极。利伯曼博士选择他作为实验对象是为了证明一个理论，即位于颈部正上方的人类大脑可以起到稳定身体的作用，就像摩天大楼顶部的重物可以避免楼体随风摇晃一样。利伯曼相信，人类之所以越跑越远，就是因为头部逐渐变大，提供了更好的稳定性。

"在奔跑过程中，头部和手臂相互配合，让身体不至于扭转和摇摆。"利伯曼博士说。手臂同时可以提供反作用力，运动时维持脑袋与躯干在一条直线上。"这就是两足动物如何在颈部活动的同时维持头部稳定的方法。这也是另一项只有从奔跑角度才解释得通的人类进化特征。"

但食物之谜依旧悬而未决。人类大脑体积与形状的变化过程表明，两百万年前，随着南方古猿逐渐进化成直立人，其食谱也发生改变，从坚硬的植物根茎逐渐过渡到柔软的肉类和水果。正是由于肉食，我们才得以摄入足够的能量、脂肪和蛋白质，维持更大更重的大脑继续运转。

"那他们究竟是怎么找到肉吃的？"利伯曼兴味盎然地问，"弓箭是两万年前发明的，长矛是二十万年前。但直立人早在两百万年前就已经以肉食为主。这意味着在最初近两百万年里，我们的祖先能赤手空拳地捕捉猎物，维持肉食供应。"

利伯曼开始思考各种可能性。"或许肉食的来源是猛兽吃剩的猎物残骸？"他问自己，"趁狮子睡觉时，偷走它面前的猎物？"

不，那样无法维持稳定的供应。你必须及时赶到猎杀现场，因为成群的秃鹫可以在几分钟之内吃完一头羚羊，连骨头都不剩。就算你来得比秃鹫早，也有可能在狮子或鬣狗恶狠狠的目光之下落荒而逃。

"好吧，我们虽然没有长矛，但或许可以跳到野猪背上勒死它，或是用棍棒把它打死。"

你在开玩笑吧？在那样的搏斗中，你的双脚会被压扁，睾丸会被撕裂，连肋骨都有可能被折断。为了得到食物需要付出惨痛的代价。在史前时代的荒野里折断一侧脚踝，你就会从猎人变成猎物。

就在利伯曼百思不得其解的时候，他的狗提供了答案。一个夏日的午后，利伯曼带着他的边境牧羊犬瓦什提出门，打算绕池塘慢跑五英里。天气很热，没跑两英里，瓦什提就在树下躺倒，不愿再前进一步。利伯曼很快不耐烦：没错，天气是有点热，但还不至于……

就在狗喘着粗气时，利伯曼开始回忆他在非洲研究化石的经历。烈日下的草原，干硬的泥土反射着强烈的阳光，连他那双穿着靴子的脚都感觉到一阵阵热浪。他又记起读过的几篇探险报告：非洲猎人在草原上追逐羚羊，塔拉乌马拉人在峡谷里逐鹿，直到它们"蹄子都磨秃"。利伯曼一直以为这不过是夸张的传说，但现在他开始相信……

把一头动物追赶到倒地而死究竟需要多久？他暗自问。幸运的是，哈佛大学生物力学实验室拥有全世界最好的研究条件（他们居然能把温度计塞进猎豹的直肠），利伯曼需要的数据唾手可得。回到办公室以后，他打开电脑。一个体型正常的跑步运动员慢跑时，平均每秒跑三米多，和鹿小跑的速度差不多。然而，当鹿想要加速到每秒四米时，就必须大口喘气，而人类可以加速到相同速度却仍然维持慢跑的状态。尽管鹿的短距离冲刺速度比人快得多，但长距离慢跑速度不及我们，所以当鹿的运动强度超过有氧阈时，我们才刚开始气喘。

利伯曼继续搜索数据。他发现，绝大多数马匹的极限冲刺速度在每秒七点七米左右，可以维持大约十分钟，然后不得不放慢到每秒五点八米。但是优秀的马拉松选手可以用每秒六米的速度连续奔跑好几个小时。丹尼斯·普尔赫科在普雷斯科特早已发现，尽管马一开始跑得比人快，但只要比赛距离足够长，人就可以后来居上。

你甚至用不着全速奔跑，利伯曼意识到，只需让猎物保持在视线之内，过不了十分钟，你们之间的距离就会缩短。

利伯曼开始计算体重、奔跑速度与体温之间的关系。很快，他就找到"人类奔跑理论"最直接的证据。想追上一头羚羊，你只需要在天热的时候追着它跑起来。"只要眼睛没有跟丢它，让它一直看得到你，它就会一直跑下去。这样跑十到十五公里，它就会因为体温过高而栽倒在地。"换句话说，如果你能在大热天坚持跑完十公里，你就是动物世界里的致命杀手。我们一边奔跑一边散热，但动物没法在奔跑时加快呼吸节奏。

"人类可以在其他动物无法奔跑的天气条件下奔跑，"利伯曼意识到，"而且这很容易。如果一名中年教授可以跑过一只狗，想想一群执着的猎人要追上一头羚羊会是多么容易。"

我们可以想象，尼安德特人看见这些新来的"跑者"时，脸上会带着怎样的嘲讽。这些人居然追在鹿后面气喘吁吁地奔跑，或是在烈日下连续奔跑一整天，就抱了一堆山药回来吃。他们确实可以奔跑追逐猎物，但吃的都是肉就没法跑步，所以绝大多数时候还是靠植物根茎和水果提供能量，只有偶尔才享用肉食大餐。打猎时他们倾巢而出，男女老幼一起奔跑，但填肚子的东西多数还是来自地里。

嘖嘖，尼安德特人才不碰那些树皮草根呢。他们只吃肉，还不是小小的羚羊，而是硕大的棕熊、野牛、驼鹿、犀牛和猛犸象。要战胜这些庞然大物，你不可能自己去追赶，因为它们会反过来追赶你，所以你必须动脑筋。尼安德特人会把猎物引诱到伏击圈里，手持两三米的长矛包围它们。那些身板脆弱的跑者根本不可能胜任这样的狩猎。现存的尼安德特人骨骸都带有严重损伤的痕迹，那是猎物在作困兽之斗时留给他们的，但同部落的兄弟姐妹会照料他们直至康复。跟我们真正的祖先——那些跑者不同，尼安德特人才是我们想象中的"原始人"：肩并肩参加战斗，既勇敢健壮又聪明，懂得如何用火炖熟陶罐里的肉，如何照顾好部落里的女人和孩子。

尼安德特人称霸着世界，直到气候转暖。大约在四万五千年前，地球由冰期进入间冰期，地表温度上升。森林消退，只留下一望无际的广阔草原。新的气候让跑者如鱼得水：草原上到处是成群的羚羊，到处可以找到鲜嫩的根茎。

尼安德特人就没那么走运了：赖以生存的大型猎物日渐稀少，长矛和伏击战术在敏捷的草原动物面前完全没有用武之地。那么他们为什么不能像跑者一样追赶猎物呢？他们聪明也足够强壮，但那正是问题所在——他们太过强壮。气温超过三十二度后，体重会严重影响身体散热：为了维持体温平衡，体重七十五公斤的马拉松选手每跑一英里就会比四十五公斤的选手落后近三分钟。如果追上一头鹿需要不间断地奔跑两个小时，那么跑者会领先尼安德特人足足十英里。

肌肉发达的尼安德特人只能跟着乳齿象进入密林深处，最终灭绝。只有跑者才能适应新的世界，而尼安德特人的身体结构不适合奔跑。

事实上，大卫·卡里尔知道"人类奔跑理论"具有一个致命的缺陷。这个秘密折磨着他，几乎令他变成一个疯狂的杀手。

"没错，我当时确实有点偏执。"距离1982年的突发奇想的二十五年后，卡里尔在自己的实验室里向我坦承。此时他已是大卫·卡里尔博士，犹他大学生物学教授。"当时我简直迫不及待要找出最有说服力的证据，好告诉所有人，'看吧！现在满意了吗？'"

问题在于，追赶猎物直到它倒毙，堪称进化史上的"完美犯罪"，耐力狩猎（这是人类学家的说法）不会留下任何痕迹，没有箭头，没有刻着长矛划痕的猎物骨骸——找不到尸体、武器或证人时，究竟该怎么证明犯罪的存在呢？尽管布兰布尔博士和利伯曼博士在生理学和化石研究方面拥有很高的造诣，但除非找到实实在在的证据，否则他们无论如何也不可能证明我们的双腿曾经是最致命的狩猎武器。关于人类身体究竟能做到哪些事情，你可以提出各种各样的假说（"我们可以让自己的心跳暂停""我们可以靠意念把勺柄折弯"）。然而只有经过事实的检验，假说才有可能成立。

"最让我感到挫败的是，到处都有相关的传说。"大卫·卡里尔说。如果你朝世界地图扔一枚飞镖，很可能会正好钉在发生过耐力狩猎的地方。在文献记载中，美国西部的高休特人和帕帕戈人、博茨瓦纳的卡拉哈里丛林人、澳大利亚土著人、肯尼亚马赛人、墨西哥塞里人和塔拉乌马拉人都有徒手逐猎的记录。问题在于，这些记载几乎全是第四手甚至第五手的转述，可信程度跟 19 世纪的战斗英雄大卫·克罗克特三岁时开枪打死一头野猪的传说有得一拼。

"我们找不到任何仍在进行耐力狩猎的人，"卡里尔说，"甚至找不到亲眼见过这种狩猎场景的人。"难怪科学界对他的假说嗤之以鼻：假如"人类奔跑理论"成立，现今地球六十几亿人中总该有那么几个仍然保留这种逐猎的能力，哪怕已经没有这样做的必要。人类的基因在过去几千年几乎没有变化，世界各地不同人种的基因差异也在千分之一以内，也就是说，现代人的基因同千百年前的狩猎部族没有区别。那么，我们为什么就不能跑着抓鹿呢？

"最后，我决定亲自尝试一下，"卡里尔说，"读本科的时候，我常参加越野耐力赛跑，并且乐在其中。说到奔跑时独特的呼吸节奏对人类进化的影响，或许我个人更容易体会，因为我自己不在实验室的时候就经常跑步。"

如果找不到靠奔跑狩猎的原始人，何不尝试将自己变成那样的原始人呢？1984 年夏天，他说服身为广播电台记者和自由撰稿人的哥哥斯科特，来到怀俄明州跟他一起尝试捕猎那里的野羚羊。斯科特不太擅长跑步，但是卡里尔当时的状态很好，他为自己可能验证伟大的发现而士气高涨。他认为，有哥哥的帮助，只需要两个小时，就能让一头羚羊倒地，成为他的理论活生生的证据。

"我们驾车驶下州际公路，在土路上开了几英里，周围已是干燥的荒漠，到处都是羚羊，"这是斯科特后来在广播节目《这美国生活》中对这场狩猎的描述，"我们停车，开始追三头羚羊，两头母的一头公的。它们跑得很快，但是每次只跑出很短的距离，就停下来瞪我们，直到我们跑近后又跑开。有时只跑出几百米，有时近一千米。"

太棒了！这正是大卫的预期。还没等羚羊把奔跑产生的多余热量释放完，他和斯科特已经追上。他想，只要再坚持几英里，就可以载着一百多公斤的新鲜羊肉和能让布兰布尔博士兴奋的视频资料回到盐湖城。但他哥哥意识到，事情没有这么简单。

"三头羚羊看着我们，仿佛知道我们要做什么，却一点都不担心。"斯科特在节目中说。没过多久他就发现了原因。它们没有筋疲力尽地倒下，而是在玩"金蝉脱壳"的游戏：一旦累了，就绕一大圈回到羊群中，让大卫和斯科特弄不清楚究竟哪些羊已经疲惫不堪，哪些还精力充沛。"它们不断变换位置，我们看到的不是一头一头的羚羊，而是一整群羊在荒漠上移动，就像水银流过光洁的桌面。"

接下来的两天，兄弟俩在怀俄明荒原上追逐一片片"水银"，根本没有意识到他们犯了一个巨大的错误。而这一错误正好证明了大卫的理论：人类的奔跑方式跟所有动物的都不相同。靠模仿动物奔跑的样子是不可能抓住它们的，特别是那些运用于体育运动中的拙劣模仿。大卫和斯科特依靠的纯粹是本能、力量和耐力，却没有意识到人类的奔跑远不是这么简单：它是策略与技巧的完美融合，是几百万年进化留下的宝贵财富。同其他艺术一样，人类的耐力跑需要心灵与身体的密切配合，这是其他动物无法做到的。

然而这门艺术早已失传。斯科特·卡里尔花了十年时间才证实这一点。在怀俄明荒原上，神奇的事情发生了，这门古老艺术的魅力侵入斯科特心中，令他无法忘怀。尽管初次尝试宣告失败，斯科特仍然投入大量时间搜集耐力狩猎的资料，甚至创立一家非营利性组织，专门寻找"失落的耐力狩猎者"。他邀请顶尖耐力跑选手克赖顿·金（在斯卡格斯"飞人兄弟"登场之前，他是科罗拉多大峡谷往返跑纪录的保持者）前往科尔特斯海岸，据传那里有一支塞里印第安人部落仍然保留着耐力狩猎这门技艺。

但等斯科特找到那支部落又太晚了。部落里有两位老者曾从父辈那里学过耐力狩猎，但五十多年没有实践，已经老得根本跑不动了。

搜索到此中断。到2004年，卡里尔兄弟近二十年的努力仍旧没有任何结果。斯科特放弃了，大卫则早已转向新的领域，研究灵长类动物搏击时的身体结构。"失落的耐力狩猎者"似乎只是一个传说，将渐渐被人遗忘。

正在这时，电话响了。

"我忽然发现自己正在与一个陌生人讲话。"布兰布尔博士说。他看上去就像个年迈的牛仔，满头斑白长发，穿着农场主式样的上衣，跟身后实验室墙上挂的一排排动物头骨倒是非常相配。到2004年，他和利伯曼博士已经在人体结构中找到二十六处适合长距离耐力跑的特征。既然找到"失落的耐力狩猎者"遥遥无期，他们决定先把现有的研究成果发表出来。两人的照片登上《自然》杂志的封面，显然在南非海岸的某个小镇里有人读到这期杂志，于是打来电话。

"要把羚羊追到倒地而死并不是很难，"电话另一头的陌生人说，"我可以做给你看。"

"不好意思……你是谁？"

"路易斯·利本伯格。我在南非的诺德霍克。"

布兰布尔听说过跑步理论界所有权威的名字，这并不是一件难事，因为这些人加在一起也坐不满一间餐厅包厢。但他从来没听说过诺德霍克的路易斯·利本伯格。

"你是猎人吗？"布兰布尔问。

"我？不是。"

"哦……是人类学家？"

"不是。"

"你是做什么的？"

"研究数学。数学和物理学。"

数学？"嗯……数学家是怎么追上羚羊的？"

布兰布尔听见一声轻笑。"基本上是偶然。"

其实在过去二十年里，路易斯·利本伯格和大卫·卡里尔的人生轨迹一直相距不远，只是没有相交的机会。20世纪80年代早期，和大卫一样，路易斯在读本科，也在无意中窥见人类进化史上的一项惊天秘密，也同样没法说服别人相信。

路易斯的问题在于，他根本不具备任何专业知识。当时他才二十岁，在开普敦大学攻读应用数学和物理学，受一堂科学哲学选修课的启发，开始思考人类思维的进化过程。人类究竟是如何超越简单的生存本能，发展出逻辑、幽默、推理、抽象思维、创造力这些复杂的思维机制？的确，原始人迅速增长的脑容量能够提供必要的硬件，但是软件呢？大脑体积的增加是生理过程，但要利用大脑进行思考，借助风筝、钥匙和闪电之间的联系构建出电流传输的模型，就像是魔法了。这灵感的火花究竟从何而来？

路易斯相信，答案就在南非的茫茫荒漠中。尽管他从小在城市长大，对野外环境几乎一无所知，却本能地认为人类思维的发源地就是人类生命的发源地。"我模模糊糊地感觉到，猎人追寻动物踪迹的技艺很可能就是最原始的科学萌芽。"那么，还有谁能比卡拉哈里荒漠的丛林人更适合作为研究对象呢？毕竟，他们既是追寻猎物踪迹的专家，也是人类远祖的孑遗。

就这样，二十二岁的路易斯决定退学，去丛林人身上验证自己的猜想，写下自然史的新篇章。作为一个对人类学、野外生存和科学研究方法论毫不了解的年轻人，这一决定充满野心，也极度疯狂。他既不懂丛林人的母语卡比语，也不懂他们跟外人交流时使用的南非荷兰语，对逐猎更是一窍不通。但那又怎么样？路易斯耸耸肩就着手准备。他找了一名南非荷兰语的翻译，联系当地的狩猎向导和人类学家，便沿着卡拉哈里荒漠公路出发，穿越博茨瓦纳、纳米比亚……进入未知的世界。

和斯科特·卡里尔一样，路易斯很快发现自己来得太迟。"我挨村挨户寻找用弓箭狩猎的丛林人，因为他们肯定掌握逐猎的技艺。"路易斯说。但是随着外来的狩猎公司和农场主对丛林地带的接管，绝大多数丛林人已经放弃游牧生活，定居在政府划定的保留地。生活方式的转变让人心碎：他们不再在荒野中驰骋，而是靠农场的微薄工资苟延残喘，眼看着妻女为了生计到路边的妓院接客。

路易斯继续寻找，终于在卡拉哈里荒漠深处遇到一小群流浪的丛林人，按照他的说法，这些人"顽强地守护着自由独立的生活，绝不屈从于奴隶般的劳作和卖淫"。事实上，"在六十几亿人中寻找一个猎手"的预期与事实相差并不太远：整个卡拉哈里荒漠只剩下六个真正的猎手。

流浪的丛林人允许路易斯跟着他们，路易斯也毫不客气地与这支丛林人度过了接下来的四年时光。这个在开普敦城区长大的孩子学会了像丛林人一样靠根茎、浆果、豪猪和跳兔生存；学会即使在最炎热的夜晚也要生起篝火，拉紧帐篷拉链，以防被鬣狗咬断喉咙；学会在野外遭遇一头愤怒的母狮和她的幼崽时，做出威吓的姿势逼她后退，而一旦遇上犀牛则要立刻转身逃命。

生存是最好的导师。单是每天寻找食物填饱肚子、躲避猛兽，就让路易斯学到很多辨识动物踪迹的学问。他学会观察动物粪便，分辨其主人。动物的肠道结构各有特征，排泄物也各不相同。只要仔细分辨，就可以连续追踪某只动物。他也学会从狐狸脚印分辨它的行动：这一段速度很慢，应该是在寻找老鼠或蝎子；看，它找到了猎物，叼着什么飞跑开了。一圈散开的尘土告诉他，有鸵鸟在这里洗过沙土浴，他可以由此找到鸵鸟产蛋的位置。狐獴一般在坚硬的土层里挖洞，但它们为什么要挖这堆软沙？肯定是沙子下有一窝可口的蝎子……

就算你彻底掌握解读动物踪迹的技巧，也不过刚刚入门；下一阶段是在没有踪迹时仍能追踪动物，堪称"推理狩猎"。路易斯发现，要想达到这样的层次，必须把目光放远，设身处地地思考动物的动机和目的。当你学会像动物那样思考，就可以推测它的下一步行动，获得宝贵的先机。在卡拉哈里荒漠上，这样的先机常常关乎生死存亡。

"追踪动物的时候，你必须努力像它那样思考，才能推测出它将来的行动，"路易斯说，"通过观察踪迹，想象它的动作，并用自己的身体去感受。你的精神会非常集中，甚至进入出神状态。不过这种状态很危险，因为你会忽视身体的反应，有可能先累倒在地。"

想象……设身处地……抽象思维和预测，如果不考虑"累倒在地"的部分，这不正是现代人进行科学研究和艺术创作时的精神状态吗？"追踪动物时，你会在脑海中建立因果联系，但你并没有真正看见动物的行为，"路易斯已深有体会，"这正是物理学的精髓。"在这样的"推理狩猎"中，原始的人类猎手已经超越只将眼前的点连成线的境界，他们把只存在于脑海里的点连成了线。

一天早晨，部落里的四个丛林人纳特、纳米卡比、卡亚特和波罗西奥，在天亮前叫醒路易斯，邀请他参加一场特殊的狩猎，并建议他不吃早餐，尽量多喝水。路易斯灌下一大杯咖啡，穿上靴子就跟着猎手出发了。太阳冉冉升起，草原很快热得像个蒸笼，但是猎手没有停下脚步。走出二十来英里，他们终于看见一群捻角羚，那是一种异常敏捷的羚羊。丛林人立刻跑起来。

路易斯站在那里，不知所措。他知道丛林人日常的狩猎方式：匍匐前进，等猎物进入弓箭的射程，一箭封喉。那么这是怎么回事？他听说过"耐力狩猎"，但以为那不过是传说：要么是编出来的故事，要么是猎物在逃跑时摔断了脖子。这些人无论如何都不可能跑得过敏捷的捻角羚。不可能。但就在他喊着"不可能"时，丛林人越跑越远，于是他只好闭上嘴巴，跟着奔跑起来。

"这是我们的方式。"等路易斯气喘吁吁地追上后，纳特告诉他。四个猎人匀速追赶着捻角羚，每当它们逃进金合欢树丛，就会有一名猎手跑过去，把它们赶到太阳底下。捻角羚时而集中到一起，时而分散开来，但是四名猎手总是紧追特定的一头，截断它逃回羚群的去路，或把它赶出树荫。如果丢失目标，他们就趴下仔细观察蹄印，调整目标。

路易斯惊讶地发现，四人中最强壮、最有经验的纳特并没有跑在最前面，而是和他一样跑在最后，并且没有像另外三人那样拿着水壶。一个半小时后，路易斯终于看出原因：前面年长的人累得跑不动时，就把水壶递给空着双手的纳特。等纳特喝光壶里的水，另一个累到要掉队的猎人便用自己还剩半壶水的壶，与纳特的空壶交换。

路易斯强撑着跟在后面，下定决心坚持到狩猎结束。他非常后悔穿了沉重的徒步鞋，而丛林人换下了平日里由长颈鹿皮做成的靴子，踩着轻便的薄底鞋，保证双脚的干爽。路易斯感觉自己就像那头快撑不住了的羚羊：它踉跄几步……前腿跪下去，又挺直了……站起来朝前跃去……然后栽倒在地。

路易斯勉强跑到羚羊旁边时，已经热得流不出汗。他面朝下地栽倒在燥热的沙地上。"你在狩猎时总会全神贯注，把自己逼到极限，丝毫意识不到自己已经筋疲力尽。"路易斯后来说。在某种意义上，他赢了，到达极限，彻底投入奔跑的过程，却输在没有检查自己的脚印。追逐很容易让你忽视自己的状态，所以丛林人会不时地检视脚印，如果脚印显示他们的状态跟羚羊一样糟糕，他们就会停下来，抹一把脸，在嘴里含一口水，缓缓地咽下，接着往前走几步，再检查脚印的状态。

路易斯头痛欲裂，眼睛干涩得几乎睁不开。尽管意识已经模糊，但他仍感到恐惧：他是瘫倒在气温高达四十二度的荒漠中央。要想保住性命，只剩一条路。他一边摸索着腰间的小刀，一边朝倒地的捻角羚爬去。如果能切开它的腹腔，就可以喝它胃里储藏的水。

"不行！"纳特制止他。跟其他羚羊不同，捻角羚以金合欢树叶为食，胃里的水对人类有毒。纳特让路易斯坚持一会儿，拿着水壶跑开了。尽管他已经徒步二十英里，又奔跑十五英里，却还是从十二英里外的绿洲为路易斯打回水。纳特没让他马上喝，而是把水浇在他头上，再让他用水洗脸，直到体表温度开始下降，才允许他小口小口地喝水。

被纳特搀回营地以后，路易斯回忆整个狩猎过程，为丛林人的效率感到震惊。"这样狩猎的效率比用弓箭高得多，"他说，"要射中一只猎物，可能会经历多次失败。猎物可能带着箭逃走，血腥味会引来鬣狗叼走猎物，或者箭上的毒药要过一整夜才发作。弓箭射猎的成功率非常低，所以按狩猎需要的时间计算，耐力狩猎具有极高的效率。"

他也是后来才发现，他第一次参加耐力狩猎时其实非常幸运，因为捻角羚只坚持了两个小时。后来的几次，猎物总要在奔跑三五个小时之后才会倒下（这正好跟现代业余选手跑完一场马拉松的时间相当，或许马拉松的规定距离并不是偶然）。

要成为一名成功的猎手，必须先成为一名合格的跑者。上高中时，路易斯练过中长跑，曾在学校里拿过一千五百米冠军和八百米亚军，但要想跟上丛林人，必须抛开教练指导的一切。径赛运动员只需埋头拼命往前跑，而猎手要时刻保持开阔的视野和警觉的头脑。他不能咬牙忽略痛苦，必须时时留意眼前的情况——猎物的踪迹、自己额头上的汗珠——同时预测猎物下一步的动向，保持优势。

丛林人奔跑的速度并不快，平均每英里十分钟，但所到之处都是柔软的沙地和错综复杂的灌木丛，有时还要停下来研究猎物的脚印。他们偶尔也需要突然加速，但总能慢跑着恢复，不需要停下来休息。他们不得不这样做，因为耐力狩猎不可预知，就像让你站在起跑线上，却不告诉你比赛究竟是半程马拉松、全程马拉松还是超级马拉松。一段时间之后，路易斯开始用一般人看待走路的态度看待奔跑。他学会缩短步幅，加快步频，保持舒适的节奏，这样即使跑上一整天，还能有体力在关键时刻加速。

他的饮食习惯也发生改变。猎人永远没有休息时间：你可能在外面走了一整天都一无所获，却在回家路上发现猎物，这时也要不顾一切地追上去。路易斯不得不学会随时进食，随时喝水，仿佛整天处于耐力赛的过程中。

卡拉哈里荒漠的冬天来临，但是狩猎没有停止。犹他州和哈佛的学者错估了一件事：耐力狩猎中让猎物致死的不只是体温，聪明的猎手有办法在各种天气下追捕猎物。在雨季，无论是小羚羊还是庞大的长角羚，都很容易体温过热，因为它们的蹄子会在湿软的沙地上打滑，以致奔跑时耗费额外的体力。两百公斤重的红狷羚在齐腰深的草丛里非常自在，但到冬季野草枯萎的时候就成了活靶子。月圆之夜，羚羊整夜活跃，天亮时则十分疲惫。入春之时，它们又会因大嚼嫩叶而腹泻虚弱。

路易斯离开丛林回到家，开始撰写《追踪的艺术：人类科学起源》一书时，已经完全习惯长距离跑，甚至觉得这样跑是理所当然。所以他在书上几乎没提到奔跑，从头到尾都在讨论狩猎中的思维过程。直到阅读那期《自然》杂志，他才意识到自己在卡拉哈里荒漠的经历意味着什么，于是拨通布兰布尔的电话。

你知道为什么人要跑马拉松吗？他问布兰布尔博士。因为跑步根植在我们这个物种的群体想象之中，我们的想象力正发源于跑步。语言、艺术、科学、航天飞机、梵高的名画《星空》、微血管手术，这一切都源自我们跑步的能力。跑步是将我们塑造为人的超级力量，是人类天生具备的能力。

"那为什么许多人都讨厌跑步呢？"我问布兰布尔博士，"假如我们天生就会跑，难道不应该享受跑步吗？"

布兰布尔博士没有回答，却给了我另一个问题。"我们分析过2004年纽约马拉松的成绩记录，计算出各年龄组的平均成绩。发现从十九岁开始，选手成绩随着年龄增长而提高，到二十七岁达到巅峰。二十七岁之后平均成绩开始下滑。你说说看，多少岁时，你的跑步速度会跌落回十九岁的水平？"

似乎不难嘛。我翻开笔记本开始计算。从十九岁到二十七岁，你需要八年时间达到巅峰状态。如果退步跟进步一样快，那你就会在三十五岁时跌回十九岁的水平。但我知道事情不可能这么简单，关键是状态下滑的速度跟上升速度究竟哪个快。"我们保持良好状态的时间应该会比较长吧。"我下了结论。哈立德·哈诺奇二十六岁打破马拉松世界纪录，三十六岁仍然能在2008年美国奥运会选拔赛上打进前四名。十年里，尽管伤病缠身，他也只慢了十分钟。于是我把答案增加到了四十岁。

"四十——"我刚开口，就见布兰布尔一脸笑容。"五岁。"我赶紧改口。"我猜是四十五岁。"

"错了。"

"五十岁？"

"不对。"

"总不会是五十五岁吧。"

"当然不会，"布兰布尔说，"答案是六十四岁。"

"你是说真的吗？那相当于——"我算了一下，"持续四十五年。也就是说，十九岁的小伙子还跑不过年纪有他三倍大的老人？"

"难道不是惊喜吗？"布兰布尔同意道，"还有哪一项运动能让六十四岁的老人跟十九岁的小伙子处在同一水平线上？游泳？拳击？都不可能。人类真是一种离奇的生物，不仅非常擅长耐力跑，而且几乎一辈子都保持着强大的跑步能力。我们天生就是为跑步打造的机器，并且所有部件都不会磨损殆尽。"

正像"迪普西魔鬼"经常说的："你不是因为变老而停止跑步，你是因为停止跑步才变老。"

"这一现象男女适用，"布兰布尔博士继续说，"女性的跑步能力也同样持久。"在我们的祖先下树进化成现代人类的过程中，发生了一项奇妙的变化：越是接近现代人类，两性之间的差异就越小。男人和女人的体型大小基本相同，至少跟其他灵长类相比是这样。大猩猩和红毛猩猩的雌雄体重相差整整一倍，黑猩猩也是雄性比雌性重三分之一，但男女两性之间的平均体重差异只有百分之十五。在进化过程中，我们变得更加苗条，更加灵活，更加协调……大体上来说，更加"女性化"。

"女性一直都被低估了，"布兰布尔博士说，"我们总以为在人类历史进程中，女人都待在家里，等着男人带回食物，但没有任何理由显示她们不能加入到狩猎队伍当中。"事实上，如果女性不参加狩猎，才让人匪夷所思，因为她们比男性更需要肉食。人类在婴儿期、怀孕期和哺乳期最需要摄入动物蛋白，所以女性难道不应该更在乎狩猎成果吗？以狩猎为生的部族会跟随猎物迁徙，不是将食物带回营地，而是将营地挪向食物的所在。

带着孩子奔跑也不是无法克服的难事。美国超长距离耐力跑选手卡米·塞米克已经证明这一点。她喜欢背着四岁的女儿巴罗妮在俄勒冈的山间奔跑，一跑就是几十英里？新生婴儿呢？同样不是问题：在2007年硬石一百英里耐力赛上，埃米莉·贝尔战胜了九十名男男女女，获得总排名第八的成绩，而她在每一处补给点都要停下来，给襁褓中的儿子喂奶。尽管绝大多数丛林人已经定居，但刚果的姆巴提人仍然保留着男女共同游猎的传统，夫妻一起拿着网追逐大林猪。曾经跟姆巴提人生活多年的人类学家科林·特恩布尔写道："母亲可以在追逐猎物的途中生产，待婴儿降生后立刻回到狩猎队伍当中，她们似乎没有理由不充分参与狩猎。"

布兰布尔博士对人类狩猎阶段的描述生动又鲜明。我眼前仿佛出现一队猎人，男女老少，正在草原上不知疲倦地奔跑。女人带领队伍跑向她们发现的动物踪迹，老人紧跟在后，仔细盯着地面，琢磨羚羊此时此刻的行动。再后面是十几岁的年轻人，迫切地吸取老者的经验。再往后是二十多岁的小伙子，他们是最强壮的跑者和猎手，随时准备对猎物发出致命一击。最后则是像卡米·塞米克那样的母亲，边跑边照料孩子。

说到底，除了跑步，人类还有些什么优势？只有拧成一股绳的团结和互助。人类是所有灵长类动物中最仰赖群体生活的物种，没有尖牙利爪，只能团结一致共同抗敌。狩猎使我们获得食物，也是我们面临的最大挑战，在它面前，我们只有凝聚起来。我还记得那位塞里印第安老人如何悲哀地对斯科特·卡里尔描述过去："那是一段美好的时光。无论做什么大家都齐心合力。整个部落就是一个大家庭。我们共享一切，合作无间，不像现在到处是争吵，自私自利。"

跑步不仅让塞里人团结一致，而且正如乔伊·维吉尔教练后来在自己选手身上发现的那样，跑步也能让他们成为更高尚的人。

"但还有一个问题，"布兰布尔博士伸手拍拍前额，"就在这里。"他解释说，我们最伟大的才能也有可能成为自我毁灭的力量。"跟其他动物不同，人类思维和身体之间存在矛盾，我们的身体结构是为了有更好的运动表现，而思维总是追求更省力的捷径。"耐力是我们赖以生存的法宝，但也不要忘记，耐力意味着尽可能节省体力，而这正是大脑的任务。"有的人能把跑步天赋发挥出来，有的人不能，原因就在于大脑总喜欢投机取巧。"

过去几百万年，人类生活在一个没有警察、没有出租车、没有必胜客的世界里，双腿是保障安全、抵达目的地和获取食物的唯一方式，而挑战随时会降临。在丛林人和路易斯的那场狩猎中，纳特当然不可能料到在大半天的劳累之后，还得再跑十二英里打水救人，但他仍然贮备了足够的精力完成这件事。而他的祖先也没法保证成功捕猎的下一刻，自己会不会被猛兽盯上，不得不舍弃到手的大餐，转身逃命。要想在这样的挑战面前生存下来，必须随时保留体力，而这正是大脑的任务。

"大脑总是盘算着如何减少消耗，如何达到事半功倍的成效，如何保留足够的能量以备不时之需，"布兰布尔解释道，"就好像你的身体是一台非常高效的机器，而作为操作者的大脑整天想着'怎样不费任何燃料就让机器运转起来'。我和你之所以了解跑步的感觉有多美妙，是因为我们已经养成跑步的习惯。"若不是出于习惯，你耳畔就只剩下本能的声音：放松，不要花费体力。这正是矛盾所在：耐力为大脑提供食物，然而大脑却在消解耐力。

"今天，人们把极限运动视为疯狂，"布兰布尔说，"因为大脑告诉我们：没事干嘛要开动马力，浪费能量？"

的确，在人类演化的历史中，安逸和休息都是不可多得的奢侈，所以一旦有机会，就不应该放过。只是在最近几个世纪，我们仰赖先进的科学技术得以懒散度日。身体的进化本是为了适应长时间的耐力输出，可如今这样的耐力输出已没必要。当一种生物被迫进入它不习惯的环境中会发生什么？在人类进入太空之前，美国宇航局的科学家就思考过这一问题。人体早已适应地表的重力，如果没有重力影响，宇航员摄入的营养可以全部用于滋养大脑和身体，而不必浪费在对抗重力上。这样看来，进入太空的宇航员应该会变得更强壮、更聪明、更健康。

然而事实完全不是这样。返回地球的宇航员似乎衰老了几十岁。他们的骨骼变得非常脆弱，全身肌肉萎缩，极易失眠、抑郁、疲劳和精神萎靡，就连味蕾都退化了。如果你有过一整天躺在沙发上看电视的经历，那你一定体验过类似的感觉。当我们剥夺身体原本的任务，就会付出一定的代价。当今西方社会几乎所有的致命疾病——心脏病、心肌梗死、糖尿病、抑郁症、高血压和各类癌症在我们的祖先中间都不存在。尽管他们没有今天的高科技药品，却有一种更神奇的预防手段——也许该说两种，因为布兰布尔博士伸出了两根手指。

"它可以预防所有的流行疾病。"他说着，用手指比出 V 字，然后慢慢把手倒过来，指尖朝下摆动着，像是两条腿交替跑动。

"就这么简单，"他说，"动动你的腿。如果你不相信自己生来就会跑，那你不只是在否认整个人类历史，还在否认自己的本性。"

29

过去永远不会死去。它甚至根本没有过去。

——威廉·福克纳《修女安魂曲》

卡巴洛轻轻敲我房门时，我早已醒了，正在凝望周围的黑暗。

"大熊？"他悄声说。

"进来吧。"我也悄声回答，看了看表，凌晨4点半。

再过半个小时，我们就该出发去找塔拉乌马拉人。卡巴洛几个月前告诉他们，今天早晨在巴托皮拉斯后山小路旁的树丛里会合。之后大家将一起翻过山顶，越过河流，到达乌里克镇。我不知道假如塔拉乌马拉人没有露面，卡巴洛会怎么办，而如果他们露面，我又该怎么办。

巴托皮拉斯和乌里克相距三十五英里，骑马的旅人通常要花三天时间，卡巴洛则计划一天跑完。万一我没跟上队伍，会不会像珍和比利一样迷失在错综复杂的峡谷中间？万一塔拉乌马拉人没有出现，卡巴洛会带我们去寻找他们吗？他知道去哪里找吗？

我思前想后，没法合眼。卡巴洛却在担心别的。他走进来，坐在我的床边。

"你觉得那两个孩子能行吗？"他问。

珍和比利在经历昨天的惨痛之后，恢复得倒很快，晚餐时吃了不少墨西哥玉米饼和豆子，而且我一整夜都没听到他们房间厕所传来异样的声音。

"贾第鞭毛虫病的潜伏期有多久？"我问。我知道贾第鞭毛虫需要在宿主肠道里蛰伏一段时间，才会引发腹泻、发烧和肠胃绞痛的症状。

"一两个星期吧。"

"如果他们今天早晨没事，应该可以撑到比赛结束。"

"嗯，是吧。"卡巴洛咕哝着。他停顿片刻，明显是在考虑其他事情。"我得跟光脚泰德把话讲清楚。"他开口说。这一次，问题不在泰德的脚，而在他那张嘴。"假如他把拉拉穆里人惹烦了，他们会不自在，可能会认为他是费希尔那样的人，然后躲得远远的。"

"你打算怎么办？"

"我要叫他闭嘴。我不喜欢教训别人，但他必须明白。"

我起床帮卡巴洛叫醒其他人。前一天半夜，卡巴洛的一个朋友已经用驴子载着我们的行李往乌里克去了，现在我们只需随身携带路上用的食物和水。鲍勃·弗朗西斯主动提出开车送路易斯父亲去乌里克，免得老人吃不消。其余人很快做好准备，凌晨5点，我们已经走在通往河边的路上。皎洁的月光映照在河面上，蝙蝠在头顶飞舞。卡巴洛领着我们踏上临水的小道，我们排成一列，用舒服的节奏慢跑着。

"那两个孩子真是让人惊讶。"埃里克看着紧跟在卡巴洛身后的珍和比利，露出欣赏的眼神。

"他们昨天确实是死里逃生，"我赞同道，"但是卡巴洛最担心的还是——"我伸手指了指光脚泰德。泰德脚上穿着绿色的五趾鞋，脖子上挂着骷髅护身符，身披一件红雨衣，就像是拖在身后的长斗篷。脚踝上还戴着一串叮当作响的铃铛，那是他特意准备的。他不知在什么地方读过一篇文章，说塔拉乌马拉的老人喜欢佩戴这样的铃铛。

"真是全副武装，"埃里克笑了，"我们也有巫师了。"

破晓时分，我们已经离开河畔，朝山里跑去。卡巴洛加快了速度，比前一天上午还要快。我们边跑边吃早餐，小口小口地吞咽玉米饼和能量棒，不时喝一两口水袋里的水。天色渐亮后，我扭头打量周围的地形。巴托皮拉斯已经消失在茫茫丛林之中，刚刚跑过的小径似乎转眼就被丛林吞没。我们正漂浮在一片无边无际的绿色海洋中央。

"没多远了。"我听见卡巴洛说。他正指着什么，我一时分辨不清。"看见那片树丛了吧？他们会在那里等。"

"那个阿努尔福，"路易斯的声音中带着一丝敬畏，"比起迈克尔·乔丹，我更想见到他。"

又跑近一些，我看清了那片树丛，却没见到人影。

"这一带正在闹流感。"卡巴洛放慢速度，抬头打量前方的山坡，寻找有人活动的迹象。"有些人可能没法按时赶到。或许是生病了，或许是需要照顾家人。"

我和埃里克对视一眼。卡巴洛之前从没提过流感。我从肩上摘下水袋包，准备坐在路边休息一会儿。趁着等待的工夫最好休息一下，我一边想，一边把水袋包丢在地上。当我抬起头，发现我们已经被五六个穿着鲜艳上衣和白色短裙的男人包围。他们眨眼间从树林中冒了出来。

我们惊讶地站在那里，等待卡巴洛发话。

"他来了吗？"路易斯悄声说。

我扫视着塔拉乌马拉人，很快就找到那张英俊的面孔。天哪，他真的来了，旁边就是他的妹夫西尔维诺。

"那就是他。"我悄声回答。阿努尔福听见我的声音，朝这边望一眼。他认出了我，嘴角浮现出一丝浅笑。

卡巴洛的胸膛起伏着，明显是在克制涌动的情绪。我还以为那是因为他终于放下心来，直到他朝一个表情严肃的塔拉乌马拉人伸出双手，"曼努埃尔。"

曼努埃尔·卢纳没有微笑，只是握住卡巴洛的手。我走过去："我认识你儿子。他对我非常友好。"

"他跟我提过你的事，"曼努埃尔说，"他也想来这里。"

曼努埃尔和卡巴洛的重聚，一下子打破我们之间的隔阂。我们用卡巴洛教的方式跟塔拉乌马拉人握手——指尖轻触，尽管只是轻微碰触，却比紧紧握手更加亲密。

卡巴洛开始介绍我们，但没有提真名。事实上，我再也没听他说出我们的名字。过去三天，他一直在观察我们，就像他称我为"大熊"、光脚泰德自称"猴子"那样，卡巴洛自认为他找到了其他几个人的灵兽。

"这是郊狼。"他伸手拍拍路易斯的背。比利变成了"洛波·霍文"——年轻的狼。埃里克是"伽维兰"，眼神犀利的鹰。介绍到珍时，我看见曼努埃尔·卢纳眼睛里闪过一丝兴趣，卡巴洛叫她"布鲁伊塔·波尼塔"，漂亮的小女巫。塔拉乌马拉人仍然记得当年莱德维尔那场胡安·埃雷拉和"布鲁哈"安·特拉森之间的传奇比拼。在他们面前把一个年轻跑者称为"漂亮的小女巫"，就像是把一个篮球新人称为"乔丹二世"。

"依哈？"曼努埃尔问。意思是：珍是安·特拉森的女儿吗？

"血脉不同，心却相通。"卡巴洛用西班牙语回答。

最后，卡巴洛转向斯科特·尤雷克。"维纳多。"他介绍道。就连阿努尔福的脸上都出现惊讶的神情。这个疯狂的白人究竟在搞什么？为什么要把这个高大瘦削、一脸自信的男人称为"鹿"？难道他在暗示塔拉乌马拉的猎人，这将是他们新的猎物？曼努埃尔还记得卡巴洛在莱德维尔如何鼓励塔拉乌马拉选手紧追安·特拉森，"像追赶奔跑的鹿一样追上那个'女巫'"。难道卡巴洛不希望同胞取胜吗？或者这是一个聪明的陷阱——故意让塔拉乌马拉人起跑时不要使出全力，为的是让这个美国人一口气拉开距离？

在喜欢钻研奔跑策略的塔拉乌马拉人看来，这一切神秘复杂又充满乐趣。他们开始窃窃私语，直到被大嘴巴的光脚泰德打断。不知是故意还是碰巧忘了，卡巴洛没有介绍泰德，所以他决定自己开口。

"喂，我就是莫诺！"他大声宣布，"猴子！"等等，墨西哥有猴子吗？或许塔拉乌马拉人根本不知道这是什么东西。想到这里他开始学着黑猩猩的样子一边抓痒，一边发出尖利的啸声，雨衣上下翻飞，脚踝上的铃铛叮当作响，似乎这样可以传达出他的意思。

塔拉乌马拉人瞪大眼睛。他们中没有一个人脚踝上系着铃铛。

"好了，"卡巴洛赶紧打断泰德的表演，"出发吧？"

我们重新背上背包。尽管已经走了五个小时的上坡路，但要想在黑夜来临前到达河对岸，必须抓紧时间。卡巴洛走在最前面，我们剩下的人跟塔拉乌马拉人混在一起，排成一列纵队。我担心拖慢队伍，打算跟在最后面，但是西尔维诺不同意，非要殿后。

"为什么？"我问。

只是习惯，西尔维诺解释道。作为铜峡谷最优秀的拉拉基帕瑞选手之一，他习惯跟在队友后面，观察队友实力来把握比赛的节奏，直到最后几英里才全力加速冲刺。我不禁飘飘然起来，觉得自己俨然是"美国－墨西哥塔拉乌马拉全明星跑步队"的一员，直到我把西尔维诺的话翻译给埃里克听。

"或许吧，"埃里克说，"又或者比赛已经开始。"他指了指队伍前面。阿努尔福紧紧跟在斯科特身后，仔细观察他的步伐。

30

诗歌、音乐、森林、海洋、孤独，能够孕育出强大的精
神力量。我逐渐认识到，每场比赛之前，我都必须像储存体
能一样储存它们。

——赫布·埃利奥特，奥运冠军

在引退之前一直维持着一英里世界纪录

喜欢光脚训练和写诗

"喂，大熊！"路边商店的老板挥着手，招呼我进去。

我们到达乌里克刚刚两天，已经认识了镇上所有人。当然，
这是因为镇子实在太小，方圆不到五百米，坐落在深邃的峡谷底
部，就像深井下的一枚卵石。吃完在这里的第一顿早饭，我们就
融入了当地生活。驻扎在镇边的一小队士兵每次巡逻时遇到珍，
都跟她打招呼："你好，小女巫！"孩子则用西班牙语冲光脚泰德
喊："早上好，猴子先生！"

"大熊，"店老板对我说，"你知不知道，阿努尔福从没被打败
过？你知不知道，他已经连续三次获得百公里比赛冠军？"

卡巴洛的比赛早已成了镇上热议的话题。矿山小镇乌里克自打上个世纪起就没扩大过规模，它引以为豪的东西只有两样：艰险崎岖的地形和居住在附近的塔拉乌马拉人。现在，有史以来第一次，一群异国他乡的跑者不远万里来到这里，就是为了同时挑战这两样东西。对乌里克人来说，这场比赛的意义早已超越比赛本身，成为他们向外界证明自己的唯一机会。

就连卡巴洛都为他的比赛受到关注而惊讶。过去两天，不时有塔拉乌马拉人从四面八方赶来，有的孤身一人，有的三两结伴。我们抵达镇子的第二天早晨，看见几个来自附近村庄的塔拉乌马拉人正跑下山坡。卡巴洛甚至不知道这一带的塔拉乌马拉人是否还保留跑步的传统，他一直担心这里变成耶尔瓦布埃纳：原本的土路被政府扩建成能通车的公路后，那里的塔拉乌马拉人用搭车代替奔跑。事实上，这些人确实在转变：他们虽然仍拿着木球杆（这里的拉拉基帕瑞更像是跑着打曲棍球），但身上穿的不是传统短裙和拖鞋，而是运动短裤和跑鞋。

那天下午，卡巴洛又见到两个老朋友：五十一岁的赫伯利斯托和他四十一岁的邻居纳乔，两人从附近的奇尼沃村一路跑来。不出卡巴洛所料，赫伯利斯托患上了流感，但他不愿错过比赛，所以刚能下床就踏上旅程，顺便叫上了纳乔。

到比赛前夜，总参赛选手已经达到二十五人。在乌里克的街头巷尾，人们激烈争论谁会获胜：是卡巴洛·布兰科，那个同时掌握美国与塔拉乌马拉跑者跑步秘诀的人，还是某个熟悉地形和路线、为本族荣誉而战的塔拉乌马拉选手？有些人很看好"年轻的狼"比利，每当他去镇边的河里游泳时，那副冲浪明星般的身材总能赢得关注。不过最大的夺冠热门仍然是阿努尔福，铜峡谷最优秀的跑者，以及"鹿"斯科特，不远万里前来挑战的人。

"是呀，先生，"我告诉店老板，"阿努尔福在这里连续拿过三场百公里越野赛的冠军。但'鹿'在美国已经连赢七场百英里越野赛。"

"这里天气很热，"店老板反驳道，"塔拉乌马拉人却完全不会受影响。"

"没错，但是'鹿'曾在一个叫作死亡谷的地方顶着酷热连续跑了一百三十五英里，创下的纪录到今天还没有人打破。"

"没人能跑过塔拉乌马拉人。"店老板坚持。

"我也听人这么说过。那你赌谁赢呢？"

他耸了耸肩。"还是赌'鹿'吧。"

乌里克人从小就知道塔拉乌马拉人跑得很快，但这个脚穿亮橙色跑鞋的高个子白人跟他们见过的任何人都不一样。斯科特和阿努尔福并肩奔跑的景象真的很奇特：尽管斯科特从来没见过塔拉乌马拉人，阿努尔福也从没见过外面的世界，但这两个文化环境相差两千年的人拥有一模一样的跑姿。他们分别从远古与现代这两个历史端点学习奔跑，最后在中点相聚。

我最初是在巴托皮拉斯旁边的山上看到这一幕。当时我们刚爬过山顶，脚下的小径开始绕着山腰蜿蜒盘曲。阿努尔福趁机加快速度，斯科特紧跟在他身边。小径向西一路延伸，两人的背影逐渐消失在夕阳中。有那么一会儿，我根本分辨不出谁是谁——远远望去，一样的姿势，一样的节奏，一样的优雅。

"拍下来了！"路易斯放慢速度，给我看他相机里的照片。他方才加速冲到前面，拍下我远远望见的那一幕。阿努尔福和斯科特不仅姿势一模一样，微笑也完全相同：简单纯粹，仿佛在波浪中快乐嬉戏的海豚。"回家后，我肯定会看着这张照片哭出来，"路易斯说，"两个超级巨星居然出现在同一幅画面上。"无论是姿势、风格还是精神状态，阿努尔福相比斯科特没有任何优势。

但我赌斯科特胜出还有一个原因。在抵达乌里克之前的最后几十英里山路上，他一直刻意放慢速度陪在我身边。我一开始不明白他的用意。他万里迢迢来到这里，为的是见识世上最伟大的跑者，为什么要在我这样的菜鸟身上浪费时间？难道他不抱怨我拖慢队伍速度吗？在下山路上跑了七个小时后，我终于发现答案。

乔伊·维吉尔教练关于"跑步塑造品质"的理论、布兰布尔博士通过人类学模型推演出来的结果，都在斯科特半辈子的生活中得到体现。赛跑，与其说是为了跑得更快，不如说是为了彼此更接近。斯科特发现了这一点。那时他别无选择，在明尼苏达州树林里追赶达斯迪和其他伙伴。他没有表现出任何跑步天赋，也没有任何理由相信自己能靠跑步出人头地，但跑步给他快乐——跟伙伴心灵相通的快乐。其他跑者驱逐疲惫时会用耳机听音乐，或是想象奥运赛场上观众的欢呼，但斯科特的做法简单得多：心中想着别人的时候，最容易进入忘我状态。❶

这就是为什么塔拉乌马拉人会在每场赛跑前拼命下赌注，它能够让观众也参与到比赛中，让参赛选手知道有人支持他们。霍皮人认为奔跑是一种祈祷，每一步都献给他们的所爱之人，希望借此配得神圣的伟大力量。难怪阿努尔福没兴趣参加外面的比赛，西尔维诺也不再外出参赛：如果比赛不是为了族人，那意义在哪

---

❶ 我先前对这观点持有的怀疑，隔年被斯科特在恶水赛上的所作所为打消。当时路易斯·埃斯科瓦尔找我帮忙，我在凌晨 3 点开车去查看路易斯的状况，遇见斯科特正全速冲下山坡。虽然已经在五十二度的高温下连跑八十英里，他见到我的第一句话却是："郊狼路易斯还好吧？"——原注

里？而斯科特，他那病弱的母亲始终存在于他的思绪之中，当他沉浸在赛跑中，沉浸在同理心与竞争心创建的连接中，他就还是当年那个少年。

我知道，塔拉乌马拉人从他们的传统中汲取力量，而斯科特从人类有史以来的所有跑步传统中汲取力量。他是个勤勉的学者，也是个善于创新的发明家。他钻研过纳瓦霍人、卡拉哈里丛林人、比睿山马拉松僧侣的跑步哲学，也研读过有氧阈、乳酸阈、三种肌肉纤维（多数跑者误以为只有两种）调动率等概念的意义。

阿努尔福的对手并不只是一个跑得很快的美国人，而是全世界唯一一个21世纪的塔拉乌马拉人。

当我和店老板下赌注的时候，阿努尔福从旁边走过。我买了两支冰棍，递给他一支，作为他当初用青柠檬招待我的回礼。我们走在街上寻找阴凉的角落。我看见曼努埃尔·卢纳坐在一棵树下，似乎正在沉思，觉得最好还是不要打搅他。然而，光脚泰德并不这么想。

"曼努埃尔！"光脚泰德在街对面大喊。

曼努埃尔猛地抬起头来。

"朋友，见到你真是太高兴了。"光脚泰德凑过去。他正在找旧轮胎上的橡胶，想自制一双塔拉乌马拉式样的拖鞋，又觉得自己需要一些专业建议。曼努埃尔还没弄明白怎么回事，就被他拉进一家小店。泰德发现自己的猜测是对的：不同的橡胶性能差别很大。曼努埃尔比画着告诉他，最理想的是那种中间带有深槽的橡胶，可以保护鞋带不至于磨断。

几分钟之后，光脚泰德和曼努埃尔·卢纳坐在路边，比画着泰德的脚型，用我的瑞士军刀切削橡胶。两个人忙了一下午，直到快吃晚饭的时候，泰德才穿上曼努埃尔帮忙做的新拖鞋，在街上来回试跑。打那以后，他跟曼努埃尔形影不离，一起走进拥挤的饭店，一起找能挨着坐的位置。

乌里克只有一家饭店，但因为店老板是蒂塔阿妈，所以一家也足够了。一连四天，从清晨到深夜，快活的蒂塔阿妈都在炉灶边忙碌，为卡巴洛找来的选手准备小山一样的饭食：炖鸡肉、炖羊肉、煎鱼、烤牛肉、炸豆泥、牛油果酱、味道刺激的辣汁，配有甜橙、辣椒油和新鲜的芫荽叶。早餐是涂满山羊奶酪的煎蛋，配上大碗玉米粥和大块煎饼，味道着实香甜。有一天早晨我不禁专门去她厨房里帮工，讨教秘诀。❶

所有参赛选手聚在蒂塔阿妈家的后院，围着两张长桌坐在一起。这时卡巴洛站起身，敲打手里的啤酒瓶。我以为他要宣布比赛规则，不料他想的完全是另一码事。

"你们这些人通通有点毛病，"他语出惊人，"拉拉穆里人不喜欢墨西哥人，墨西哥人不喜欢美国人，美国人不喜欢所有人。但你们都来到这里，都在做别人认为不该做的事情。我见过拉拉穆里人帮白人渡过湍急的河流，见过墨西哥人把拉拉穆里人当成英雄，再看看这些'白鬼'，他们对所有人都是那么尊重。普通的墨西哥人、美国人和拉拉穆里人并不这样。"

光脚泰德跟曼努埃尔挤在角落里。他正努力把卡巴洛整脚的西班牙语翻译成夹着英语的西班牙语，好让曼努埃尔听懂。曼努埃尔脸上不时浮现一丝微笑，最后这微笑干脆留在了他的嘴角。

---

❶ 蒂塔的秘方是（没关系，她不会介意），将米饭、熟透的香蕉、鲜牛奶和少量玉米片加入面糊中。美味啊！——原注

"你们来这儿做什么呢？"卡巴洛继续说，"你们有玉米要种，有家人要照顾。外国佬，你们知道这地方有多危险。拉拉穆里人，这一点没有谁比你们更清楚。我有朋友失去最亲爱的儿子，那小伙子本来有望成为下一代拉拉穆里的冠军跑者。我的朋友非常痛苦，但他是真正的朋友，所以他来了。"

所有人都安静下来。光脚泰德把一只手放在曼努埃尔背上。我才意识到，他之所以向曼努埃尔求助，绝不是出于偶然。

"我原以为这场比赛不会如期举办，因为我以为你们足够聪明，聪明到根本不会来冒险，"卡巴洛环视一圈，看到坐在角落里的泰德，"我本以为你们美国人自私又贪婪，但现在怎么如此善良博爱，不带目的，不求回报。你们知道谁做事情总是不带目的吗？"

"卡巴洛！"所有人一起喊道。

"嗯，只有疯子才会这样。然而疯子也有过人之处——能看见别人看不见的事情。政府正在修建公路，我们的许多小道都被损毁。虽然有时大自然会取得胜利，用洪水和泥石流抹去他们的作品。但谁都不知道未来是什么样。谁都不知道我们还能不能有这样的机会。明天的比赛将会是有史以来最伟大的，你们知道谁能见证这场比赛吗？只有疯子。只有你们这些疯子。"

"疯子万岁！"酒瓶相碰的声音响彻整个院子。卡巴洛·布兰科，马德雷山脉的孤独流浪者，终于走出荒野，来到朋友中间。历经多年的挫折和失望之后，他只要再等十二个小时，就可以亲眼见证自己的梦想成真。

"明天，你们将会看见只有疯子才能看见的东西。天一亮就出发，因为我们有很长的路要跑。"

"卡巴洛！卡巴洛万岁！"

31

我经常会想象，有一个鬼魅似的跑者正在我前面，用比
我更快的速度奔跑。

——加贝·杰宁斯
美国奥运会选拔赛一千五百米冠军

凌晨 5 点，蒂塔阿妈已经准备好了煎饼、番木瓜和热气腾腾
的玉米粥。阿努尔福和西尔维诺专门点了玉米番茄牛肉粥，蒂塔
阿妈马上做了两份。西尔维诺换上他的"战袍"：一件蓝绿色上衣
和一条腰间绣着花的洁白短裙。

"真帅。"卡巴洛的一句赞赏让西尔维诺红着脸低下了头。卡巴
洛在院子里踱步，皱着眉头喝咖啡。他听说本地农民今天要赶着一
大群牛经过一段赛道，所以整夜没合眼，思考如何临时改路线，起
床来吃早饭时得知路易斯的父亲和鲍勃·弗朗西斯已经解决这个问
题。头一天晚上，他们外出拍照的时候恰巧碰上那些农民，说服他
们改变了赶牛的路线。所以卡巴洛不用担心了，但他要操心的事情
还多着呢。

"那两个孩子呢？"他问。

好几个人耸了耸肩。

"我得去找他们，"他放下咖啡，"可不能由着他们再空着肚子出发。"

我和卡巴洛迈出门，惊讶地发现几乎全镇的人都聚集到了这里。我们吃早饭的时候，街道两旁挂上了鲜花和纸质的流苏，还有一支临时拼凑的乐队。女人和孩子已经在街上跳起舞来，镇长拿着一支霰弹枪指向天空，比画着发令的姿势。

我看了看表，忽然感到窒息：还有半个小时比赛就要开始了。正如卡巴洛的预言，从巴托皮拉斯到乌里克的三十五英里山路已经让我筋疲力尽，然而再过半个小时，我要重头来一遍，并且这次还多十五英里。卡巴洛挑选的赛道非常有挑战性：在五十英里的赛程中，我们需要升降近两千米海拔，几乎同莱德维尔越野赛的前半程一样。卡巴洛不是莱德维尔越野赛爱好者，但在选择赛道方面，他跟肯·克洛伯一样冷酷无情。

我跟着卡巴洛爬上山坡，回到狭小的旅馆。珍和比利还待在房间，争论比利究竟应不应该带一个备用水壶，结果发现那个水壶找不到了。我正好有个多余的，就回房间拿给比利。

"现在去吃点东西吧！动作要快！"卡巴洛催促着，"镇长会在7点钟准时发令。"

我和卡巴洛抓起各自的装备——我的是装着水袋、能量棒和能量胶的背包，他的是一个水瓶和一包玉米粉——一起回到山坡下面。距比赛还有十五分钟。我们转过拐角，朝蒂塔阿妈的饭店走去。街上的人比方才更多，简直是一场狂欢。路易斯和泰德抓着两位老太太绕圈，还不忘挡开想插进来的对手——路易斯的父亲。斯科特和鲍勃跟着乐队的节奏拍手，不时附和着唱一两句，本地的塔拉乌马拉人也用球杆在道边敲打着节拍。

卡巴洛非常开心。他走到人群中间，模仿穆罕默德·阿里来了一套组合拳。人群中爆发一阵欢呼。蒂塔阿妈给了他好几个飞吻。

"跳吧！我们今天可以跳一整天！"卡巴洛放开嗓门喊道，"但前提是没有人死掉。在外面的时候千万小心！"他转向乐队，示意他们停止演奏。比赛要开始了。

卡巴洛和镇长在街上开出一条通道，领着参赛选手站到起跑线上。我们挤在一起，尽管着装和身材各不相同：乌里克镇的本地塔拉乌马拉人穿着运动短裤和跑鞋，手里拿着球杆；斯科特脱下了上衣；阿努尔福和西尔维诺穿着鲜艳的上衣和洁白的短裙，挤在斯科特身后——猎人绝对不会让鹿离开自己的视线。所有人在布满裂纹的沥青路面上一字排开。

我又体会到那种窒息的感觉。埃里克挤到我身边。"喂，我有个坏消息要告诉你，"他说，"你不可能赢得冠军。不管你怎么做，都肯定要在外面耗上一整天。所以最好还是放松下来，不急不慢，享受跑步的过程。记住，如果你觉得自己在努力，那就是用力过头了。"

"没问题，我会趁他们不注意的时候超上去。"我试着开了一句玩笑。

"别尝试任何不靠谱的事情！"埃里克警告道，"野外的气温可能会上升到四十度。你的任务就是靠自己的双脚跑完全程。"

蒂塔阿妈沿着起跑线走过来，跟每一个选手握手。"当心点，亲爱的。"她嘱咐我们。

"十！……九！"

所有人一起倒计时。

"八！……七！"

"那两个孩子呢？"卡巴洛喊道。

我看了看周围，找不到珍和比利。

"让他们先别数！"

卡巴洛摇了摇头，摆好出发的姿势。为了这一刻，他已经等了很多年，冒了不知多少次生命危险，此刻不会为任何人拖延。

"小女巫！"士兵们指着我身后。

数到"四"的时候，珍和比利站到起跑线上。比利光着上身，穿着宽松的冲浪短裤，珍穿着黑色的紧身短裤和运动背心，扎着两条粗大的辫子。士兵的欢呼让珍分了神，把装有食物和备用袜子的口袋扔到跟补给点相反的一边。我赶紧冲过去，捡起她的口袋，放到补给点的桌子上。就在这时，镇长扣动扳机。

砰！

斯科特吼叫着一跃而起，珍发出嚎叫，卡巴洛一声长啸。以阿努尔福为首的塔拉乌马拉选手静悄悄地冲了出去，乌里克本地的塔拉乌马拉人成群结队，转瞬也消失在晨曦洒满大地前的阴影中。卡巴洛之前就警告过我们，塔拉乌马拉人会全力以赴，但是天哪！这速度简直太惊人。他们身后是斯科特，再后面紧跟着阿努尔福和西尔维诺。我压着速度，让所有人从我身边超过去。有人陪伴的感觉确实很好，但这一刻，还是一个人跑更安全。假如我从一开始就勉强跟随他人的节奏，肯定坚持不到最后。

最初两英里是从镇中心到河边的土路。乌里克塔拉乌马拉人最先到达水边，但没有冲进五十米宽的浅水，而是停下来翻弄岸边的石块。

究竟是怎么了？鲍勃·弗朗西斯纳闷，他跟路易斯的父亲提前过河，已经架好三脚架。他看着乌里克选手从石块下面拿出前一晚准备好的塑料袋，套在脚上蹚水过河。这就是古老传统被现代科技取代后的结果：为了防止弄湿新潮跑鞋，只能在脚上套着塑料袋，在滑溜溜的卵石中间跳跃。

"天哪，"鲍勃咕哝着，"从来没见过这样的事情。"

乌里克选手还没到达对岸，斯科特已经冲进河水，阿努尔福和西尔维诺紧随其后。乌里克选手上了岸，摘下脚上的塑料袋塞进短裤口袋以备之后使用。他们开始爬陡峭的沙坡，这时斯科特迅速接近，沙子从他翻腾的脚间洒出来。等到他们终于踏上小径，斯科特已经和阿努尔福他们碰头。

而此时，珍遇上了问题。她跟比利、路易斯和几个塔拉乌马拉选手一起蹚过了河，就在攀爬沙坡的时候，忽然感觉右手有些异样。超长距离耐力跑选手喜欢用系带把水壶固定在手上，这样省力些。珍给了比利一个系带水壶，又用胶带和矿泉水瓶子另做了一个。现在，胶带开始让她不太舒服，尽管暂时没有太大影响，但她跑得不太畅快。她应该把瓶子扔掉吗？万一再在峡谷中迷路呢？

珍开始用牙咬手上的胶带，她知道，要想跟塔拉乌马拉人一较高下，必须孤注一掷。如果赌输，她也服气。但如果因为不敢下注而输，那她会后悔一辈子。珍扔掉瓶子，马上感觉好多了，但立刻作了另一个大胆的决定。他们刚刚踏上第一段山路，前面有三英里的坡要爬，沿途几乎没有荫凉。太阳升起之后，她知道自己不可能在这样曝晒的路段跟塔拉乌马拉人抗衡。

"啊，去他妈的，"珍下定决心，"我得趁天还没热跑快一点。"她加大步伐，三步两步就冲出人群。"待会儿见。"她扭头朝他们喊道。

塔拉乌马拉人马上追了上去。他们中经验最丰富的两个,塞巴斯蒂亚诺和赫伯利斯托,分别从左右两侧挡住她的去路,剩下三个包抄到她身后。珍寻找缺口,敏捷地闯了出去,但是立刻又被五人围在中间。塔拉乌马拉人平时非常温和,但赛跑时应用战术来绝不会含糊。

"我不想这么说,但是珍这样下去可不行。"珍第三次加速冲出包围圈的时候,路易斯告诉比利。比赛才进行到三英里,她已经跟五个塔拉乌马拉人较上劲。"要想坚持到终点,你不能一开始就那么冲动。"

"她每次都能坚持下来。"比利说。

"不是在这样的地形上,"路易斯说,"也不是跟这样的对手。"

卡巴洛的赛程设置十分巧妙,让所有人能时刻目睹赛况。赛道像是个大写的Y,起点乌里克镇就在正中心,镇上的人可以看见选手的往返情况,选手自己也能知道同其他选手之间的差距。此外,这种赛道还有一个意想不到的好处:卡巴洛发现乌里克的塔拉乌马拉选手的行动非常可疑。

卡巴洛已经跟斯科特、阿努尔福和西尔维诺拉开四五百米的距离,所以可以清楚地看见他们的进度。当他看见乌里克塔拉乌马拉选手拐过第一个折返点,回头朝镇子的方向跑来时,不禁大吃一惊:才跑四英里,他们就已经领先斯科特三人四分钟。要知道,阿努尔福和西尔维诺都是铜峡谷塔拉乌马拉人中间的佼佼者,而斯科特是西方耐力跑界最优秀的爬坡选手。

"这绝对不可能!"卡巴洛朝身边的光脚泰德、埃里克和曼努埃尔咆哮道。跑到折返点所在的瓜达卢佩村时,卡巴洛和曼努埃尔向路边观战的村民询问了几句,马上就知道真相:乌里克的塔拉乌马拉人抄近路，大大缩短了距离。卡巴洛没有发怒，只感到惋惜：这些塔拉乌马拉人已经丢失古老的跑步传统和由之而来的自信。他们不再是天生的跑者，而是一群可怜的人，不择手段地想要恢复已逝的荣光。

作为朋友，卡巴洛可以原谅他们，但作为比赛的组织者，他不能这么做。于是他宣布：所有抄近路的选手都被取消比赛资格。

跑到河边，我被自己吓了一跳。在这之前，我一直集中注意力观察自己的姿势（屈膝……步子要轻……不要留下脚印），直到迈进齐膝深的水里，我才意识到尽管已经跑了两英里，却一点感觉都没有！不仅如此，我还觉得身体非常轻盈，非常放松，比出发时的感觉还要好。

"路还长着呢，大熊！"鲍勃·弗朗西斯在河对岸朝我喊道，"前面有座小山要爬，没什么可担心的。"

我爬上河岸边的沙坡，每迈出一步就多一分信心。没错，我还有四十五英里要跑，但以目前的状态，我可以在疲惫袭来之后再偷跑个十几二十英里。就在我开始爬坡的时候，太阳从峡谷边升起。转瞬间，一切都被染成灿烂的金色：波光粼粼的河面、绵延不绝的树林，以及盘绕在我脚边的珊瑚蛇……

我惊叫一声，跳下小径，伸手去抓灌木的枝叶，以免滚下陡峭的山坡。那条蛇还盘在小径中央，仿佛随时会出击。如果我爬回去，很可能会被它的毒牙咬伤；再往下爬，则有可能从悬崖边缘掉进河里。唯一的办法是沿着山坡横切，绕过蛇所在的位置。

我抓着一簇又一簇灌木，绕了三米多才把自己拽回小径。那条蛇仍然盘在那里，一动不动，原因很明显：它已经死了，被人用棍打断了脊骨。我抹了一把脸上的灰尘，查看身体状况：两侧小腿被石块划伤，手上扎了好几根刺，心脏怦怦直跳。我用牙齿拔出手上的刺，用水袋里的水简单冲洗小腿的伤口。上路吧。我可不想被人看见因为一条死蛇大惊小怪的样子。

越往上爬，阳光越强烈，但在清晨的嶙峋寒意之后，这样的温暖让我感到舒适。我在脑海中不停重复埃里克的话——"如果你觉得自己在努力，那就是用力过头了。"我决定放松下来，不去关注自己的姿势，开始欣赏周围的风景。阳光已经把河对岸的山顶映成金色，过不了多久，我就会站得比那山顶还高。

就在这时，斯科特从前面的树丛里钻出来。他冲我笑着，给我比了一个鼓励的手势，然后消失。阿努尔福和西尔维诺仍旧紧跟在他身后，鲜艳的上衣像船帆一样荡漾。我意识到自己离五英里折返点不远了。再绕过一段弯道，前面就是瓜达卢佩村。村子很小，只有一所小学、几幢平房和一家卖汽水的小店，但是即使在一英里之外，我都能听见那里传来的欢呼声和鼓声。

一群奔跑的人正从村里出来，朝斯科特三人消失的方向追赶。跑在最前面的正是"小女巫"。

珍一发现机会就采取行动。从巴托皮拉斯过来的路上，她注意到塔拉乌马拉人下山的节奏几乎跟上山相同，速度不是很快，而她非常喜欢在下坡路上加速。"这是我唯一的优势，"她后来说，"所以我必须好好利用它。"她决定不再跟赫伯利斯托纠缠，而是先跟着他的节奏爬坡，到下坡路再突然加速冲出去。

塔拉乌马拉人果然没有再包围上来。她一路跑在前头，到下一段上坡路开始的地方——第十五英里处，Y 形赛道的第二个分岔点——赫伯利斯托他们已经被她远远甩在身后。珍自信满满，她在折返点停留片刻，重新灌满水壶。到目前为止，她一直都很幸运：卡巴洛事先安排镇上的人沿赛道布置了一些水桶，每当珍刚好喝光壶里的水时，总能跑到水桶边。

她正喝着壶里的水，赫伯利斯托、塞巴斯蒂亚诺和另外三个塔拉乌马拉人追了上来。他们没有停下来灌水，直接超了过去，她也没有急着追赶，喝够了水才朝山下冲去。又跑了不到两英里，她再度超过他们，然后开始打量前方的赛道，计算还能将领先优势保持多久。下坡路还要持续两英里……然后是四英里的平路，一直回到镇里……然后……

忽然，她发现自己栽倒在乱石堆中间，翻了好几个滚才停下来。膝盖传来钻心的疼痛，一条胳膊布满鲜血。还没等她爬起来，赫伯利斯托他们已经从旁边跑过，没有回头看她一眼。

他们肯定在想，下坡加速的后果就是这样，珍暗想，嗯，他们倒是没错。她小心地爬起来，检查伤势。小腿擦破了，膝盖只是磕出两块瘀青，胳膊上的"鲜血"其实是挤破的能量胶。她试着走了几步，然后开始跑。感觉似乎还不错。等她跑到山下，已经再度超过刚刚超过她的塔拉乌马拉人。

"小女巫！"乌里克的人们疯狂地欢呼着，迎接她折返越过二十英里的标记。她在补给点停下，从桌上的口袋里翻出另一包能量胶。蒂塔阿妈边用围裙擦拭她腿上的血迹，边冲她大喊。

"什么？我是一个房间？"珍一直跑到镇外才明白蒂塔阿妈说的是西班牙语：她目前名列第四。跑在前头的只有斯科特、阿努尔福和西尔维诺，距离还在不断缩短。卡巴洛的确没有给她取错名字：十二年前莱德维尔的那个"女巫"又回来了。

但是珍还得忍受炎热。当她开始跑下一段上坡路的时候，气温已经达到三十八度。小径沿着峭壁边缘蜿蜒而上、急转直下，就这样升升降降，跑者总共要翻过至少六个山头，爬升六百多米。岩壁反射着太阳的热浪，珍感觉皮肤都要被烤焦，但她又必须贴近燥热的岩壁，否则就有可能从悬崖上跌下去。

珍翻上又一座山顶，马上躲到一边：阿努尔福和西尔维诺正并肩朝她冲来。这两名"猎鹿人"采用出人意料的战略：不是一路跟在斯科特身后，等临近终点时再加速冲刺，而是在后半程一开始就赶超他。

珍后背抵着灼热的岩壁，为两人让路。她还在想斯科特在哪里，他就冲了上来。"斯科特上坡跑的那种兴奋劲儿，我从来没见过，"她后来说，"他就像是疯了，嘴里不停地喊着'耶——耶——耶——'，我正想他还能不能认出我，就见他忽然抬起头，冲着我喊'啊——呀，小女巫，哇——呀'。"

斯科特在珍身旁停下，告诉她前面的路况，哪里可以找到水桶，然后问她阿努尔福和西尔维诺过去了多久，他们看上去状态如何，脸上是什么表情。珍说他们刚刚过去三分钟左右，看上去很拼命。

"不错。"斯科特点点头，拍了拍她的背，就冲下山坡。

珍目送他离去，发现他一路紧贴岩壁，转弯的时候总是保持在最内侧。这正是马歇尔·乌尔里克使用过的技巧，让前面的人无法发现你的动向，直至你追上他们。阿努尔福的战术丝毫没有超出斯科特的预料。现在轮到鹿追赶猎人了。

"只要跑赢赛道就够了，"我告诉自己，"不要跟别人比。完赛就是胜利。"

爬洛斯阿利索斯山之前，我停下来自我调整，一头扎进沁凉的河水，希望能冷静下来。我已经跑完半程，只花了四个小时。四个小时，我在这样炎热的天气里跑完了一场越野马拉松！想到这里，我有点飘飘然，禁不住跃跃欲试：追上光脚泰德能有多难？他的脚肯定疼得厉害。波菲里奥看上去好像也很累了……

幸运的是，凉水很快让我恢复理智。我意识到，我今天的状态比三天前要好得多，因为我一直像卡拉哈里丛林人一样奔跑。我没有拼命追赶羚羊，只是眼睛不跟丢它。而在巴托皮拉斯到乌里克的路上，我感到相当疲惫，因为我一直试图跟上卡巴洛他们。今天，我的对手不是任何参赛选手，而是赛道本身。

既然这样，不妨尝试一下丛林人的另一项技巧，检查自己的身体状况。我发现，其实我的状态比自己认为的糟糕。我又渴又饿，背包里只剩下半瓶水，而且一个多小时没有排尿，考虑到喝下的水量，这并不是什么好事。如果不尽快补充水分和能量，到前面的山坡就麻烦了。于是我往水袋里灌满河水，加了几片净水片。净水过程需要半个小时，这段时间里，我会就着最后半瓶水咽下一条能量棒。

还好我这样做了。"做好准备，"埃里克在河对岸朝我喊道，"这边的情况比你经历过的要恶劣得多。"埃里克承认，连他都差点打算放弃。尽管这样的消息对我是个打击，但埃里克认为，不切实际的希望才是最可怕的东西。突如其来的挑战确实会让人紧张起来，但只要清楚状况，就可以从容应对。

埃里克没有夸大其词。接下来一个多小时，我一直在反复上下坡，不知道自己究竟是不是迷路了。尽管一路上没有看见岔道，但是折返点不是应该在一片果园里吗？那该死的果园不是离河只有四英里吗？我感觉好像已经跑了十英里，怎么还看不到果园的影踪？最后，就在双腿开始抽筋时，我终于看见远处山坡上的几棵柚子树。我挣扎着爬上山顶，发现那些被取消比赛资格的乌里克塔拉乌马拉选手正聚坐在树荫里。

"没关系，"他们中的一个说，"我反正也累得不想跑了。"我接过他递来的旧杯子，在他们面前的玉米粥盆里舀了一杯，让鞭毛虫见鬼去吧。玉米粥的味道非常不错，我接连喝了两杯，一边喝一边回头打量刚刚跑完的路。山下的河流看上去非常遥远，像是一道闪烁的丝带。我几乎不敢相信自己已经跑了这么远，更不敢相信还要掉头跑回去。

***

"真让人难以相信！"卡巴洛张大了嘴巴。

他满身都是汗水和尘土，瞪大的双眼里充满兴奋，边抹着胸口上的汗，边喘着粗气。"我们搞了一场世界级别的比赛！"他又喘了几口气，"就在这个鸟不生蛋的地方！"

到第四十二英里标记处，西尔维诺和阿努尔福仍然跑在斯科特前面，珍则在追赶这三个人。第二次经过乌里克镇的时候，珍在路边的椅子上坐下来，正要拉开一罐可乐，却被蒂塔阿妈挽着胳膊扶起来。

"你能做到的，没问题！"她鼓励着珍。

"我没打算放弃，"珍试图抗议，"只是想喝点可乐。"

但是蒂塔阿妈已经把她推回路上。珍刚跑到镇边，赫伯利斯托和塞巴斯蒂亚诺已经沿着平路追上来，离她只有三四百米。再后面三四百米是比利，他已经把路易斯抛在后面。

"今天所有人表现得都很精彩！"卡巴洛说。他已跟阿努尔福拉开半个小时的路程，这让他有点紧张，倒不是因为输赢，而是担心看不见他们冲刺。最后，他终于没忍住，决定中途退出，折回乌里克目睹那伟大的一刻。

我看着他的背影逐渐远去，恨不得马上跟上。但我已经累得有点恍惚，本想上小桥过河，却不知怎么掉进水里。吸饱水的跑鞋十分沉重，我只能拖着双脚，有气无力地蹭上河边的沙坡。已经跑了一整天，现在还要再爬一次早晨那段上坡，也就是被死蛇吓到的那一段。我无论如何都不可能在日落前跑完，所以，只能在黑暗中下山了。

我低着头开始慢慢往坡上跑，抬头发现自己被一群塔拉乌马拉孩子包围。我闭上眼再睁开，孩子们还在那里——他们并不是幻觉，这让我高兴得差点哭出来。他们究竟从哪儿来，为什么要陪我爬这一段山坡，我完全不清楚。

爬了不到一英里，他们拐进旁边树丛的一条羊肠小道，挥手要我跟上。

"我不能这样做，这是作弊。"我遗憾地告诉他们。

他们耸耸肩，消失在树丛中间。"谢谢！"我用沙哑的声音喊着，以比走路快不了多少的速度翻上一座山冈，发现孩子们已经坐在那里。难怪乌里克的选手能在这一段领先那么长的距离。孩子们在我身边跑了一段，消失在树丛中间。再过不到一英里，他们又一次冒出来。我越来越绝望，因为尽管一直在跑，但周围的一切都没有变化。脚下的小径似乎无穷无尽，每当我抬起头，都能看见孩子在周围跑来跑去。

卡巴洛会怎么做？我猜测着。他经常陷入绝境，但每一次都能靠自己的双腿跑出来。他首先会追求"轻松"，我告诉自己，只要能达到这一层境界，就已经很不错。然后是"轻盈"，尽量少费力气，好像根本就不在乎面前的山有多高，路有多远——

"大熊！"光脚泰德迎面朝我跑来，看上去就像个疯子。

"几个孩子给了我一瓶水，摸起来感觉很凉，我决定让自己凉快一下，"他开口说，"所以就把水浇在了身上……"

我很难听懂光脚泰德在说什么，因为他的声音时起时落，像是没调好频的收音机。我意识到是血糖太低导致听不清楚。

"……然后我才反应过来，天哪，真糟糕，我没水了——"

我从泰德的话中勉强听出，这里离折返点还有近一英里。我一边不耐烦地听着，一边盘算着尽快赶去那里补充些水，吃一条能量棒，休息一段时间，再回头完成最后五英里的赛程。

"……所以我告诉自己，要撒尿的话，一定得尿进水壶里，以防万一。你知道，就是那种弹尽粮绝的情况。所以我尿进了水壶里，看上去是橘黄色的。一点都不好看，摸上去很热。尿的时候我觉得旁边的人都在看我，他们心里准在想'天哪，这帮白鬼还真行'。"

"等一下，"我这才反应过来，"你不会是喝了自己的尿吧？"

"太糟糕了！是我这辈子喝过的最难喝的尿！死人喝了都能活过来。我知道尿是可以喝的，但在这样的大热天，它在你的肾脏中被加热，还被摇晃了四十英里，就不能喝了。实验失败。就算渴死，我也不会再喝一口了。"

"给。"我把自己的水壶递给他。我不知道他为什么不回到折返点灌水，但我已经累得问不出问题。光脚泰德倒掉水壶里的尿，把我的水灌进他的壶里就跑开了。尽管他很怪，但意志确实坚定：再跑不到五英里，他就真的穿着薄薄的五趾鞋完成了五十英里的比赛。为了达到目标，他甚至可以喝自己的尿。

我终于到达瓜达卢佩村，才知道光脚泰德为什么没有返回村里：所有的水都不见了，观众也不见了。人们一股脑地涌去乌里克参加比赛之后的狂欢。小店也关门了，我打听不到村里的水井在哪儿，只得筋疲力尽地在一块石头上坐下来。就算我勉强咽下几口能量棒，也不可能再坚持一个小时跑回终点。要返回乌里克，唯一的交通方式是徒步，但我连走都走不动了。

"去他妈的同情心，"我对自己咕哝道，"我拿出了自己壶里的水，得到了什么？真是一塌糊涂。"

我坐在那里休息片刻，待喘息逐渐平复，听见周围的静寂中传来一种声音，好像是尖锐的口哨声正向我逼近。我强撑着站起身，发现鲍勃·弗朗西斯正朝山上跑来。

"这儿，朋友，"鲍勃一边喊着，一边从背包里翻出两罐芒果汁，"我觉得你应该是渴了。"

我惊讶得说不出话。鲍勃在三十五度的炎热天气里跑五英里山路，就为了给我送芒果汁？然后我想起一桩事，就在几天前，他对我借给光脚泰德的瑞士军刀赞不绝口，我于是把刀送给了这个友善的人，尽管有点心疼——那是我从非洲带回来的纪念品。或许他奇迹似的跑五英里送水完全是偶然，但我大口喝着果汁准备上路时，不禁觉得自己终于得到塔拉乌马拉人神秘面纱的最后一块拼图。

卡巴洛和蒂塔阿妈挤在终点线的人群里，等待跑在最前面的选手露面。卡巴洛从怀里掏出一块破旧的秒表，看了看时间：才六个小时。或许掏得太早了，但也不是没可能——

"他们来了！"有人喊了一嗓子。

卡巴洛猛地抬起头，眯眼朝镇外望去。没有人影，只有一阵烟尘——等等，他们确实出现了。阿努尔福仍旧领跑，一头黑发飘舞着，鲜红的上衣仿佛迎风招展的旗帜。

西尔维诺跟在他身后，但斯科特正在追上来。离终点还有一英里的时候，斯科特赶超了，不过他没有从西尔维诺身边直接过去，而是拍了拍他的背。"加油呀！"斯科特边喊边挥手要西尔维诺跟上。一脸惊愕的西尔维诺加快速度紧跟着斯科特，一起追赶阿努尔福。

三个人跑上最后一段直道，欢呼和尖叫盖过了乐队的演奏。西尔维诺跟跟跄跄地加速，但还是跟不上斯科特的冲刺。斯科特冲得更快了，这是他常用的招数，每次总能险中求胜。阿努尔福回头瞧见了他，便加快速度，掠过乌里克的街道，在雷鸣般的欢呼声中冲破终点线。

等到斯科特抵达终点，阿努尔福已经被人群团团包围。卡巴洛迎上去祝贺斯科特，但他只是一言不发地走了过去。斯科特并不习惯失败，特别是在这样一场无名的比赛里输给默默无闻的对手。这样的经历他从来没有过，但他知道该怎么应对。

斯科特走到阿努尔福面前，弯腰鞠了一躬。

人群疯狂了。蒂塔阿妈跑过去拥抱卡巴洛，发现他正擦着泪水。在欢呼的海洋中，西尔维诺挣扎着冲过终点线，赫伯利斯托和塞巴斯蒂亚诺紧随在后。

珍在哪里？她这一次看来是赌输了。

到达瓜达卢佩村的时候，珍已经快虚脱了。她靠着一棵树坐下来，脑袋无力地耷拉到膝盖中间。一群塔拉乌马拉人聚过来，试图鼓励她站起来。她抬起头，比了一个喝水的手势。

"有水吗？"她问，"纯净水？"

有人往她手里塞了一罐可乐。

"这更好。"她露出疲倦的笑容。

她正喝着可乐，周围的人喊叫起来。塞巴斯蒂亚诺和赫伯利斯托冲进村子。有那么一刻，珍的视线被欢呼的人群挡住，然后赫伯利斯托忽然现身，朝她伸出一只手，另一只手指着小径的方向。一起吗？珍摇了摇头。"待会儿吧。"她说。赫伯利斯托跑了几步又折回来，再度朝她伸出手。珍微笑着挥手拒绝。"赶快走吧！"赫伯利斯托挥手跟她道别。

他的背影刚刚消失，人们又喊叫起来。有人告诉珍，"年轻的狼"来了。

傻瓜！珍为他留了一大口可乐，趁他喝的时候站起身来。尽管他们多次相互陪跑，多次在夕阳的海滩上一起训练，但从没有肩并肩完成一场比赛。

"准备好了吗？"比利问。

"听你的，老兄。"

两人一起跑下长长的山坡，跑过摇摇晃晃的小桥，号叫着冲进乌里克，一口气冲过终点线。尽管珍的小腿受了伤，比利带着宿醉，但他们还是打败了其他塔拉乌马拉人，以及路易斯和埃里克这两位跑界老手。

曼努埃尔·卢纳跑到一半就退出了。尽管他看在卡巴洛的情面上参加比赛，但没法摆脱丧子的悲痛，不能全心投入。虽然如此，他仍心系另一位选手。他在街道上踱来踱去，等待着光脚泰德。很快，阿努尔福也走到他身边……还有斯科特……还有珍和比利。于是最古怪的事情发生了：尽管跑过来的选手速度越来越慢，人们的欢呼声却越来越响。选手冲过终点线后，路易斯和波菲里奥、埃里克和光脚泰德都会立刻转过身，等待后面的选手露面。

我从山坡上俯瞰镇子里的灯光。太阳已经落山，月光把峡谷中的小路映成银白色，一切仿佛都在时间中凝固，只剩下我还在奔跑。忽然，一道苍白的人影从旁边冒出来。

"需要陪伴吗？"卡巴洛说。

"求之不得。"

我们跑过小桥，凉爽的河风扑面而来，让我感到飘飘然。当我们踏上镇中央的土路时，传来喇叭的鸣响。我和卡巴洛并肩跑进了乌里克。

我不知道自己究竟有没有迈过终点线。还没等我反应过来，珍就从人群中射出来，差点把我撞倒。埃里克及时扶住我，把一瓶凉沁沁的水放在我脑后。阿努尔福和斯科特往我两只手里各塞了一罐啤酒，他们两人喝得眼睛都红了。

"你太惊人了。"斯科特说。

"嗯，"我说，"慢得惊人。"我足足花了十二个小时才跑完全程，完全够斯科特和阿努尔福再跑一遍。

"我就是这个意思，"斯科特强调道，"我也体会过这种感觉。体会过很多次。跑得慢更需要勇气。"

我一瘸一拐地朝卡巴洛走去，他正舒展地坐在一棵树下，被欢声笑语包围。过不了多久，他就会站起身，操着磕磕绊绊的西班牙语做一场精彩的讲演。他会看着鲍勃·弗朗西斯送给斯科特一条塔拉乌马拉式样的传统腰带，送给阿努尔福一把小刀。他会把奖金发给头几名选手，而后被珍和比利感动得再度落泪，因为他们几乎连回埃尔帕索的车票都买不起，却随手把奖金送给了跑在后面的塔拉乌马拉选手。他还会被赫伯利斯托和路易斯的舞蹈逗得开怀大笑。

　　那都是后来的事。这一刻，卡巴洛只是心满意足地坐在树下，啜饮手里的啤酒，看着他梦想中的一幕在眼前展开。

32

　　他的头脑里长期塞满种种棘手的现代社会问题，但他仍
坚持凭善良的本性和充沛的精力跟这些问题搏斗。他的努力
从没有白费，但他大概活不到自己的努力开花结果的那一天。

　　　　　　　　　　　　　　　　　　　　——提奥·梵高

　　"你得来听听。"光脚泰德说着抓住我的胳膊。

　　真不走运。我本打算悄悄溜出人群，回旅馆房间美美睡一觉。
我已经听过他长篇大论的赛后感言，包括对喝尿的评价："人类的
尿不仅富含营养，而且具有美白牙齿的功效。"实在想象不出从他
嘴中冒出的什么东西还能比柔软的床更有吸引力。然而这一次，
讲故事的不是泰德，而是卡巴洛。

　　我被光脚泰德拉回蒂塔阿妈的后院，见斯科特、比利和另外
几个人已经坐在那里，如痴如醉地听卡巴洛讲述。"你们有没有过
在急诊室里醒来，"卡巴洛说，"却宁愿自己一直昏迷的遭遇？"
接下来，他开始讲述那个让我等了近两年的故事。而他选择这个
时间，是因为天一亮，我们就要挥别。他希望我们永远记住这段

共同的经历，于是决定不再隐瞒自己。

***

他的本名是迈克尔·兰达尔·希克曼，父亲是美国海军陆战队的炮手，因为军队调动，他们常举家搬迁。迈克尔小时候身型瘦削，为了不在新学校里遭欺负，每次搬家后他做的第一件事情就是去最近的警察体育联盟报名参加拳击课程。

强壮的男孩看见他跳进拳击场，总会露出不屑的笑容——直到他挥舞起瘦长的左臂，一拳接一拳地打中他们的眼窝。迈克尔·希克曼是一个敏感的孩子，不喜欢伤害别人，却擅长此道。"我最喜欢跟那些肌肉发达的大块头对打，因为他们会不停地爬起来，"他回忆道，"但我第一次把对手打晕过去的时候，忍不住哭了。那之后很长一段时间，我没有再打晕别人。"

高中毕业后，迈克尔进入加州洪堡州立大学学习东方宗教和美国印第安人历史。为了支付学费，他开始用"吉卜赛牛仔"的化名参加黑市拳赛。在少有白人露面的地下拳击场，这样一个秉承素食主义、满嘴"世界和谐"与"小麦草汁保健"的瘦高小伙，很快就吸引了所有人的注意。从墨西哥越境过来的赌徒经常在他耳畔窃窃私语。

"喂，"他们会这样说，"听我说，朋友。我们放话出去，说你是从东边过来的顶级业余选手。白鬼肯定会喜欢，把所有铜板都拿出来押在你身上。"

"我无所谓。"吉卜赛牛仔耸了耸肩。

"只要跟他意思一下，坚持到第四轮就好。"他们事先告诉他——或是第三轮，或是第七轮，总之都听他们安排。牛仔对抗那些大块头的黑人选手总是游刃有余，可以坚持到任意时候，但是跟灵活的中量级拉丁裔选手对阵时，他每次都得全力以赴。"妈的，有时候他们得把浑身是血的我从场子里拖出来。"他说。大学毕业后，他仍然以此为生。"我在全国各地游走，到处打。有时胜出，有时表面上被打败，背地里分赃。多数时候都是演戏，同时学习打人又不挨打的技巧。"

几年的黑市拳赛生涯之后，牛仔揣着报酬飞到夏威夷的毛伊岛。他对那里的豪华度假别墅不屑一顾，而是径直去了东部的哈纳区，追寻人生的意义。结果他找到斯米梯，一位生活在山洞里的隐士。他为迈克尔找了一个山洞住下，引导他寻访岛上各处隐秘的原始宗教圣地。

"是斯米梯最早教我跑步的。"卡巴洛告诉我们。有时候，他们会半夜出门跑二十英里，爬到海拔三千多米的哈莱阿卡拉火山顶，安静地坐在那里，凝望第一缕晨光照亮浩瀚的太平洋，然后跑步下山，一路上不携带食物和水，只摘树上的野番木瓜维持体力。渐渐地，那个名叫迈克尔·希克曼的黑市拳手消失了，取而代之的是迈卡·特鲁，"迈卡"来自《圣经·旧约》中一位勇敢的先知，"特鲁"则来自一条忠诚的老狗。"我并不总能达到特鲁那样的境界，"卡巴洛说，"但那是我追求的目标。"

一次在雨林中跑步的时候，刚刚获得心灵重生的迈卡·特鲁遇到从西雅图前来度假的年轻美丽的梅琳达。他们两人是如此迥异——梅琳达是心理学研究生，父亲是富有的投资银行家，而迈卡是居住在山洞里的原始人——但还是相爱了。在荒野中生活一整年之后，迈卡决定重返文明世界。

"砰！""吉卜赛牛仔"打倒第三个对手……

第四个……

第五个……

有了梅琳达的支持和在雨林中锻炼得无比坚韧的双腿，迈卡几乎所向披靡，他灵活地跳跃躲闪每一招，直到对手累得胳膊都举不起来，他才出击，一拳把对方打倒。"哥们儿，我是受了爱情的感召。"迈卡说。他跟梅琳达在科罗拉多州的博尔德安顿下来，他可以到城郊的山上跑步，也可以去附近的丹佛参加拳击赛。

"他看上去确实不像个拳手，"唐·托宾，当时的落基山区轻量级跆拳道冠军这么对我说，"他的头发很长，拳击手套破旧不堪，像是电影中的拳王洛奇传给他的。"唐·托宾是牛仔的好朋友，有时两个人会一起训练，但直到今天，他仍然觉得牛仔的生活理念不可思议。"他总是独自做那些别人难以想象的训练。三十岁生日那天，他出门跑了三十英里。三十英里！"在当时的美国，就连马拉松选手都很少能达到如此的训练量。

等到牛仔创下十二连胜的战绩时，他的照片登上丹佛市《西部之声》的报纸头版。照片上，迈卡赤裸着汗涔涔的上身，双拳蓄势待发，一头长发飘舞着，眼里放射出狂野的光芒。"只要有足够的报酬，我愿意跟任何人对打。"牛仔说。

任何人，是吗？一名搏击比赛承办人读到这篇文章，她很快就找到牛仔，提出一项交易。尽管迈卡是一名拳击手，不是跆拳道选手，但她愿意为他安排一场全国直播比赛，对手是拉里·谢泼德，当时全美排名第四的轻重量级自由搏击手。尽管奖金和直播报道对迈卡是一个诱惑，但他也嗅到一丝可疑的味道。就在几个月以前，他还无家可归，每天坐在山顶上冥想，而现在有人让他跟一个能用前额撞碎砖头的武术大师对打。"在他们看来，这肯定是个天大的笑话，"他说，"我就是最大的笑料。"

接下来发生的事情基本是卡巴洛一生的写照：在谨慎和自尊之间，他总是立刻就能做出选择。当"超级拳赛之夜"拉开序幕的时候，吉卜赛牛仔放弃他一贯以躲闪为主的风格，径直冲向对面的谢泼德，用一阵疾风骤雨般的左右勾拳打过去。"他不懂我在干什么，于是退到角落里试图揣摩清楚。"迈卡回忆道。他当时已经绷紧右臂，打算一拳把对方打晕，但又想出更好的主意。"我奋力一脚踢在他脸上，踢断了我自己的脚趾，"迈卡说，"还有他的鼻梁。"

铃声响了。

裁判举起迈卡的右手，医生则开始检查谢泼德的眼睛，确保他的角膜没有脱落。吉卜赛牛仔又赢得一场胜利。他简直等不及回家把这天大的好消息告诉梅琳达。然而他发现，梅琳达有一则分量更重的消息要告诉他：她决定离开他，跟另一个男人搬回西雅图生活。她的话还没说完，迈卡的脑海里已经充斥各种各样的问题。不是要问她，而是问自己。

他刚刚在全国电视观众面前踢断一个人的鼻梁，为了什么？证明他有多了不起？成为一个以博人好感为成就的表演者？他不愚蠢，知道自己究竟怎样一步一步走到今天。他究竟是个伟大的拳击手，还是一个需要关注的可怜家伙？

不久之后，《空手道》杂志的记者打来电话，说他们正在统计各项搏击运动的排名，吉卜赛牛仔因为当众打败谢泼德，所以在自由搏击手中名列第五。这意味着他马上就要飞黄腾达；只要这家杂志把排名结果公布出来，财大气粗的赞助商就会找上门，他也会有大把机会检视自己究竟是真的喜欢搏击，还是只想通过搏击找到爱。

"不好意思，"迈卡告诉那名记者，"我刚刚决定退役。"

要让吉卜赛牛仔消失，比让迈克尔·希克曼消失更容易。迈卡把所有塞不进背包的东西都扔了。他切断电话线，离开公寓房间，开着一辆破旧的小货车浪迹天涯，夜里裹着睡袋睡在车里，白天替人修剪草坪，搬运家具，挣些微不足道的小钱。其余时间他都在跑步。"我每天凌晨4点半起床，跑上二十英里，感受那种美好，"他说，"然后工作一整天，追寻那种感觉。回到家之后，我会喝一杯啤酒，吃些豆子，然后再跑一段。"

他不知道自己跑得究竟是快是慢，直到1986年夏天的一个周末，他开车来到怀俄明州的拉勒米，参加落基山双程马拉松，最终以六小时十二分钟的成绩夺得冠军，平均每个越野马拉松只花了三个小时出头，这让他自己大为惊讶。他很快发现，超长距离耐力赛比拳击更加艰难。在拳击场上，你的痛苦由对手决定，但在小径上，你的痛苦由自己掌握。对于一个想从痛苦中寻找麻木的人来说，跑步的确是不二之选。

或许我可以做个专业选手，只要能克服这些讨厌的伤病……迈卡骑着自行车穿过博尔德的街道，心中暗想。当他清醒过来，发现自己正躺在急诊室，一只眼睛里糊满血块，前额缝了不知多少针。他努力回忆，也只能模糊地忆起自己像是撞上了什么，从车把上方飞了出去。

"你能活下来已经很幸运了。"医生告诉他。这么说也对，但换句话说：死亡仍旧是一柄高悬在他头顶的利剑。迈卡四十一岁，尽管耐力跑成绩不俗，但前景不甚乐观。他没有健康保险，没有住房，没有家人，没有稳定的工作。他付不起住院观察的治疗费用，而如果就这么出院，也没有可供休息之地。

是他自己选择了贫穷自由的生活方式，但他愿意这样死去吗？一个朋友让迈卡睡在她家的沙发上休息康复。这期间，他思考着自己的未来。他非常清楚，叛逆者除非运气极好，否则不会有什么荣耀可言。自打二年级起，他便一直把徒步逃脱骑兵追捕的阿帕奇武士杰罗尼莫作为崇拜的偶像，但是杰罗尼莫的下场是什么？沦为囚犯，有天喝醉了酒，淹死在印第安人保留地的臭水沟里。

迈卡恢复健康之后就去了莱德维尔，陪马丁曼诺·塞万提斯跑了一个难忘的夜晚，也找到了他一直想要的答案。阿帕奇族的杰罗尼莫没能自由地跑下去，但或许一个"白鬼印第安人"可以。这个"白鬼印第安人"一无所有，一无所求，也不怕默默无闻地从这个星球的表面消失。

"那你靠什么生存呢？"我问。

"汗水。"卡巴洛回答。每年夏天，他都要离开山上的小屋，搭车辗转回到博尔德找他那辆忠诚地停在一位农夫后院的旧货车。接下来的两三个月，他会变回迈卡·特鲁，替人搬运家具，直到攒够一年的生活费用，然后再度消失在峡谷之中，变回那个穿着拖鞋奔跑的卡巴洛·布兰科。

"等到我老得无法赚钱，就会去追寻当年杰罗尼莫没能得到的结局，"卡巴洛说，"我会走到峡谷最深处，找一个安静的地方躺下来。"他的语气非常平淡，没有任何顾影自怜的意味，因为他早就知道，他选择的生活只能以这种方式结束。

"所以或许我还能见到你们各位。"卡巴洛总结说。蒂塔阿妈关了院子里的灯，催促我们回去睡觉。"或许再也见不到。"❶

日出时分，去往外面世界的长途客车已经停在蒂塔阿妈的饭店门口。乌里克的士兵在车门旁列成一队，见珍走过去时，他们集体立正。

"再见，小女巫。"他们齐声向她道别。

珍给了他们一个飞吻，爬进车厢。光脚泰德跟在她身后，小心地迈着步子。他的两只脚缠满绷带，好不容易才塞进拖鞋里。"我的脚没事，"他坚持说，"只不过皮有点嫩。"斯科特往旁边挤了挤，给他腾出位置。

我们剩下的人也上了车，尽可能找到舒服的姿势。村里的煎饼店主（同时也是理发师、鞋匠和司机）坐在驾驶室里发动了引擎。外面，卡巴洛和鲍勃·弗朗西斯从车尾走到车头，隔着玻璃窗用塔拉乌马拉人的方式跟我们握手。

汽车启动。曼努埃尔·卢纳、阿努尔福和西尔维诺站在卡巴洛身边。其他塔拉乌马拉人早已踏上回家的旅程，他们三人尽管有最长的路要走，却还是留下来为我们送行。我看着他们站在路边，朝我们挥手，直到乌里克消失在车尾扬起的烟尘之中。

---

❶ 2012 年 3 月 27 日，卡巴洛·布兰科前往新墨西哥州西南部的荒野跑步后杳无音讯。斯科特·尤雷克等一众跑友与专业救援队一同搜寻，几天后在溪流附近找到卡巴洛，他身上无明显创伤，死因尚无定论。

致谢

2005 年，拉里·韦斯曼看了我几篇杂志文章之后，归纳出一个聪明的问题。"耐力跑是你所有故事的核心，"他说，"那么，你还有什么没讲出来的故事吗？"

"嗯，是呀。我听说在墨西哥将会举办一场……"

打那时起，拉里和他聪慧的妻子萨莎就成了我的经纪人和参谋，教我如何把一系列看似不相干的想法整理成一项可行的计划，并不时提醒我注意期限。如果没有他们的帮助，这个故事到今天也只能是我跟别人喝酒时的谈资。

《跑者世界》——特别是当时的编辑杰伊·海因里希斯——先是派我深入铜峡谷，之后一度考虑我提出的制作"塔拉乌马拉专刊"的建议（尽管最终未能实现）。顶尖摄影师詹姆斯·莱克斯罗德在这次旅程中始终陪伴我，拍下无数精美的照片。《跑者世界》的名誉编辑安比·波福特是位同时拥有巨大脑容量和肺活量的传奇人物，为我的项目慷慨地付出大量时间、专业指导和藏书。我还有二十五本书没归还他，等他下次跟我一起跑步，一定悉数奉还。

我最感激的还是《男士健康》。如果你没读过这本杂志，就错过了全美最优秀、最务实的刊物之一。这本杂志的编辑都是像马特·马里昂和彼得·穆尔那样的人，总是鼓励人们把离奇的想法变成现实，例如派一名跑步总是受伤的写作者深入荒野，跟隐匿的土著赛跑。《男士健康》不仅为我提供训练机会和参赛经费，而且协助我将之后的报道编辑成形。跟我交给马特的所有文章一样，这个到他手里不过是潦草初稿的故事，最后变成一件艺术品。

超长距离耐力跑选手一直受到媒体的误解，但正是他们对我写作这本书给予了莫大支持。肯·克洛伯一家令莱德维尔变成我的另一个家，他们传授的赛驴知识是绝大多数人一辈子都未必能学到的东西。莱德维尔越野赛组委会的梅瑞里·奥尼尔不仅满足我的所有请求，还给了我一个胜利者专属的拥抱，尽管我并没有完成比赛。感谢"野人"大卫·霍顿、"天行者"马特·卡彭特、莉莎·史密斯－巴钦和丈夫杰伊、马歇尔·乌尔里克和希瑟夫妇、"裸男"托尼·克鲁皮卡与我分享比赛中的故事和秘密。2006年，我和珍、比利、光脚泰德在恶水超级马拉松上担任路易斯·埃斯科瓦尔的后勤小组，得益于美丽的营养学家萨妮·布兰德而幸免一场灾难，她的一句话为超长距离耐力跑这项运动给出了最精彩的定义："超级马拉松是一场吃吃喝喝的比赛，外加一点运动和风景。"

如果你觉得这本书写得十分流畅，没有什么冗余或跑题，那我们都应该感谢克诺夫出版集团的编辑爱德华·卡斯滕迈耶，以及他的助手蒂姆·奥康奈尔。同时还要感谢经典出版社的资深编辑莱克西·布卢姆，她为本书的撰写和编辑提供了宝贵建议。这些人像施了魔术一般，去掉我的赘述，却完全没有影响故事的原汁原味。我的朋友、《食道骑手》一书的作者杰森·法戈内教会我区分讲故事与自娱自乐。《5280》杂志编辑马克斯·波特最先发表了我

312

对莱德维尔越野赛的报道，他是鲜少会鼓励他人创作的高尚作家。《5280》的编辑助理帕特里克·多伊尔不仅帮我找到许多有关卡巴洛传奇一生的资料，还从故纸堆里翻出吉卜赛牛仔巅峰时期的照片。苏珊·林尼在多年前破格录用我担任美联社的新闻记者，并指导我如何做新闻。如果有更多的人认识苏珊，挞伐新闻界的人便会少一些。

要成为一名伟大的运动员，你需要有一对好父母。要成为一名过得去的作家，你需要的是理想的家庭。我的兄弟姐妹、侄子侄女都全力支持我的写作，对我缺席各种节庆毫无怨言。如果你能在这本书的字里行间感受到生活的乐趣，那都要归功于我的妻子米卡，以及我的一对女儿，苏菲和玛雅。

现在我知道为什么塔拉乌马拉人和外界的疯子能如此和睦相处了。他们都是罕见的大好人，能跟他们共处，是我这辈子最大的幸事之一。我真的很想再跟鲍勃·弗朗西斯一起畅饮芒果汁，可惜在比赛结束后不久，他就去世了。我不知道是什么原因。和铜峡谷里的绝大多数死亡一样，他的死至今是一个谜。

卡巴洛还沉浸在失去老朋友的伤痛时，一份大礼从天而降。全球最大的户外运动品牌北面主动提议出资赞助他的比赛。这样，他就再也不用担心这一赛事和他的未来没有保障。

卡巴洛仔细考虑了一下，总共花了大约一分钟。

"不用了，谢谢，"他回答，"我只想让人来这里跑步、聚会、跳舞、喝酒，跟我们待在一起。跑步不是为了怂恿别人买什么产品。哥们儿，跑步应该是一种自由。"

图书在版编目（CIP）数据

天生就会跑 ／（美）克里斯托弗·麦克杜格尔著；
严冬冬译. —— 2版. —— 海口：南海出版公司，2024.8
ISBN 978-7-5735-0769-3

Ⅰ．①天… Ⅱ．①克… ②严… Ⅲ．①纪实文学－美
国－现代 Ⅳ．①I712.55

中国国家版本馆CIP数据核字(2024)第064955号

著作权合同登记号　图字：30-2011-010

BORN TO RUN by Christopher McDougall
Copyright © 2009 by Christopher McDougall
This translation published by arrangement with Alfred A. Knopf,
an imprint of The Knopf Doubleday Group, a division of Random House, Inc.
through Bardon-Chinese Media Agency
All rights reserved.

天生就会跑

〔美〕克里斯托弗·麦克杜格尔 著
严冬冬 译

出　　版　南海出版公司　（0898）66568511
　　　　　海口市海秀中路51号星华大厦五楼　　邮编 570206
发　　行　新经典发行有限公司
　　　　　电话(010)68423599　　邮箱 editor@readinglife.com
经　　销　新华书店

出版统筹　杨静武
责任编辑　秦　薇
特邀编辑　欧阳钰芳
营销编辑　朱雨清
装帧设计　韩　笑
内文制作　王春雪

印　　刷　山东韵杰文化科技有限公司
开　　本　880毫米×1230毫米　1/32
印　　张　10
字　　数　200千
版　　次　2012年8月第1版　2024年8月第2版
印　　次　2024年8月第1次印刷
书　　号　ISBN 978-7-5735-0769-3
定　　价　69.00元